Katharina Wolf

Die Sache mit der Motte und dem Licht

IMPRESS

© privat

Katharina Wolf lebt mit ihrem Sohn, dem Gatten und den beiden Katzen in der schönen Pfalz und lässt es sich dort gutgehen. Das Lesen und Schreiben gehört zu ihr wie ihr nervöses Beinhibbeln und die Liebe zu Schokolade, Kaffee und einem Glas trockenen Rotwein. Da ihr Hirn – genau wie ihre Beine – selten stillsteht, arbeitet sie meist an vier Geschichten gleichzeitig, wenn sie nicht gerade ihrem Beruf als Online-Redakteurin nachgeht.

Für alle, die an Glückskekse glauben

1

Immer wieder im Schulbus

Montag, 13. August

»Am Morgen ging in der Frankfurter Innenstadt, nahe des Hauptbahnhofs, eine Atombombe hoch.« Ich schreckte aus meinem Schlaf auf und drohte innerhalb von Sekunden an einem Herzinfarkt zu krepieren. »Oh, entschuldigen Sie.« Der Kerl im Radio kicherte hysterisch. »Ich meinte natürlich Autobombe. Schlimm genug. Es gab zum Glück keine Verletzten. Die Polizei hat die Gegend weiträumig abgesperrt. Nun zum Wetter.«

»Arschloch«, murmelte ich vor mich hin und rieb mir die müden Augen. Langsam beruhigte sich mein Herzschlag wieder und ich stöhnte, als mir klar wurde, dass Montag war. Montag nach einer viel zu kurzen Nacht. Ich ließ mich zurück in die Kissen fallen. Wie war ich bloß auf die Schnapsidee gekommen, mich gestern Abend bei dieser Dating-App anzumelden? *G-Stagram* war der neuste Trend am Gay-Dating-Himmel. Es schien, als ob die komplette LGBT-Community gerade verrückt nach dieser App war. Zumindest wurde mir der Werbebanner geradezu penetrant auf wirklich allen Internetseiten angezeigt. *G-Stagram* warb mit Fotos von hübschen Männern, die augenscheinlich nur auf mich warteten, um ein schnelles Abenteuer zu erleben oder die große Liebe zu finden. Und da ich das Singleleben satthatte, musste ich natürlich direkt mit auf diesen kunterbunten Regenbogenzug aufspringen. Wie verzweifelt konnte man eigentlich sein? Wie ein Verrückter hatte ich mich durch die vielen Profile geklickt und hatte über unzählige Gesichter gescrollt. Und da war es auch schon halb zwei Uhr nachts gewesen.

»Lennyyy!«, rief Ida, meine kleine Schwester, vom Flur aus und zog ihn dabei so lang wie Kaugummi. Ich horchte und hoffte insgeheim, dass sie aufgeben und mich einfach vergessen würde. Nachdem ich es dann aber tatsächlich gewagt hatte, nicht innerhalb von wenigen Sekunden Antwort zu gegeben, stürmte sie mein Zimmer wie ein wildgewordener Stier und warf sich mit ungefähr derselben Wucht auf mein Bett.

»Leeennyyy, du musst aufstehen. Mama hat Honigbrote geschmiert.« Das war natürlich ein Argument. Ich ließ Ida trotzdem noch etwas zappeln. Einfach weil ich ihr großer Bruder war und sie gerne ärgerte. Das war quasi meine brüderliche Pflicht. »Leheeheehennyhyhyhyh!« Sie sprang auf mir herum und erst, als sie mir geschätzt fünfzig feuchte Küsschen auf meinem ganzen Gesicht verteilt und mindestens zwei Rippen mit ihren Knien geprellt hatte, warf ich sie mit einem Ruck neben mir in die Kissen und begann sie durchzukitzeln. Ida schrie hysterisch und trat um sich. Sie war so unglaublich kitzelig. Das war schon echt nicht mehr normal. »Stopp Lenny«, gackerte sie und fuchtelte wild um sich.

»Nur wenn du heute die Spülmaschine ein- und ausräumst«, versuchte ich zu verhandeln, erntete aber nur eine herausgestreckte Zunge.

»Niemals! Du bist heute mit der Spülmaschine dran.« Das wusste ich. Wo wäre denn sonst der Reiz in diesem Deal gewesen? Doch bevor ich ihr das erklären konnte, entwand sie sich meinen Kitzelfingern und rannte kreischend aus dem Zimmer, aber nicht ohne mir mit gebührendem Sicherheitsabend noch einmal die Zunge herauszustrecken. Ich lachte auf und musste gestehen, dass ich nun tatsächlich wach war. Nicht wirklich gut gelaunt und auch nicht fit, aber zumindest wach. Langsam erhob auch ich mich und begab mich mit schlurfenden Schritten Richtung Badezimmer. Nach einer schnellen Dusche, dem morgendlichen Wühlen in dem Kleiderhaufen vor meinem Kleiderschrank, stopfte ich meine Schulsachen in meinen Rucksack, ging nach unten in die Küche und setzte mich an den Küchentisch. Ida hatte bereits gegessen und zog nun ihre Jacke an. Ein Teller, auf dem nur noch ein paar Krümel zu sehen waren, und eine leere Tasse standen auf dem Tisch. Dad war meist schon früh unterwegs. Und da ich morgens versuchte, so lange wie möglich im Bett zu bleiben, sahen wir uns unter der Woche erst abends.

»Lenard, es ist wie jeden Morgen. Jetzt hast du keine Zeit mehr fürs Frühstück.« Meine Mum stellte mir eine Tasse Kaffee vor die Nase und stopfte mir meine Brote in eine durchsichtige Tüte mit Zipp-Verschluss, die sie dann schwungvoll vor mich auf die Tischplatte warf. »Hier, dann wenigstens für unterwegs.« Ich nickte wenig gesprächig, trank von meinem Kaffee und musterte die Buttons auf meinem schwarzen Schulrucksack, den ich auf dem freien Stuhl neben mir abgelegt hatte. Ein Button fehlte. Inmitten der vielen runden Anstecker prangte eine große Lücke. Nirvana, Metallica, JBO, das Anarchie-Zeichen, eine Regenbogenflagge – Ich kam nicht darauf, was fehlte. Was solls. Ich zuckte mit den Achseln, trank meinen Kaffee in einem Zug aus und schulterte den Rucksack. Dann würde ich mir wohl irgendwo Button-Nachschub besorgen müssen.

»Willst du keine Jacke anziehen, Schatz?« Mum stand vor mir und betrachtete meine Erscheinung kritisch. Ich sah an mir herunter. Schwarze Chucks, schwarze Jeans, schwarzes Shirt ... Ja, ich sah aus wie ein Emo und ich hatte es nicht einmal darauf angelegt. Irgendwie hatte es sich in den letzten Monaten einfach so ergeben. Schien wohl mein Style zu sein, wenn man das, was ich so trug, als

Style bezeichnen wollte. »Heute Morgen ist es für T-Shirt vielleicht noch etwas zu kühl«, gab meine Mum besorgt zu bedenken. Am liebsten würde sie mir wahrscheinlich wie bei einem Säugling noch das selbstgehäkelte Mützchen über die Ohren ziehen.

»Mum, es ist August! Das passt schon.« Mum seufzte und gab mir einen Klaps auf den Hintern.

»Dann aber jetzt los, du verpasst noch den Schulbus.« Es folgte ein kleiner Kuss auf die Wange. »Ida?«, rief sie dann plötzlich in trommelfellberstender Lautstärke. »Wo bist du?«

»Im Wohnzimmer vorm Fernseher.«

»Bitte was?« Wutschnaubend ging Mum an mir vorbei. »Seit wann schalten wir morgens bitteschön den Fernseher ein? Aus und Abmarsch!«

Ida war sieben Jahre alt und ging in die Grundschule ein paar Straßen weiter. Ich musste also nicht auf sie warten. Sie brauchte nur wenige Minuten zu Fuß und ging den Weg seit einiger Zeit alleine. Ein schnelles »Tschüss« Richtung Wohnzimmer gerufen und schon verließ ich unser spießiges Einfamilienhaus. Ich trottete die Spießerstraße, in der wir lebten, entlang und schenkte den vielen, sehr gepflegten Spießer-Vorgärten nicht wirklich viel Beachtung. Die Gegend hier war echt super. Die perfekte Familienidylle. Manchmal fragte ich mich, ob und wie sehr ich den Nachbarn mit meinem Aussehen ein Dorn im Auge war. Ich passte nämlich alleine schon farblich kein bisschen zu den Rhododendronbüschen, die hier wie verrückt blühten. Während ich hier so entlanglief, kam ich mir mehr wie ein Wesen aus einer anderen Welt vor. Ich war zu jung und zu unangepasst, um zu den ganzen Erwachsenen in ihren Nadelstreifenanzügen zu passen. Und ich war eindeutig zu schwul. Auch das unterschied mich wahrscheinlich von jedem Einzelnen hier in dieser schmucken Straße.

Schon von weitem sah ich an der Bushaltestelle ein paar der Idioten, die mit mir in eine Stufe gingen. Sie schubsten sich spaßeshalber hin und her und versuchten sich in die Eier zu boxen. Wahre IQ-Bomben.

»Hi Lenard«, rief Party-Chris mir zu. Warum er Party-Chris hieß? Naja, weil er eben, sobald seine Eltern für ein paar Tage verreist waren, sofort Partys schmiss. Und das kam wirklich ständig vor. Naja, es gab einfallsreichere Spitznamen.

»Du scheinst ja echt die Hitze zu haben, Lenard.« Er zeigte auf meine nackten Arme. »Aber wen wunderts, du strahlst ja quasi Wärme von innen aus.« Seine Kumpels klatschten ihn ab und riefen sich lachend Begriffe wie »warmer Bruder« und »Hinterlader« zu. Ich rollte mit den Augen und seufzte. Gott waren die kindisch. Ich fühlte mich nicht angegriffen oder beleidigt. Kein bisschen. Ich wusste, dass sie es nicht mal wirklich böse meinten. Bei uns in der Klasse hatte jeder irgendwie seine Schublade. Wir hatten den dicken Kevin, den alle mochten, weil er so lustig war, Paulina mit den Sommersprossen, Emma mit den Riesen-Tröten, in die fast alle verschossen waren, Party-Chris, Fußball-Freddy und eben den warmen Lenard. Vielleicht war es besser mit irgendwas in Erinnerung zu bleiben als vollends mit Nichtachtung gestraft zu werden. Auch wenn ich manchmal einfach nur meine Ruhe haben wollte.

Zum Glück stand plötzlich Freddy neben mir. Mein bester Kumpel seit der Grundschule. Einer der wenigen Kerle in meinem näheren Umfeld, der auf mein Schwulsein einfach mit einem Schulterzucken reagiert hatte. Kein dummer Spruch, kein dämlich gekichertes »Hoffentlich bist du nicht in mich verliebt«, kein »Igitt« oder »Wow, wie cool«. Es war ihm schlichtweg vollkommen egal. Und genau das mochte ich an ihm. Denn auch ich empfand es nicht als besonders und wollte deshalb auch nicht wie ein Paradiesvogel behandelt werden, nur weil ich mit Männern vögelte. Naja, quasi. Also in der Theorie. Die Realität war, dass ich höchstens in meiner Fantasie mit irgendjemandem intim wurde. Aber das würde ich den Spackos garantiert nicht unter die Nase reiben. Freddy und ich klatschten uns zur Begrüßung ab und stiegen dann in den Schulbus, der just in diesem Moment an der Bordsteinkante hielt.

Wir ergatterten eine der wenigen noch freien Sitzbänke und ließen uns dort nieder. Unsere Rucksäcke verstauten wir zwischen unseren Füßen. Genau eine Haltestelle später stieg Karla ein. Wie jeden Tag quetschten wir uns zu dritt auf die zwei Plätze. Karla, Freddy und ich waren ein Dreiergespann. Schon fast immer. Wir umarmten Karla zur Begrüßung und sie gab jedem von uns ein Bussi auf die Wange.

»Und ihr beiden Hübschen, was habt ihr so am Wochenende getrieben?«, fragte sie und sah uns neugierig an. Freddy zuckte mit den Achseln.

»Meine Tante war mit den Zwillingen zu Besuch. Boah war das stressig. Und laut. Ich wusste nicht, dass Babys so verdammt laut sein können. Ihr habt echt keine Vorstellung.«

»Aber hallo. Ich erinnere mich noch genau daran, als Ida ein Baby war. Das war schlimm.« Ida war knapp 10 Jahre jünger als ich. Nach mir hatten sich meine Eltern erst mal Zeit gelassen. Ida war aber keineswegs ein Unfall. Nach 10 Jahren mit einem Kind, hatten sie sich einfach für ein Zweites entschieden. Vielleicht, weil ich erst mal aus dem Gröbsten raus war. Ich war stubenrein und konnte schon kräftig mit anpacken. Windeln wechseln, Fläschchen geben, den Schnuller alle zwei Minuten wieder in Idas Mund stopfen. Das alles hatte ich auch wirklich sehr gerne getan. Immerhin war ich stolz ein großer Bruder zu sein und wollte unbedingt, dass es Ida gut ging. Aber die Nächte ... Die Nächte waren der blanke Horror. Obwohl sie im Schlafzimmer meiner Eltern geschlafen hatte und zwischen ihrem und meinem Zimmer sogar noch mein Badezimmer lag, hatte ich das Geschrei im Eineinhalb-Stunden-Takt mitbekommen. Ich war dann irgendwann freiwillig auf die Couch im Erdgeschoss gezogen. Selbst da war Ida noch zu hören gewesen, aber wenigstens gedämpft.

»Ich bin auf jeden Fall froh, dass sie gestern Abend wieder weggefahren sind.« Freddy seufzte und rutschte in seinem Sitz ein wenig hin und her, um es sich gemütlicher zu machen. Was nicht nur deshalb schwierig war, weil wir hier zu dritt eingepfercht waren, sondern auch deshalb, weil Freddy ziemlich groß war und mit seinen Knien an den Sitz vor ihm stieß.

»Und du?«, fragte Karla und sah zu mir.

»Ich hab mich gestern bei einer neuen Dating-App angemeldet.« Karla hob eine Augenbraue und ich bemerkte, dass ihr Kinn bebte und sie ein Lachen unterdrückte. »Ja, ich weiß. Lächerlich. Ich wollte es einfach mal versuchen. Wo soll ich denn sonst einen netten, gerne auch ansehnlichen und vor allem schwulen Kerl kennenlernen? Hier?« Ich breitete die Arme aus und sah mich skeptisch im Schulbus um. Nur Freaks und Hornochsen weit und breit. Naja außer Karla und Freddy. »Hier wohl kaum.«

»Naja« sie tippte sich grübelnd mit dem Zeigefinger gegen die Lippen. »Heutzutage ist es ja immer wahrscheinlicher, dass man den Partner fürs Leben online kennenlernt. Ich habe gerade erst eine Studie gelesen, dass ...«

Den Rest blendete ich aus. Denn nun war es so weit. Wie jeden Tag sehnte ich die Haltestelle »Bismarckplatz« herbei. Ich wusste, dass er hier einstieg. Dann begannen meine zehn Minuten gaffen, glotzen und schwärmen. Ich unterdrückte ein Seufzen, als ich ihn erblickte. Der Traum meiner schlaflosen Nächte. Über 1,80 m groß, dunkelbraunes Haar, sportlich, modisch, sonnengeküsste makellose Haut, ein ganz leichter Bartschatten. So schön, so unglaublich schön ...

»Von daher ist es gar nicht so unwahrscheinlich. Vielleicht gehörst du ja auch zu diesen zehn Prozent. Und die Zahl steigt ja logischerweise. Immerhin ist ja auch fast jeder online.« Ich nickte und schenkte ihr eine Mikrosekunde meiner Aufmerksamkeit, jedoch ohne den Blick von dem Objekt meiner Begierde abzuwenden.

»Gott, diese Jeans gehört sowas von verboten«, murmelte ich vor mich hin und erntete einen Ellenbogenhieb von Karla.

»Reiß dich mal zusammen. Du sabberst.« Als ob das verwunderlich wäre. Der Typ hatte nicht nur eine extrem wohlgeformte Kehrseite, die Frontansicht war auch beeindruckend. Man könnte meinen, seine Mutter hätte ihm, statt klebriger Honigbrote, eine Aubergine für die Pause mitgegeben.

»Mich wundert's, dass du nicht sabberst!«

»Der ist nicht mein Typ. Viel zu ...« Sie überlegte und ließ ihren Blick abschätzig auf und ab wandern. »Zu muskulös und ähm ... schön.«

Ich brach in lautes Gelächter aus. »Er sollte sich was schämen, so aus dem Haus zu gehen«, prustete ich. Auch Freddy lachte, wenn auch etwas verhaltener und nicht ganz so schallend wie ich. Aber er war meist der ruhigere Typ in unserer Clique. Da bemerkte ich, dass sich die Gruppe, in der auch mein personalisierter feuchter Traum stand, nach uns umsah. Alle inklusive *ihm* starrten uns an, nur um sich danach wieder tuschelnd abzuwenden und hinter vorgehaltenen Händen eindeutig über uns zu lästern. Beziehungsweise über mich. Einige Mädels kicherten und strichen dem hübschen Kerl dabei immer wieder wie zufällig über den Arm. Als ob der das nicht merken würde. Dabei genoss er das bestimmt in vollen Zügen. Es musste ein Segen sein, so auszusehen und einfach freie Auswahl zu haben. Er konnte wahrscheinlich jede haben. Wieder lachten alle über etwas, was er gesagt hatte und blickten dann wieder kurz zu mir. Na toll. Auf diese Sorte Aufmerksamkeit konnte ich gut und gerne verzichten.

Der Bus hielt an und der tuschelnde Haufen stieg zum Glück aus. Da hatte er ja einen wirklich liebreizenden Harem um sich aufgebaut. Ich war noch nie so glücklich darüber schwul zu sein. Mit solchen Weibern wollte ich mich echt nicht rumschlagen.

»Er scheint wohl mit diesen Zicken auf die Gesamtschule zu

gehen«, kommentierte Karla das Geschehen. Ich nickte. Das hatte ich auch schon herausgefunden. Viel mehr aber leider noch nicht. Er war ganz einfach plötzlich dagewesen, war in den Schulbus gestiegen und hatte mir mein Herz geraubt. Boah klang das kitschig. Und ganz so war es nun auch wieder nicht. Er sah nur einfach verboten gut aus. Wenn ich mir einen Typen hätte backen können, er würde genauso aussehen.

Der Bus hielt ein weiteres Mal und nun mussten auch wir aussteigen. Karla, Freddy und ich gingen in die 12. Klasse des Anne-Frank-Gymnasiums und bewegten uns rasant aufs Abitur zu. Für meinen Geschmack einen Ticken zu schnell. Ich war noch nicht bereit auf das, was danach auf uns zukommen sollte.

Wir betraten unser Klassenzimmer und Freddy fing geschickt eine Papierkugel ab, die uns entgegengeflogen kam.

»Sorry Freddy«, entschuldigte sich der dicke Kevin. Freddy gab ihm seinen Müll zurück und setzte sich neben mich in die dritte Reihe. Karla lief zu Emma, neben der sie in einigen Fächern saß. Zum Beispiel in Biologie, die erste Doppelstunde montags.

Hinter uns ging es noch ganz schön drunter und drüber. Woher hatten die alle eigentlich so früh am Morgen die Energie? Ich seufzte genervt. Hinter uns brüllten sich Theo und Chris an und gaben lautstark mit ihren Eroberungen am Wochenende an. Wie jeden Montag überschlugen sie sich mit detailreichen Erzählungen über ihre Fummeleien und One-Night-Stands. Ich war mir zu hundert Prozent sicher, dass nicht mal die Hälfte davon stimmte.

»Freddy, dir müssen sie doch auch hinterherrennen, oder?« Theo saß hinter uns auf dem Tisch und ließ die Beine hin und her baumeln. Dabei trat er immer wieder gegen Freddys Stuhllehne.

»Klar, kann mich kaum retten vor lauter Verehrerinnen«, gab Freddy sarkastisch zurück. Die Jungs johlten und schlugen ihm auf die Schulter. Sie hatten seinen sarkastischen Unterton nicht einmal bemerkt. Diese Vollidioten.

»Und du Lenard? Hast du's auch ordentlich besorgt bekommen?« Sie stachen sich gegenseitig mit den Ellenbögen in die Seiten und kicherten wie kleine Grundschulmädchen. Ich wollte gerade mit einem richtig fiesen Kommentar kontern, als unsere Lehrerin Frau Liese den Raum betrat. Alle sprinteten eilig auf ihre Plätze und plötzlich war es ganz still. Diese ach so coolen Draufgänger hatten zumindest alle noch gehörig die Hosen voll, sobald ein Lehrer vor ihnen stand. Gut so. Vielleicht sollte ich über eine Karriere als Lehrer nachdenken. Ich mochte den Gedanken daran, dass alle sich vor meinen Launen fürchteten und mucksmäuschenstill auf ihren Stühlen in Deckung gingen, sobald ich in der Nähe war.

Montage waren nervig. Aber zum Glück war wenigstens der Schultag schnell rum. Nur sechs Stunden und eine davon war Religion, was für mich immer mit einer langen Pause gleichzusetzen war. Für den Einstieg in die Woche waren sechs Stunden mehr als genug. Den restlichen Tag nutzte ich, um mein Taschengeld aufzustocken. Ich arbeitete seit einiger Zeit mehrmals die Woche in einer Drogerie ganz in der Nähe von der Schule. Ich räumte hauptsächlich Regale ein oder sortierte irgendwelche Fächer neu. Reich würde ich durch diesen Job definitiv nicht werden, aber es reichte für ab und an Kino oder eine neue Jeans. Viel mehr brauchte ich ja nicht. Ich wohnte ja noch bei meinen Eltern und genoss den Luxus von freier Kost und Logis. Allerdings hatte ich mir vorgenommen, langsam ein paar Euro für meinen Führerschein zusammenzusparen. Freddy hatte seinen bereits gemacht. Der war allerdings auch ein Jahr älter als wir, da er in der 8. Klasse sitzengeblieben war. Ich wurde erst in einigen Monaten 18. Um genau zu sein am 25. Dezember. Ja, ich war ein verdammtes Christkind und hasste es mit jeder Faser meines Seins. Immerhin bekam ich immer nur ein Geschenk und irgendwie feierten alle die Geburt von jemand anderem und meine war zweitrangig. Ich war eben nicht der Messias. Nicht mal ansatzweise.

Heute hatte ich in der Drogerie Nagellack sortiert und das Mindesthaltbarkeitsdatum jeder Müslipackung kontrolliert. Danach durfte ich noch Slipeinlagen und Tampons auffüllen. Nicht gerade eine Aufgabe, die mich intellektuell herausforderte. Aber hey, ich bekam sechs Euro die Stunde dafür. Ein Hungerlohn, wie meine Mum immer wieder behauptete. Aber Mindestlohn galt nun mal nicht für Minderjährige. Und wenn ich Pech hatte, würde sich meine Chefin Doris mich nach meinem achtzehnten Geburtstag einfach nicht mehr leisten können. Dann müsste ich mir einen neuen Job suchen, und ob der dann so entspannt wäre wie dieser hier, wagte ich zu bezweifeln.

Nach Feierabend fuhr ich mit dem Bus nach Hause und mein Magen knurrte begeistert, als er das leckere Abendessen meiner Mutter roch. Die klebrigen Honigbrote von heute Morgen, die ich mehr oder weniger aus der Tüte hatte kratzen müssen, hatten mich nicht sehr lange glücklich gemacht. Und auch die zwei Schokoriegel danach, die ich Karla stibitzt hatte, hielten nicht lange vor. Wenn mich meine Nase nicht täuschte, gab es heute Abend Pasta mit Hackfleischsoße und die liebte ich abgöttisch.

»Hi, bin zu Hause«, rief ich in unser Haus, ohne irgendjemanden Bestimmtes damit ansprechen zu wollen. Ich schlüpfte aus meinen Chucks und hängte meinen Haustürschlüssel an das Brett neben der Tür.

»Gerade rechtzeitig, Schatz. Wir wollten gerade anfangen, es gibt Bolognese.«

»Geil«, brach es aus mir heraus. Und schon sprintete ich an den Esstisch, begrüßte Mum, Dad und Ida, die beide schon saßen und genauso hungrig aussahen, wie ich mich fühlte. Es folgte der übliche Smalltalk über den Tag. Ab und an gab ich schmatzende Kommentare ab. Aber viel zu berichten hatte ich eigentlich nicht. So verzog ich mich wenig später auf mein Zimmer und wollte mich gerade pflichtbewusst an die Hausaufgaben setzen, als mein Handy in meiner Hosentasche vibrierte.

»Hi Karla, was geht?«

»Heute nicht mehr viel, aber dafür morgen?«

»Hä?« Ich setzte mich auf meinen Schreibtischstuhl und lehnte mich zurück. »Was ist denn morgen?«

»Morgen ist das Lokalderby und Freddys Mannschaft ist dabei.« Sie könnte genauso gut chinesisch oder klingonisch mit mir sprechen. Fußball war für mich etwas, das ich nicht verstand. Aber ich hatte auch kein Interesse, an diesem Zustand etwas zu ändern.

»Warum sollte mich das plötzlich interessieren?«

»Das Spiel ist Freddy wichtig und naja, ich will nicht alleine hin.«

»Warum willst du überhaupt hin?«

»Schon mal darüber nachgedacht, dass sich Freddy vielleicht drüber freuen würde?«

Ich schwieg. Klar würde er sich freuen, wenn wir ihm zujubeln würden. Aber um ehrlich zu sein, hatte ich wirklich kein bisschen Lust darauf. Fußball war sowas von langweilig, darüber konnten mich auch keine zweiundzwanzig durchtrainierten Beinpaare hinwegtrösten. Karla seufzte theatralisch und ich konnte sie quasi durchs Telefon nachdenken hören.

»Muss ich dich an letzten Winter erinnern?«, drohte sie plötzlich mit unheilschwangerer Stimme und ich konnte nicht anders als die Augen zu verdrehen.

»Das war so klar, dass du mir das nun bei jeder passenden Gelegenheit vorhalten wirst.«

»Immerhin ist Freddy nur mit dir Schlittschuhlaufen gegangen, weil sonst niemand wollte. Und dann hätte er auch noch fast drei Finger verloren«, tadelte sie mich am anderen Ende der Leitung.

»Übertreib mal nicht. Das wurde genäht und mehr nicht.«

»Ich finde schon, dass du ihm was schuldig bist!« Ich seufzte laut und gedehnt.

»Na guuut. aber du gibst mir vor Ort ein Bier aus. Und wehe es gibt dort keins.«

»Das wird schon! Sei bitte kein Miesepeter. Wir werden viel Spaß haben. Garantiert.«

Wer's glaubt.

Ich legte auf und seufzte ein weiteres Mal. Gerade als ich das Handy zur Seite legen wollte, fiel mir auf, dass ich eine Nachricht auf *G-Stagram* erhalten hatte. Das machte mich jetzt doch etwas nervös. Ich setzte mich aufrecht hin und öffnete die App. Beim Klicken auf das Posteingang-Symbol begann mein Herz zu rasen. Was würde mich erwarten? Der Mann meiner Träume? Mein zukünftiger Gatte? Oder einfach ein netter Mensch, mit dem ich ein wenig chatten konnte?

Du bist hübsch. Genau mein Typ. Lust auf ein Date im Park. Bei Nacht. Nur wir beide ;-)

Na bravo. Ich schloss die App wieder und widmete mich meinen Deutsch-Hausaufgaben. Und danach sollte ich schleunigst über mein Profilbild und meine Außenwirkung nachdenken.

2

Er hat einen Namen!

Dienstag, 14. August

Klasse! Die Sonne knallte auf uns runter und es gab keinen einzigen freien Sitzplatz. Karla und ich standen am Rande des Fußballfeldes und hielten uns an unseren kühlen Bierkrügen fest. Ich hatte meine Cappy tief ins Gesicht gezogen und spürte trotzdem schon den drohenden Sonnenbrand. Ja, ich hätte mich mit Sonnenmilch einschmieren können. Ja, ich war selber schuld. Ja, die Haut auf meinen Wangen würde heute Abend in Fetzen von meinem Gesicht hängen. Das Spiel lief gerade mal schlappe zwölf Minuten und ich drohte jetzt schon zu Staub zu zerfallen. Karla war von Natur aus ein sehr sommerlicher Typ. Es reichte ein Sonnenstrahl im Mai und schon war sie knackig braun für den Rest des Jahres. Das Miststück. Ich glänzte mit Blässe und einem roten Nasenrücken.

»Jaaa«, jubelte Karla plötzlich neben mir und sprang in die Luft. Dabei schwappte etwas vom Bier über den Rand und landete auf meinem Unterarm. Ich hatte wahrlich nichts gegen eine kleine Erfrischung einzuwenden, aber das war nun wirklich ziemlich eklig. Ich blickte sie tadelnd über den Rand meiner Sonnenbrille an.

»Was ist überhaupt passiert?«, fragte ich etwas genervt und nippte an meinem Bier.

»Freddys Mannschaft ist gerade in Führung gegangen.«

»Wer von den beiden ist überhaupt Freddys Mannschaft? Die Roten oder die Grünen?«

»Ernsthaft?« Nun sah sie mich tadelnd an. »Freddy ist die Nr. 3 in der roten Mannschaft. Bist du blind?«

»Ein wenig«, gab ich zu und grinste verlegen. Ich war tatsächlich etwas kurzsichtig, aber viel zu eitel, um eine Brille zu tragen. Und es musste wirklich noch viel passieren, bis ich mich dazu überwinden würde, mir jeden Morgen im Auge rumzufuhrwerken, um mich mit Kontaktlinsen auszustatten. Karla verdrehte die Augen und wandte sich wieder dem Spielfeld zu.

»Oh verdammt …«, rief sie und spannte sich neben mir an. Ein Raunen ging durch die Menge, und so lenkte ich meinen Blick auch wieder Richtung Spiel. Es folgte nun direkt ein Gegenangriff. Ein hochgewachsener Kerl im grünen Trikot rannte auf die andere Seite des Spielfelds und … bekam den Ball abgenommen. Dies ließ er sich aber nicht einfach so gefallen. Es gab ein wildes Hin- und Hergetrete, bei dem ich zwischenzeitlich komplett den Überblick verlor. Als er den Ball allerdings wieder zurückerobert hatte, sprintete er unaufhaltsam los und hämmerte das Teil ins rechte obere Eck. Die Leute um uns herum fluchten und schüttelten den Kopf. Ein paar Meter weiter jubelten und schrien einige Mädels hingegen ohrenbetäubend.

»Das 1:1 erzielte der Spieler mit der Nummer 9, Nikolas Bosch«, den Nachnamen riefen die Mädels im Chor mit dem Hobby-Stadionsprecher, der das Geschehen durch die schäbigen Boxen mit kratziger Stimme kommentierte. Die Fans der grünen Mannschaft fielen sich dann in die Arme. Der Torschütze joggte gemütlich zurück Richtung Spielfeldmitte und winkte seinen Fans dabei zu. Und da plötzlich erkannte ich ihn. Ich schnappte erschrocken nach Luft und konnte meinen Augen kaum trauen, als mein Hirn eins und eins zusammenzählte.

»Ist das nicht …« Karla brauchte den Satz nicht zu vollenden. Ich war zwar kurzsichtig, aber den Kerl würde ich immer und überall erkennen. Das war mein Schulbus Traummann und verdammt. Er hatte einen Namen. Also das war mir schon vorher irgendwie klar gewesen. Aber nun wusste ich ihn auch und er klang so geil. Wie Musik in meinen Ohren. Nikolas Bosch. Hach.

Ich war so gestört.

»In Sporthosen kann er sich sehen lassen«, kommentierte Karla das Geschehen und ließ ihre Augenbrauen hüpfen.

»Der kann sich verdammt noch mal in allem sehen lassen. Das ist der einzige Kerl auf diesem Planeten, der sogar in Glanzleggings und Crocs gut aussieht.« Sagte ich vorwurfsvoll und zog mir erst mal die Sonnenbrille von der Nase. Den wollte ich unbedingt unverfälscht und ohne Sepia-Filter angaffen.

Ich starrte wie gebannt auf seine Waden. Wanderte dann mit meinem Blick weiter nach oben. Sein Trikot klebte an seinem Oberkörper, man konnte eindeutig Bauchmuskeln sehen. Er wischte sich mit dem Unterarm den Schweiß von der Stirn, lief wieder los, ergatterte den Ball, trickste ein paar andere Spieler aus. Ich war wie gebannt und hatte noch nie so viel Spaß daran gehabt, einem Fußballspiel zuzuschauen wie in diesem Moment. Erst als mir ein anerkennender Jubler herausrutschte und Karla mir mit dem Ellenbogen in die Seite stieß, fiel mir auf, dass ich der falschen Mannschaft die Daumen drückte. Ach ja. Wir waren ja wegen Freddy da. Die rote Mannschaft. Rot gut, grün böse. Der Feind quasi. Es war gar nicht so einfach mich wieder auf Kurs zu bringen. Ich stand etwas neben mir.

Mir wurde jetzt erst so richtig klar, dass es den Typen auch außerhalb des Schulbusses gab. Er hatte einen Namen und spielte Fußball. Plötzlich wurde er real und aus immer mehr kleinen Anhaltspunkten entstand ein Gesamtbild von ihm. Von Nikolas Bosch. Ich sah mich schon seinen Namen immer wieder in mein

Matheheft kritzeln. Das ganze natürlich mit Herzchen verziert. Ich war echt ein Loser. Ein bisschen Mobbing hätte ich echt verdient.

Ein Aufheulen ging durch die Menge. Zwei Spieler lagen am Boden. Einer davon war Nikolas. Er rappelte sich humpelnd auf. Hüpfte ein wenig hin und her und war wieder fit. Die Menge jubelte und auch ich klatschte ekstatisch in die Hände. Karla lachte sich über mich kaputt.

»Echt Junge, du brauchst ein Fangirl-Shirt.«

»Und ich würde es tragen! Mit Stolz!«

Das Spiel ging 2:2 aus. Freddy hatte noch ein paar echt gute Momente. Einmal sogar im direkten Zweikampf mit meinem Traummann. Ich musste gestehen, dass ich am Ende sogar wirklich Spaß gehabt hatte. Als wir dann sogar einen Platz im Schatten unter einem Sonnenschirm ergattert hatten, war fast alles perfekt. Fußball würde niemals zu meinem größten Hobby werden, aber es war um einiges unterhaltsamer, wenn man sich darauf einließ. Und wenn man etwas beschwipst war.

***

Nach Abpfiff trotteten alle Spieler vom Feld. Freddy sah aus wie durch den Matsch gezogen. Was seltsam war, weil es garantiert seit zwei Wochen nicht einen Tropfen geregnet hatte und das Feld ziemlich trocken aussah. Es war wohl die Mischung aus Schweiß und Sand, die ihn wie ein Lehmmonster aussehen ließ.

Wir klatschten ihn kurz ab und beobachteten die Spieler dann dabei, wie sie in der Umkleidekabine verschwanden.

»Und nun?«, fragte ich Karla und trank mein Bier aus.

»Sollen wir auf Freddy warten?«

»Wäre anständig oder? Immerhin waren wir jetzt eh schon zwei Stunden hier. Da kommt es auf fünfzehn Minuten auch nicht mehr an«, überlegte ich laut.

»Recht hast du«, stimmte sie mir zu.

Jetzt, wo sich der Zuschauerbereich langsam leerte und die Spieler alle unter den Duschen waren, wurde es erstaunlich still.

Wir lehnten uns gegen die Wand des Kabinenhäuschens und schlossen für einen kurzen ruhigen Moment die Augen. Die Augustsonne drückte, aber war nun gegen Abend etwas gnädiger zu uns. Sie brannte nicht mehr so unerbittlich auf der Haut, sondern wärmte uns angenehm. Ich zog meine Cappy aus und fuhr mir einmal mit der flachen Hand über mein mittlerweile etwas zu langes braunes Haar. Ich war wahrlich kein Sonnenanbeter. Ich mochte es nicht zu schwitzen, und der Sommer war für mich eigentlich nur die Zeit von Mücken, Sonnenbrand und stinkenden öffentlichen Verkehrsmitteln. Aber genau in diesem Moment war der Sommer perfekt.

***

Von der Umkleidekabine her kam Lärm. Einige jubelten. Andere lachten laut. Anscheinend waren alle mit ihrer Leistung recht zufrieden. Ich hörte keinen Streit und kein Gefluche. Die Tür öffnete sich und die ersten Spieler kamen herausgetrottet. Ein Kerl aus der gegnerischen Mannschaft hatte ein Handtuch um die Schulter gewickelt und noch immer nasses Haar. Er trug die Sporttasche in der Farbe seiner Mannschaft in der rechten Hand und winkte mit der anderen einem Mädel zu, das daraufhin freudestrahlend auf ihn zugerannt kam. Sie sprang ihn an und leckte ihm quasi das Gesicht ab. Nun gut. Er schien darauf zu stehen.

Als nächstes sahen wir Freddy. Er stand in der Tür und unterhielt sich noch mit einigen Typen hinter ihm. Die Stimmung war sehr ausgelassen. Auch Freddys blonde kurze Locken waren noch nass. Was sich bei dem Wetter schnell erledigt haben würde. Er lachte aufgrund eines Kommentars von einem halbnackten Typen im Hintergrund, der mit einem Handtuch um die Hüfte vor ihm stand. Plötzlich kam Nikolas um die Ecke. Und zwar so plötzlich, dass ich mir einen kurzen, erschreckten Laut kaum verkneifen konnte. Karla zwickte mich von allen unbemerkt in den Hintern, was mir noch ein peinlicheres Geräusch entlockte. Auch Nikolas trug lediglich ein weißes Handtuch um die Hüfte und sein nasses Haar wirkte fast schwarz. Er lachte wegen irgendetwas, was Freddy zu ihm gesagt hatte. Aber davon bekam ich schon wieder nichts mit, da mir alle Sinne bis auf den Sehsinn soeben abhandengekommen waren. Mir würden garantiert gleich die Augen ausfallen. Sollte sein Handtuch noch etwas verrutschen, würde ich sterben. Hier und jetzt. Einfach tot umfallen.

»Klar, ich denke schon, dass wir dabei sind, oder?« Freddy blickte zu mir und erwartete eine Antwort.

»Hä?« entfuhr es mir wenig intelligent, was mir noch einen Knuff von Karla bescherte.

»Klar sind wir dabei«, antworte sie nun für mich und nickte dabei enthusiastisch.

»Super.« Nikolas lächelte und entfachte in meiner Brust eine Art Feuerwerk. Wie konnte ein Mensch solche Zähne haben? Hatte dieser Kerl denn keinen Makel? Da stand er, muskulöse Brust, ein paar Wassertropfen, die ihm über die Bauchmuskeln rannen, Zahnpastalächeln. Zu meiner Schande bemerkte ich, dass ich hart wurde und im gleichen Moment glühten meine Wangen mit der Sonne um die Wette.

Ich war so ein Opfer.

Die Kabinentür schloss sich und Freddy und Karla starten mich an.

»Wie krass ist das denn?« Freddy lachte auf. »Ich hab erst voll spät gerafft, dass er das ist.«

»Wir haben ihn schon während des Spiels erkannt.« Karla sah zu mir und dann wieder zu Freddy. »Und er hatte dann wohl einen Hirnschlag oder so, anders kann ich mir sein Verhalten nicht erklären.« Beide lachten mich aus und hakten sich dann bei mir ein.

»Zu was genau haben wir eigentlich gerade ja gesagt?«, fragte ich, als meine beiden Gehirnhälften wieder ihre Arbeit aufgenommen hatten und ich meiner Stimme wieder trauen konnte.

»Wir bringen jetzt erst mal meine Sportsachen nach Hause, dann ziehe ich mir was Schickeres an ...« Er zeigte auf die Sporthose und das Shirt, das echt schon bessere Tage erlebt hatte. »Und dann gehen wir ins Irish Pub. Mit ihm!« das Wort ›ihm‹ betonte er so, als wäre es etwas Gruseliges.

»Mit ihm?«, antwortete ich ehrfürchtig und schluckte.

»Naja, und mit den ganzen anderen Spackos. Aber egal.«

»O Mann!« Karla rüttelte total aufgedreht an mir herum. »Du kannst mit ihm reden und ihn kennenlernen und hihihiii!« Sie quietschte neben mir wie ein Ballon, aus dem die Luft herausgelassen wurde.

»Gott, kann ich so gehen?« Ich blieb abrupt stehen und sah an mir herunter. Schwarze Chucks, schwarze Jeans, schwarzes Shirt. Okay, wenig überraschend.

»Du siehst aus wie ein gottverdammter Emo, also wie immer«, lachte Freddy.

»Aber vielleicht sollen wir noch etwas mit deinen Haaren ...« Sie sah mich skeptisch an und wusste wohl nicht so recht, wie sie den Satz vollenden sollte.

»Was ist mit denen?« Ich strubbelte mir unsicher durch die kurzen Fransen.

»Die sehen scheiße aus.« Karla hatte wohl aufgegeben, eine nette Umschreibung zu finden. »Durch deine Kappe ist oben alles ganz platt gedrückt und an den Ohren stehen sie ab. Du siehst echt doof aus. Aber egal.« Sie hakte sich wieder bei mir unter und zog mich weiter. »Wir fahren jetzt zu Freddy und da werden wir dich einfach mit etwas Gel bearbeiten.

»Wenn das mal Nikolas heute zu mir sagen würde.« Ich gackerte wenig männlich und begann mich so langsam auf den heutigen Abend zu freuen.

***

Eine Stunde später standen wir vor dem Irish Pub mit dem passenden Namen »The Dubliner«. Ich hatte mir kurzerhand noch schnell die Haare bei Freddy gewaschen und sie mit etwas Haarwachs in Form gebracht. Ich sah jetzt meines Erachtens recht ansehnlich aus, ohne dass es nach Absicht aussah. Freddy betrat das Pub als Erster und hielt uns die Tür auf. Die Fußballer fielen sofort auf. Nicht nur weil sie teilweise immer noch Trainingsanzüge trugen. Sie waren auch mit Abstand die Lautesten in der ganzen Kneipe. Einige wenige hatten sich umgezogen. Nikolas trug eine Bluejeans und ein simples weißes Shirt. Man musste ihm eines lassen: Er brauchte sich nicht wirklich ins Zeug legen, um seine Groupies zum Sabbern zu bringen.

»Hey!« Alle grölten laut zur Begrüßung, als sie uns erblickten.

Ich grinste mir debil einen ab und versuchte mich dann zu sammeln und meinen üblichen stoischen Blick wiederzufinden. Keine Ahnung, ob es mir gelang. Ich grüßte alle mit einem hoffentlich lässigem »Hi« und setzte mich dann mit Freddy und Karla auf ein paar freie Barhocker. Da ich heute schon während des Spiels zwei Bier hatte und morgen ein ganz normaler Schultag war, überlegte ich kurz, einfach eine Coke zu bestellen. Oder einen Cappuccino. Aber ehe ich den Gedanken zu Ende denken konnte, stand auch schon Nikolas neben mir und schenkte uns aus einem Pitcher ein.

»Ihr trinkt doch auch Guinness oder? Wenn man schon in einem Irish Pub ist.« Wir nickten und nahmen dankbar an.

»Grins ihn nicht so an«, flüsterte Karla hinter vorgehaltener Hand.

»Tu ich das?« Sofort versuchte ich, mein Gesicht im Pint Guinness zu verstecken.

»Wie ein wahnsinniger Stalker!«

»O Mann.« Meine Wangen begannen schon wieder, heiß zu werden. »Ich kann nichts dafür.« Karla seufzte und tätschelte mir mitleidig das Bein.

»Du bist echt total niedlich, wenn du verknallt bist, aber auch echt auffällig.« Ich schwieg und schaute sie verkniffen an.

»Ich geb echt mein Bestes, aber es fällt einem verdammt schwer, gelassen zu wirken, wenn dieser Typ vor einem steht.«

»Wir trainieren das jetzt!« Sie räusperte sich. »Hey du, Nikolas war dein Name oder, komm mal rüber.«

»Heilige Maria Mutter ...«, nuschelte ich vor mich hin und wäre am liebsten vom Hocker gerutscht. Nikolas stand vom Nachbartisch auf und kam zu uns rüber.

»Nennt mich doch einfach Nick. Habt ihr etwa schon ausgetrunken? Die nächste Runde geht auf euch.« Er zwinkerte uns zu und setzte sich auf einen freien Stuhl gegenüber von uns.

»Nene, wir haben noch.« Als Beweis erhob sie ihr Glas. »Wir wollten mit dir anstoßen und dir zu deinem Tor gratulieren.«

»Nice«, kommentierte er und streckte uns sein Glas entgegen. »Wie heißt ihr nochmal?«

»Ich bin Karla und das ist ...«

»Hi, ich bin Lenard.« Ich streckte ihm die Hand entgegen und war für einen kurzen Moment verdammt stolz auf mich. Denn meine Stimme zitterte nicht. Ich hatte mein Gesicht weitestgehend unter Kontrolle und, soweit ich das beurteilen konnte, waren auch meine Hände nicht verschwitzt.

»Angenehm.« Er schüttelte meine Hand und lächelte mich an.

»Ihr seid Freunde von Freddy? Dem Typen, der mich einfach mal so richtig umgetreten hat?«

»Hey!«, klinkte sich nun auch Freddy ist Gespräch ein. »Ich hab den Ball gespielt!«

»Hättest du wohl gerne.« Die beiden lachten und stießen mit ihren Gläsern an.

»Ein echter Teufelskerl. Bin kaum zum Abschluss gekommen

wegen ihm.« Mein hormongesteuertes Hirn hatte sofort Bilder im Kopf, die ich mit einem schnellen Schluck Bier wieder verdrängte.

»Und seit wann spielst du Fußball?«, fragte nun Karla, die sich bemühte, das Gespräch am Laufen zu halten.

»Schon seit ich fünf oder sechs Jahre alt war. Also schon ziemlich lange. Bin nur frisch im Verein. Meine Familie und ich sind vor einem halben Jahr erst hierher gezogen.« Das erklärte auch, warum er urplötzlich da war. »Naja, bin froh den Verein gefunden zu haben und bin auch echt gut aufgenommen worden.« Er blickte sich lächelnd um und mir entgingen nicht die drei Mädels vom Nachbartisch, die ihn seufzend anschmachteten. »Und was treibt ihr sonst so? Ich komm nicht wirklich viel rum. Bin ständig beim Fußball oder im Studio.«

»Studio?«, fragte ich.

»Fitnessstudio«, antwortet er und dabei schob sich eine Augenbraue skeptisch in die Höhe.

»Ach so.« Die Peinlichkeit war kaum zu überbieten. »Damit hab ich nix am Hut. Mit Sport im Allgemeinen.«

»Echt? Dafür scheinst du aber gut in Form zu sein.« Er ließ seinen Augen einmal anerkennend über meinen Körper wandern und für einen kurzen Augenblick hatte ich das starke Bedürfnis, ganz dringend den Bauch einzuziehen, oder den Bizeps anzuspannen. Was total lächerlich war. Zumal ich sowas wie einen Bizeps gar nicht hatte.

»Das ist dann wohl genetisch bedingt«, wiegelte ich ab.

»Er kann toll Billard spielen«, sprang Karla plötzlich ein und versuchte wohl Nikolas von meinen Vorzügen zu überzeugen.

»Wow? Musst du mir mal zeigen.« Noch ein kleines Lächeln, dann wurde er wieder an den Nachbartisch gerufen, auf dem eine Runde Schnaps bereitstand. Neonblaues Zeug, das aussah wie Gift. Er stand auf, setzte sich zwischen zwei Blondinen, die ihn schon sehnlichst erwartet hatten, und trank direkt zwei Schnäpse auf ex.

»Boah ey Lenard. Das lief doch total gut für dich?«, wisperte mir Karla zu. Ich zuckte nur mit den Achseln.

»Ich weiß nicht. Er ist irgendwie schwer zu greifen.«

»Ihr habt das erste Mal miteinander gesprochen und er hat dir gleich Komplimente gemacht«

»Ach quatsch, das meinte er bestimmt kein bisschen sexuell.« Karla kicherte, schüttelte den Kopf und begann dann eine Unterhaltung mit einem Typen aus Freddys Team, der sich ihr als Pablo vorstellte. Ein hübscher Kerl mit südeuropäischem Teint.

Ich beobachtete weiterhin verstohlen das Geschehen am Nachbartisch. Mittlerweile stand Freddy bei seinen Fußballkumpels und zum blauen Gesöff wurde nun auch giftgrünes Zeug gereicht. Nick trank innerhalb von kürzester Zeit mehrere Shots hintereinander und wurde nach jedem gefühlt zwanzig Dezibel lauter. Er unterhielt das gesamte Pub mit Sprüchen und lustigen Anekdoten. Freddy gab später auch noch eine Runde aus, aber da waren Karla und ich schon auf Cola umgestiegen. Ich spürte die drei Bier der letzten Stunden ziemlich und das heiße Wetter tat sein Übriges. Ich hatte keine Lust darauf, morgen verkatert in der Schule zu hocken. Das hatte ich einmal gemacht und es war die Hölle gewesen. Der Tag nach Karlas 17. Geburtstag war für uns beide kein glorreicher gewesen. Abwechselnd waren wir auf die Schultoilette verschwunden und hatten uns in regelmäßigen Abständen von unserem Mageninhalt verabschiedet. Die Schultoiletten waren schon so keine Freude. Ich hatte mir nach diesem Tag fest vorgenommen, dort nie wieder zu knien! Bäh! Unter normalen Umständen würde ich mich zum Beispiel mit Freuden vor Ryan Gosling auf die Knie fallen lassen oder vor Channing Tatum. Aber definitiv nicht auf der Jungentoilette in unserer Schule.

***

Als ich gegen 23 Uhr im Bett lag, zog ich das Resümee dieses Abends: Mein Traummann hieß also Nikolas Bosch und ich durfte ihn Nick nennen. Er spielte Fußball, war Stürmer und anscheinend verdammt gut darin. Auch wenn ich nicht wirklich viel Ahnung davon hatte. Er war frisch hierher gezogen und machte viel und gerne Sport, was man ihm auch ansah. Außerdem schien er ein ziemliches Partytier zu sein. Zumindest unterhielt er mit wortreichen Erzählungen, für die er sehr viele Lacher erntete, und die restlichen Leute gewann er durch sein strahlendes Lächeln. Was mir allerdings auch aufgefallen war: Nikolas hatte sehr viel getrunken. Wirklich sehr viel. Und das unter der Woche. Ich hatte selten jemanden gesehen, der so viele Shots intus hatte und trotzdem noch in der Lage war relativ gerade zu stehen. Aber vielleicht war das ja heute auch nur eine Ausnahme gewesen. Quasi zur Feier des Tages.

3

Unverhofft kommt oft

Mittwoch, 15. August

»If you wannabe my lover, you gotta get …« Ich ließ meine Hand auf den Wecker sausen. Es knallte und das Radio verstummte. Nein! Nicht am frühen Morgen. Nicht heute. Nur über meine Leiche.

Obwohl ich gestern rechtzeitig von Bier auf Softdrinks umgestiegen war, brummte mir der Schädel. Drei Bier waren unter der Woche eben doch mehr als normal und Gedanken an die Begegnung mit meinem Traummann, den ich jetzt Nick nennen durfte, hatten mich lange Zeit nicht schlafen lassen. Unruhig hatte ich mich hin- und hergewälzt und jedes seiner Worte und jeden Blick analysiert.

Ob wir Freunde werden konnten? Wollte ich das überhaupt? Konnte man mit jemandem befreundet sein, den man am liebsten von oben bis unten ablecken wollte?

Irgendwann war ich dann doch vor Erschöpfung eingeschlafen und wurde von seltsamen Träumen verfolgt, an die ich mich jetzt kaum mehr erinnern konnte. Nur dass Nick darin eine wichtige Rolle gespielt hatte, nass gewesen war und nur ein Handtuch getragen hatte, wusste ich noch. Ich schleppte mich also mit meinem Kaffee in einem To-go-Becher Richtung Bushaltestelle. Mein Frühstück hatte mir Mum mal wieder in einen Plastikbeutel gequetscht.

Ich befürchtete, die Marmelade würde ich später dann eben von der Tüte lecken müssen. Vielleicht sollte mir meine Mum in Zukunft auch einen Löffel mit einpacken für meine Pausenbrote. An der Haltestelle angekommen, bemerkte ich, dass Freddy auch nicht sehr gesprächig war.

»Moin.«

»Moin.«

»Wie lang ging's noch?«, fragte ich und musterte seine etwas blässliche Gestalt von der Seite.

»Frag nicht.«

Ich nickte und richtete meinen Blick auf die sich gerade öffnende Bustür. Ich ließ mich auf einen freien Platz nieder. Freddy hingegen ließ nur seine Tasche bei mir stehen und ging mit Heft und Stift bewaffnet zwei Plätze hinter mir zu einem Kerl, mit dem er zusammen Physik hatte. Anscheinend hatten sie schon vorher ausgemacht, dass er die Hausaufgaben abschreiben durfte, der Kerl, ich glaube, er hieß Moses oder Moritz oder sowas in der Art, gab ihm bereitwillig seine Unterlagen. Der Bus hielt an der nächsten Haltestelle und Karla stieg ein. Sie lächelte mich an und wirkte nicht ganz so erledigt wie ich. Ich rückte Freddys Tasche zur Seite und sie setzte sich neben mich.

»Wie geht's dir?«, fragte sie und sah mich neugierig an.

»Beschissen wäre geprahlt!« Sie lachte auf und schüttelte den Kopf.

»Dabei waren wir noch recht vernünftig.«

»Das schon, aber mein Kopf wusste, dass es sich um einen normalen Wochentag handelte, und hat den Alkohol deshalb anders abgebaut. Das ist die einzige logische Erklärung.«

»Jap, klingt vollkommen logisch.« Ich nippte an meinem lauwarmen Kaffee und sah mich um. Gleich war es wieder so weit. Karla neben mir spürte meine Anspannung und sah mich von der Seite an.

»Gleich steigt er ein.«

»Ich weiß.«

»Meinst du, es wird anders sein?« Ich zuckte mit den Achseln. Ich wusste nicht mal so recht was ich mir erhoffte.

***

Der Bus hielt und gefühlt tausend Schülerinnen und Schüler mit dicken Rucksäcken auf ihren Rücken schubsten und boxten sich lautstark vor der Tür, nur um die beste Ausgangssituation zu haben. Als sich die Türen zischend öffneten, stürmten sie hinein, platzierten sich in Windeseile auf den wenigen noch freien Plätzen oder suchten sich einigermaßen bequeme Stehplätze, wo sie nicht Gefahr liefen, zerquetscht zu werden.

Und dann stieg er ein. Gelassen und elegant. Ein Kerl neben ihm redete auf ihn ein, aber er schien ihm nicht wirklich zuzuhören, sondern nickte nur abwesend. Er sah müde aus und hatte dicke Ringe unter den Augen. Seine Haltung war etwas gebeugter als sonst und er rieb sich mit den Fingerspitzen die rechte Schläfe.

»Er hat Kopfschmerzen«, stellte ich leise für mich fest.

»Scheint so. Ist ja auch wenig verwunderlich. Freddy sieht auch nicht gerade frisch aus und Nick hat ja mindestens das Dreifache gesoffen.« Ich nickte. Das hatte er tatsächlich.

Der andere Typ redete weiter auf Nick ein, der mittlerweile die Augen geschlossen hatte und mit der Stirn an der Fensterscheibe lehnte. Es war trotz früher Morgenstunde schon echt warm und hier im Bus unerträglich stickig. Die kühle Scheibe tat bestimmt gut. Hoffentlich ging es ihm nicht allzu schlecht. Gleich würde er aussteigen und konnte wieder frische Luft atmen. Und ich müsste wieder vierundzwanzig Stunden warten, bevor ich einen weiteren Blick auf ihn erhaschen konnte. Aber eigentlich waren wir doch einen Schritt weiter. Ich war nicht mehr der heimliche Stalker. Wir waren doch jetzt irgendwie ... naja zumindest Bekannte oder so.

Der Bus hielt an einer Ampel. Das war die letzte Gelegenheit vor seiner Haltestelle. Ich erhob mich, streckte mich über zwei Leute hinüber und tippte ihm auf die Schulter. Er reagierte nicht. Erst als ich ein weiteres Mal tippte und dazu etwas zu leise und unsicher, aber anscheinend doch gut hörbar, seinen Namen rief, drehte er sich zu mir um. Ich sah Erkenntnis in seinen Augen aufblitzen. Er nickte mir zur Begrüßung zu.

»Hey, was geht?«, fragte er und versuchte sich in einem lässigen Lächeln, das ihm nicht wirklich gelang.

»Gut, ich dachte ... ähm ...« ich räusperte mich und kratze mich am Hinterkopf. »Brauchst du vielleicht ne Aspirin? Ich hab eine Packung im Rucksack.«

»Danke, hab schon.« Er seufzte und rieb sich erschöpft über die Augen. »Der Tag wird auch irgendwie rumgehen« ein weiteres Mal nickte und lächelte er mir zu, bevor er mit dem Strom anderer Schüler aus dem Bus getrieben wurde. Von draußen warf er mir nochmal einen kurzen Blick zu. Dann lief er weiter Richtung Schule. Okay, das lief nicht ganz so wie beabsichtigt, aber es war besser als nichts. Er hatte mich erkannt, wir hatten kurz geredet. Darauf ließ sich aufbauen. Was auch immer ich mir erhoffte, es war eine gute Ausgangssituation!

***

Die Mittwochs-Schultage waren immer die Schlimmsten. In diesem Halbjahr waren es ganze acht Schulstunden, die von einer Doppelstunde Latein am Ende gekrönt wurden. Ich war gar nicht mal so übel in Latein, musste ich zugeben, aber eine Doppelstunde nachmittags musste deshalb trotzdem nicht sein. Ich war meist kurz davor einzupennen. In der großen Pause vor Latein hatte ich mir am Kiosk nebenan ein Snickers und eine Portion Pommes geholt. Nahrhaftes Mittagsessen. Auf dem Rückweg zum Klassenzimmer checkte ich mein Handy und erkannte eine Nachricht von

Sybille, einer Arbeitskollegin aus der Drogerie. Eine nette, total zierliche Studentin, die sich ihr BAföG in der Drogerie etwas aufstockte. Sie bat mich verzweifelt darum, heute ihre Schicht zu übernehmen. Ich seufzte. Mittwochs arbeitete ich normalerweise nicht. Immerhin hatte ich schon einen langen Schultag und war froh, wenn ich endlich zu Hause war. Aber für Sybille machte ich dann und wann mal eine Ausnahme. Ich würde vielleicht auch irgendwann mal auf ihre Hilfe angewiesen sein, wenn es mir nicht so gut gehen sollte. Ich sagte also zu und steckte das Handy wieder in meine Hosentasche. Dann betrat ich den stickigen Klassensaal. Es hätte ja mal wenigstens jemand lüften können. Hier drin stand die Luft und es war so heiß wie in einer Sauna. Alle saßen müde und ausgelaugt auf ihren Plätzen und warteten anscheinend auf den nächsten Aufguss. Bevor ich mich setzte, öffnete ich eines der Fenster und genoss den Hauch von frischer Luft, der mir um die Nase wehte. Dann setzte ich mich auf meinen Platz und wartete auf den Unterrichtsbeginn.

Und eventuell auf den Mann, der mit dem Handtuch wedelte.

***

Diesen Schultag hatte ich wohl irgendwie hinter mich gebracht. Auch wenn die letzten Stunden nur so an mir vorbeigedümpelt waren. Es war einfach unerträglich schwül. Die Vorstellung jetzt auch noch arbeiten gehen zu müssen, war unerträglich und ich verfluchte Sybille ein wenig dafür. Wahrscheinlich machte sie nur blau, um die Wohnung nicht verlassen zu müssen und im abgedunkelten Wohnzimmer ein erfrischendes Fußbad zu nehmen und *Gilmore Girls* zu schauen. Sowas machten Mädels doch, oder?

Ich lief die Straße entlang und meine Laune sank immer mehr gen Keller. Ich schwitze und fühlte mich klebrig. In der Drogerie selbst gab die Klimaanlage alles, um die Temperaturen irgendwie erträglich zu machen. Aber sie kam mehr schlecht als recht gegen die sommerlichen Temperaturen an. Jeder Kunde, der den Laden betrat, brachte wieder einen Schub heiße Luft mit hinein. Ich stand am Schaufenster und stellte einen Werbeaufsteller voller neuer Ladyshaver in Pink mit extra schonender Klinge auf. Ein Model aus irgendeiner Castingsendung streckte mir ihre unnatürlich langen, glatten Papp-Beine entgegen und lächelte gekünstelt. Ich sollte ihr dringend mit Edding einen Bart malen. Das hatte sie verdient. Danach füllte ich die Sonnencremes auf. Es war wenig überraschend, dass das Regal zusehends leerer wurde. Direkt vor der Eingangstür der Drogerie befand sich eine Bushaltestelle, die ich vom Schaufenster aus sehen konnte. Eine Mutter mit drei Kindern stand dort und studierte den Fahrplan. Eines der Kinder, ein etwa vier Jahre altes Mädchen mit einer Palme als Zopf, schaute zu mir herüber und winkte. Mit einer großen Box unterschiedlichster Pflegeprodukte für die bereits sonnenverbrannte Haut in der Hand, versuchte ich zurückzuwinken. Das Kind grinste schüchtern und versteckte sich dann hinter dem Bein seiner Mutter. Voll süß. Plötzlich versperrte mir ein breiter Rücken die Sicht, der mich prompt einen halben Meter zurückspringen ließ. Was zur Hölle? Das konnte man mir doch nicht antun. Normalerweise konnte ich mich immer psychisch darauf vorbereiten Nick zu sehen. Ich wusste ja immer haargenau, wann er in den Schulbus stieg. So konnte ich dafür sorgen, dass mir mein Gesicht nicht entgleiste oder ich ein lautes, sehnsuchtsvolles Seufzen von mir gab. Wenn er jedoch so plötzlich vor mir erschien, neigte ich zur Hysterie. Ich sprang aus dem Schaufensterbereich und kauerte hinter einem Regal mit Flügelbinden für die besonders starken Tage der Menstruation. Hier ging ich in Deckung, konnte ihn aber trotzdem gut beobachten. Nick war verschwitzt und wischte sich mit dem Unterarm Schweiß von der Stirn. Er hatte Kopfhörer in den Ohren und sein Smartphone in der Hand. Womöglich ging er gerade seine Playlist durch oder checkte seinen Facebook oder Instagram-Kanal, die ich, trotz meines ausgeprägten Stalking-Talents, leider beide noch nicht entdeckt hatte. Seine Sporttasche hatte er locker über die linke Schulter geschwungen. Vielleicht kam er gerade vom Fitnessstudio. Er hatte ja erwähnt, dass er viel Sport trieb. Er trug ein weißes Shirt, unter dem sich seine Brustmuskulatur deutlich abzeichnete. Herr Gott, der Typ hatte größere Möpse als Karla. Ich fuhr mir mit der Hand über den Mund. Nicht dass ich hier noch anfing zu sabbern. Dann kam der Bus. Alle, auch das kleine süße Mädchen und Nick, stiegen ein. Die Türen schlossen sich und der Bus brauste davon. Zurück blieb ein verstörter Lenard. Ein Räuspern hinter mir ließ mich zusammenzucken.

»Brauchst du Hilfe, oder was tust du da?«

Ich hatte keine Antwort darauf. Wie genau sollte ich auch erklären, warum ich hier neben den Damenhygieneartikeln kniete, um die Ecke des Regals schielte und dabei noch immer die Großpackung Pflegemittel für sonnenverbrannte Haut in der Hand hielt.

»Alles okay, ich bin nur manchmal etwas seltsam«, war meine äußerst ehrliche Antwort. Meine Chefin Doris hob darauf nur eine Augenbraue, lachte kurz auf und ging dann Richtung Kasse. Ich stand auf, klopfte mir etwas Staub von der Jeans und atmete einmal durch. Ich sollte mich langsam an Nicks Dasein in dieser Stadt gewöhnen. Was würde passieren, wenn ich ihm im Supermarkt begegnete? Würde ich mich dann panisch in die Tiefkühlbox zum Spinat und den Pizzen werfen? Nix da! Ich brauchte sowas wie einen Panzer. Oder noch besser eine Art Schutzschild. Nick durfte mit seinem guten Aussehen und seinem wunderschönen Lächeln nicht durch dieses Schutzschild durchkommen. Diese ganze Nick-Energie musste an mir abprallen! Genau das musste ich mir antrainieren. Womöglich klappte das nur durch konsequente Konfrontationstherapie. Ich musste ihn einfach immer wieder treffen und ihn ganz lange ansehen, ohne dabei auszurasten, zu hyperventilieren oder ihn anzufallen. Ob das klappen würde?

4

Keine Macht den Drogen

Samstag, 18. August

Genau das war meine Strategie gewesen in den letzten Tagen. Ich hatte nicht verstohlen weggeschaut, wenn Nick eingestiegen war. Nein, ich hatte selbstbewusst in seine Richtung geblickt, ihm zugenickt und einmal, als er gerade dabei war auszusteigen, hatte ich ihm zum Abschied sogar kurz die Hand auf die Schulter gelegt. Dass ich danach gekichert hatte wie ein Mädchen im Grundschulalter, wusste zum Glück nur Karla und die rollte bei meinem Verhalten eh einfach nur noch mit den Augen.

»Konfrontationstherapie?« Sie gab einen schnaubenden Laut der Verachtung von sich. »Das hilft doch nur bei Ängsten. Und selbst da ist es eine fragwürdige Therapiemethode.« Ich schüttelte den Kopf. »Das ist bestimmt auch für andere Dinge gut, glaube ich.«

»Eine Freundin meiner Mutter lebt auf dem Land und hat panische Angst vor Spinnen. Sie trifft dort aber regelmäßig auf riesige Teile, die plötzlich von der Decke baumeln oder in der Garage genau auf Höhe ihrer Tür an der Wand hängen, so dass sie sich nicht aus dem Auto traut, und weinend ihren Mann anruft. Selbst wenn sie noch hundert Spinnen sieht, wird ihre Angst nicht besser. Außerdem hast du doch gar keine Angst vor ihm.« Sie zeigte zur Bustür, hinter der Nick gerade verschwunden war. »Du bist nur total in ihn verschossen!«

»Übertreib mal nicht.« Ich schüttelte den Kopf. »Ich kenne ihn doch gar nicht. Ich finde ihn nur unglaublich scharf.«

»Hauptsache, du glaubst dran«, konterte sie und schulterte daraufhin schwungvoll ihre Schultasche.

Tat ich auch. Ich war nicht in ihn verliebt. Okay, ich war noch nie wirklich in irgendjemanden so richtig verliebt gewesen, aber ich wusste einfach, dass es anders war, wenn man für jemanden mehr empfand. Ganz bestimmt. Bislang hatte ich immer nur kurze Schwärmereien gehabt. Einen Sportlehrer, ein paar Schauspieler und Sänger ... aber eben nie etwas wirklich Ernstes.

Nun war endlich Samstag. Das hatte positive und negative Aspekte. Positiv war definitiv, dass wir heute keine Schule hatten. Negativ, dass ich Nick deshalb nicht sehen würde. Allerdings waren wir heute Abend alle auf eine große Party bei Party-Chris eingeladen. Dessen Eltern waren das Wochenende mal wieder irgendwohin verreist. Und wie immer ließ er es dann ordentlich krachen. Ich meinte sogar mal gehört zu haben, dass seine Eltern nichts dagegen hätten, solange wenn sie zurückkamen alles wieder so aussah wie vorher. Karla hatte mal erwähnt, dass sie sogar etwas Geld für ein Fass Bier springen ließen und eine Reinigungskraft für den Tag danach bezahlten. Meine Eltern würden mich auslachen und mir den Vogel zeigen.

Aber mir konnte es recht sein, dass bei Chris die Uhren irgendwie anders tickten. Freddy würde uns heute Abend fahren. Er war der Einzige von uns, der bereits einen Führerschein hatte und wir waren ihm immer sehr dankbar dafür, wenn er sich als Fahrer zur Verfügung stellte.

Es war kurz vor 20 Uhr und ich versuchte, vorm Spiegel meine Haare zu richten. Ich trug wie immer eine schwarze Jeans und dazu ein schwarzes Nirvanashirt. Der Schriftzug war immerhin gelb. Ich war also diesmal nicht komplett in dunkle Farben gehüllt. Quasi mein Partyoutfit. Ich warf einen Blick auf mein Smartphone und entdecke eine neue Nachricht bei *G-Stagram*. Ich traute mich kaum, sie zu öffnen. Nach der letzten Nachricht, die nichts anderes gewesen war als eine unverhohlene Anfrage nach schnellem Sex, hatte ich mein Profil etwas bearbeitet, ein anderes Foto eingestellt und mein Alter erwähnt. Um ernst genommen zu werden, hatte ich es vorher weggelassen. Nun stand da, dass ich 18 war. Mein wahres Alter musste ich noch ein paar Monate verschweigen, da Minderjährige auf der Plattform nicht zugelassen waren. Nun hoffte ich, dass das zumindest die alten Perversen von mir fernhalten würde. Kurz sammelte ich mich und klickte dann auf den Button mit dem blinkenden Briefumschlag.

»Hi, hast du Lust zu chatten?« Das klang erstmal nicht schlimm. Vielleicht sogar ziemlich nett. Sein Nickname war *TeeEm*, was erst mal komplett nichtssagend war. Vielleicht hätte ich mir da in Bezug auf meinen auch mehr Gedanken machen sollen. Ich hieß nämlich schlichtweg statt Lenny einfach *Benny*.

»Hi zurück. Eigentlich sehr gerne, ich bin nur gerade auf dem Sprung. Vielleicht morgen?«, antwortete ich und tippte dann nervös wartend auf das Gehäuse meines Smartphones. Es vibrierte und eine neue Nachricht ging ein.

Super. Dann bis morgen.

Ich lächelte und steckte mein Handy in die Hosentasche. Vielleicht war ich ja doch nicht der einzige Kerl in dieser App, der auf mehr aus war als auf ein schnelles Abenteuer auf irgendeinem Parkplatz oder einer Toilette neben einer Tankstelle. Das machte mir Hoffnung und steigerte meine eh schon ziemlich gute Laune doch sehr. Wer weiß, vielleicht war ich ja schon bald nicht mehr Single und konnte auf die nächste Party von Party-Chris schon in Begleitung gehen.

Bevor ich mich meinen Tagträumereien noch weiter hingeben

konnte, hörte ich Freddy hupen. Ich hüpfte die Treppe hinunter, schnappte mir Schlüssel und Geldbeutel auf der Kommode und steckte beide in meine Hosentaschen.

»Mum, Dad, ich bin dann weg.«

»Wo gehst du hin?« Ida kam angetrabt und trug bereits ein Nachthemd, auf dem irgendeine Disneyprinzessin abgebildet war. Okay, okay, es war Elsa aus dem Film *Die Eiskönigin* und ich hatte den gefühlt fünfzehn Mal mit ihr gesehen. Nicht immer unfreiwillig. Aber das würde ich niemals zugeben.

»Ich gehe auf eine Party«, antwortete ich.

»Nimmst du mich mit?«, fragte sie mit Teddyaugen.

»In zehn Jahren geht das denke ich klar.«

»Igitt, dann bist du ja alt!« Sie streckte angeekelt die Zunge heraus, als hätte ich ihr Essig zu trinken gegeben und rannte dann wieder zurück ins Wohnzimmer. Von dort schallte mir das Gelächter meiner Eltern entgegen, die den Kommentar ihrer verzogenen Tochter wohl amüsant fanden.

»Viel Spaß Lenard, bleib brav«, rief meine Mum immer noch kichernd.

»Wie kommst du nach Hause?«, fragte Dad.

»Freddy fährt.«

»Dann ist's ja gut. Melde dich, wenn was ist.«

Daraufhin verließ ich unser Haus und sprintete zum kleinen türkisfarbenen Opel Corsa, der in unserer Einfahrt stand. Freddy und Karla saßen vorne im Auto und unterhielten sich, während irgendein Song von One Direction aus dem Radio bretterte. Ich stieg hinter Karla ein und beide riefen ein Hallo im Chor nach hinten. Dann fuhren wir los. Auf dem kurzen Weg hörten wir laut Musik und brüllten noch lauter mit. Von Katy Perry über Linkin Park bis hin zu Taylor Swift war alles dabei und wir kannten jeden verdammten Liedtext auswendig.

Als wir vor dem Haus parkten, waren wir bester Laune. Andere tranken sich warm. Wir sangen uns warm. Das war zu einer richtigen Tradition bei uns geworden. Noch immer summte ich die Melodie von *The Story of us* von Taylor Swift vor mich hin, als wir ausstiegen und die paar Schritte Richtung Party liefen. Ich hörte zwar zu Hause lieber Punk oder Grunge, aber vor einer Party war ich nicht wählerisch. Hauptsache es brachte mich in Stimmung! Wir betraten das umzäunte Grundstück, auf dem ohne jeden Zweifel gerade eine riesige Party im Gange war. Nicht nur wegen des Gegröles und der lauten Bassmusik. Wir sahen auch eine Menge Ballons und Lichteffekte, die die Party schon von weitem ankündigten. Als wir um die Ecke traten, kamen wir aus dem Staunen kaum heraus. Dass die Eltern von Party-Chris relativ wohlhabend waren, das wussten wir schon. Immerhin waren wir schon auf ein paar Partys in deren Partykeller gewesen. Doch die Terrasse und der angrenzende Garten setzten dem Ganzen noch eine Krone auf.

»Der hat einen gottverdammten Pool«, war das Erste, was Freddy neben mir sagte.

»Sind das tatsächlich Angestellte?«, fragte Karla und ich folgte ihrem Blick. Da lief tatsächlich eine Art Kellner umher und verteilte Longdrinks. Außerdem stand an der Seite ein großer Barbecuegrill und das Buffet daneben sah auch so aus, als wäre es vom Caterer.

»Mensch, dass Chris sich die Mühe gemacht hat, heute extra ganze sieben Salate für uns zuzubereiten. Der muss ja heute Morgen schon um vier aufgestanden sein«, kommentierte ich.

»Naja …« Freddy klatschte in die Hände und legte jeweils einen Arm um Karla und mich. »Dann enttäuschen wir den guten Chris mal nicht und hauen uns ordentlich die Mägen voll!«

Gesagt, getan. Innerhalb kürzester Zeit hatten wir nicht nur die Salatbar gestürmt sondern uns auch von dem netten Grillmeister bergeweise Steaks auf unsere Pappteller hieven lassen. An der Bar – ja, er hatte eine Bar aufgebaut mit einem Barkeeper dahinter! – versorgte sich Freddy mit Coke, ich mich mit Bier und Karla probierte sich gerade einmal durch die Cocktailkarte. Die halbe Stadt schien auf dieser Party eingeladen zu sein. Oder womöglich waren auch nur einige wenige direkt eingeladen worden, aber jeder hatte halt noch jemanden mitgebracht. Wir wussten ja alle, dass Chris das nicht so eng sah. Je mehr desto besser, sagte er immer. Zu dritt saßen wir nun auf Klappstühlen direkt am Pool und beobachteten die Leute um uns herum. Einige hatten daran gedacht, sich Badesachen mitzunehmen und der Pool wurde nun stetig voller.

»Hoffentlich säuft keiner ab. Ich bin womöglich der einzige Nüchterne, der zudem auch noch beim DLRG war.«

»Kann verstehen, dass du keinen Bock hast, eine von den Schnapsleichen rauszuziehen«, sagte Karla. In dem Moment machte irgendeine Tussi, die glaube ich auf unsere Schule ging, eine Arschbombe in den Pool und zeitgleich kotzte eine andere in einen Rosenbusch hinter uns. Geile Party.

»Dreh dich nicht um und verhalte dich unauffällig«, raunte mir Karla plötzlich von der Seite zu. Ich bekam sofort eine Gänsehaut und konnte nichts dagegen tun, dass ich mir ruckartig den Hals verrenkte und mich umsah. Das war ein verdammter Reflex, da konnte ich nichts dafür. Nick. Er war da. Ich machte große Augen und wusste nicht so recht, ob ich mich freuen sollte oder ob der Abend nun für mich gelaufen war, da an eine entspannte Party ja nicht mehr zu denken war. »Mensch Lenard. Bleib cool. Nutz die ungezwungene Atmosphäre und vielleicht kommt ihr ja wieder ins Gespräch. So wie in der Kneipe.«

»Vielleicht«, antwortete ich und konnte ein leichtes Zittern in meiner Stimme nicht verbergen. Verdammt. Warum konnte ich nicht einfach cool und gelassen sein. Ich war so ein Freak. Normalerweise war ich nicht so. Aber wenn Nick in der Nähe war …

»Er kommt hier rüber. Alle unbeteiligt geradeaus schauen und über etwas anderes sprechen«, murmelte Karla hinter vorgehaltener Hand.

»Aber über was denn?«, fragte ich panisch.

»Über das Wetter, das Periodensystem oder deine Bekanntschaften auf *G-Stagram*. Mir doch egal«, zischte Karla.

»Das Periodensystem? Bist du Irre? Wie kommst du denn auf so einen Mist?«

»Hey Nick«, Freddy erhob sich und begrüße Nick mit einem Handschlag.

»Hey, da ist ja wieder der Teufelskerl«, er schlug ihm kumpelhaft auf die Schulter und lächelte in die Runde. Als er Karla und mich erblicke, wurde sein Lächeln noch ein wenig größer. »Ihr seid ja auch wieder dabei. Freut mich.«

Ich nickte ihm einfach nur zu. Zu sehr musste ich mich noch darauf konzentrieren, nicht wieder schwachsinnig zu grinsen.

»Und wie ist die Party bislang so?«, fragte er uns.

»Ganz okay. Chris ist dafür bekannt, keine Wünsche offen zu lassen. Schau dich um.« Ich bewunderte Freddy gerade so sehr. Er konnte einfach ganz normal mit Nick sprechen, ohne zu stottern, rot anzulaufen oder die Kontrolle über seine Gesichtsmuskulatur zu verlieren. Mein Schutzschild war noch nicht ausgebildet genug. Es prallte gerade nichts an mir ab. Vielmehr nahm ich gerade alles von ihm sehr genau auf und speicherte es ab. Sein Lächeln, seine lockere, schon leicht beschwipste Art, seinen lässigen Gang, seine Hose, die seinen Hintern so perfekt betonte, als wäre sie eigens für ihn geschneidert worden.

»Okay Mann, dann schauen wir mal, was die Party so zu bieten hat.« Er wandte sich seinen Kumpels zu, die hinter ihm standen, und die mir bislang noch gar nicht aufgefallen waren. Fünf Kerle, ungefähr in unserem Alter. Vielleicht aus seinem Fußballverein oder aus der Schule? Ich kannte sie zumindest nicht.

»Viel Spaß, wir sehen uns garantiert noch«, sagte Freddy und Nick winkte daraufhin in die Runde, warf mir noch einen kurzen Blick zu und lief dann auch schon weiter Richtung Bar. Ich atmete geräuschvoll aus. Und zwei Augenpaare richteten sich synchron auf mich.

»Was geht eigentlich mit dir?«, fragte Freddy vollkommen perplex. »Sonst muss man dir das Maul gewaltsam stopfen, damit du mal Ruhe gibst und nun? Stumm!«

Ich schob mit ein paar Haarsträhnen aus der Stirn und nippte an meinem Bier.

»Vollkommen verschossen«, kommentierte Karla das Ganze, woraufhin sie von mir nur einen zornigen Blick erntete.

»Hör auf das zu behaupten.« Sie zuckte mit den Achseln.

»Vielleicht solltest du ihn einfach mal abknutschen. Dann wirst du vielleicht mal wieder normal.«

»Super Idee, Karla. Klasse. Am besten mach ich das direkt. Ich geh da rüber zu ihm und seinen komischen Gorilla-Kumpels, schnapp ihn mir und presse ihn gegen die nächste Wand.«

»Welche Gorillas bitteschön meinst du? Keiner von denen war breiter oder größer als ich«, protestierte Freddy.

»Ach pffft. Ist doch egal.« Ich stand auf und trank den letzten Schluck meines mittlerweile lauwarmen Bieres. »Will einer von euch noch was?«

»Eine Piña Colada, bitte«, Karla grinste und reichte mir ihr leeres Glas.

»Ich hab noch«, sagte Freddy.

»Bin gleich wieder zurück.« Daraufhin stapfte ich zur Bar und war froh mal für ein paar Sekunden meine Ruhe zu haben und mich nicht rechtfertigen zu müssen. Ich wusste es ja selbst. Das war nicht ich. Ich war nicht schüchtern. Ich war nicht so ein scheues Reh. Ich war eigentlich der mit der großen Klappe. Aber wo verdammt war meine Schlagfertigkeit hin, wenn er da war. Einfach futsch.

»Ein Schwarzbier und eine Piña Colada«, bestellte ich bei dem Barkeeper und nutzte die Verschnaufpause, um runterzukommen. Chris hatte hier ganz schön was aufgefahren und ich wollte die Party auf jeden Fall genießen. Es war wohl am besten, so lange zu trinken, bis meine seltsame Schüchternheit verschwunden war. Ja, das klang nach einem perfekten Plan. Meine Eltern würden mir die Alkoholvergiftung garantiert verzeihen. Immerhin hatte ich ja meine Gründe. Ich nahm die Getränke entgegen und ...

»Sogar dein Bier trinkst du schwarz.« Diese Stimme. Direkt hinter mir. Ein Schaudern kam über mich und ich spürte eine Gänsehaut im Nacken. Mein Herz blieb stehen. Ich würde wohl jetzt und hier sterben. »Ich meine. Weil du auch immer schwarz angezogen bist. Ist das irgendwie ein Statement oder so?« Ich drehte mich langsam zu ihm um und versuchte normal zu schauen. Nick stand alleine da. Keiner seiner Kumpels war zu sehen. Er hatte beide Hände in der Hosentasche vergraben und sah mich einfach nur an. »Oder bist du Satanist oder so?« Ich musste grinsen und bekam gleichzeitig glühende Ohren. Mein Körper schien gegen mich zu rebellieren.

»Nein.« Ich räusperte mich. »Ich will keine Message damit verbreiten. Ich seh einfach nur gut darin aus.« Bäm. Das war doch mal wieder ein toller Lenard-Spruch. Vorlage erkannt und genutzt! Karla wäre stolz auf mich. Ich war doch kein sabbernder, hirnloser Zombie. Wieder wanderte sein Blick über mich, wie schon im Irish Pub, als wir das erste Mal miteinander sprachen.

»Kann ich nichts gegen sagen.« Dann lief er an mir vorbei und bestellte sich eine Jacky Cola. Und ich ... Ich war etwas perplex wegen seines Kompliments und wusste nun nicht, ob ich hierbleiben und auf ihn warten oder einfach wieder zurück zu Karla und Freddy gehen sollte.

»Sag mal ...« Nick drehte sich noch mal zu mir um. Er lehnte gegen die Bar und sein Blick durchbohrte mich. »Das Mädel, das immer bei euch ist, Karla, ist sie mit Freddy zusammen?« Ich schüttelte den Kopf und konnte nichts dagegen tun, dass mir der Magen schmerzte. Er nickte und überlegte mit zusammengezogenen

Augenbrauen. »Du? Ist sie deine Freundin?« Wieder schüttelte ich den Kopf. Der Hinweis, dass Freddy und Karla es mal vor einiger Zeit miteinander probiert hatten, es aber nicht funktionieren wollte und das kleine Detail, dass ich schwul war, verkniff ich mir mal. Trug wohl gerade nicht zur Sache bei. »Wir sind einfach beste Freunde.«

»Okay.« Er grinste und griff nach seinem Drink, der ihm gerade gereicht wurde. »Man sieht sich.« Daraufhin lief er an mir vorbei und schnurstracks zu seinen Kumpels, die weiter hinten auf ihn warteten. Karla also. Okay, sie war hübsch. Ich war schließlich nicht blind.

Ich seufzte. Scheiß Heten.

***

Trotz allem bemühte ich mich, Spaß zu haben. Freddy traf auf ein paar Kumpels, die er vom Fußball kannte, und verzog sich mit denen für eine kurze Zeit zum Kickertisch. Ja, Chris hatte einen Tischfußball und einen Billardtisch im Haus aufstellen lassen. Mehr Dekadenz war echt nicht möglich.

Karla und ich blieben draußen und ließen die Füße im Pool baumeln. Wir waren beide angenehm beschwipst, aber nicht sturzbetrunken. Dafür genossen wir es viel zu sehr, den anderen dabei zuzusehen, wie sie sich ihr Hirn wegsoffen und sich zum Affen machten. Larissa, ein Mädel aus der Parallelklasse, hatte soeben blankgezogen und war, nur mit einem weißen Spitzentanga bekleidet, in den Pool gesprungen. Das weiße Höschen hatte danach auch nichts mehr der Fantasie überlassen und so gut wie alle Anwesenden hier hatten rechtzeitig das Smartphone gezückt, um Schnappschüsse zu machen. Erst eine gefühlte Ewigkeit später kam eine ihrer Freundinnen angerannt und hatte ihr ein Handtuch übergeworfen. Zu spät. Sie war nun wohl schon ein viraler Internetstar. Glückwunsch.

»Ich muss langsam aufs Klo«, sagte Karla und schlürfte an ihrem Cocktail. Mittlerweile war sie bei irgendwas Pinkfarbenem mit Erdbeergeschmack und Zuckerrand am Glas angekommen.

»Ich auch«, gab ich zu. »Sollen wir gemeinsam gehen?« Sie nickte und griff schon mal nach ihren Ballerinas, die neben ihr im Gras lagen. Ich versuchte derweil Socken über meine nassen Füße zu ziehen, was nicht nur eklig, sondern auch ungemein schwierig war. Aber es gelang mir nach einiger Zeit. Dann noch meine Chucks und schon war ich bereit, mich auf die Suche nach dem Klo zu begeben.

»Die Toilette ist ja garantiert im Haus. Bestimmt stehen schon hundert Leute an«, stöhnte Karla. Ich befürchtete, dass sie Recht haben würde. Bei den Mengen Alkohol, die hier ausgeschenkt wurden, wäre es zumindest nicht verwunderlich. Immerhin muss alles, was oben reinkommt ja auch irgendwann wieder raus.

Gemeinsam liefen wir über die Terrasse ins Wohnzimmer des riesigen Hauses. Dort entdeckten wir Freddy beim Kickern. Er war so ins Spiel vertieft, dass er uns kaum bemerkte. Wir liefen weiter, bis wir vor der Toilettentür standen. Vor uns warteten noch zwei andere Mädels. Das war okay. Wir hatten mit größeren Menschenmassen hier gerechnet. Aber die meisten Kerle würden sich wahrscheinlich eh direkt im Garten erleichtern. Als endlich wir an der Reihe waren, gab ich Karla den Vortritt und lehnte mich an die Wand. Ich zückte mein Smartphone und öffnete Instagram. Das letzte Bild, das ich gepostet hatte, war ein Selfie, mit einem Bier in der Hand und dem Pool im Hintergrund. Es hatte bereits über dreißig Likes sowie zwei Kommentare.

»Sieht nach ner geilen Party aus! Ich bin auch gleich da!« Von einem Typen, den ich entfernt kannte und ein »Neid, da wäre ich jetzt auch gern!« Von jemandem, den ich kein bisschen kannte. Ich zuckte mit den Achseln und steckte mein Handy wieder weg. In dem Moment öffnete sich die Toilettentür, Karla kam herausgetreten und hielt mir die Tür auf.

»Treten Sie ein, junger Herr, selten sowas Ekliges gesehen!«

Naja, wie sollte auch eine Toilette aussehen, auf der in den letzten Stunden rund 200 Leute uriniert hatten. Zumindest gab es Seife und genügend Papierhandtücher.

Als ich ein paar Minuten später die Toilette wieder verließ, sah ich Karla bei diesem anderen Typen stehen. Mit dem sie sich schon im Irish Pub unterhalten hatte. Er hieß, glaube ich, Pablo und war im gleichen Fußballverein wie Nick. Ich gab ihr zu verstehen, dass ich schon mal nach draußen gehen würde, um mir noch ein Bier zu besorgen.

Als ich gerade auf dem Weg zur Bar war, fiel mir allerdings etwas anderes auf. Weiter hinten im Garten, zwischen zwei Büschen saß Nick mit zwei Freunden. Wo die anderen waren, wusste ich nicht. Ich wusste allerdings sofort mit absoluter Sicherheit, was die Drei da taten. Da wurde gekifft. Eindeutig. Den Geruch erkannte ich zwanzig Meter gegen den Wind. Nicht weil ich so unglaublich erfahren mit Drogen war. War ich nämlich überhaupt nicht. Ich war einfach schon auf verdammt vielen Partys mit unglaublich vielen Kiffern gewesen. Ohne lange zu überlegen, ging ich auf die Drei zu. Nick bemerkte mich als Erster.

»Hey Lenard, was geht ab?« Er saß auf dem Rasen und sah zu mir auf. »Setz dich doch zu uns, wir chillen.«

»Das tut ihr eindeutig.« Ich zog eine Augenbraue hoch und beäugte den qualmenden Stummel skeptisch. Anscheinend fiel ihnen nun auch auf, dass ich dem Ganzen nicht gerade erfreut gegenüberstand. Zumindest warfen sich die anderen unsichere Blicke zu. Nur Nick sah weiter mich an, was mich total verunsichert. »Naja …« Ich fuhr mir einmal durchs Haar und bemerkte im Augenwinkel, dass Karla aus der Terrassentür trat. »Ich geh dann mal wieder zurück zu meinen Freunden.« Ich hob die Hand und drehte mich um. Nach einigen Schritten hörte ich meinen Namen. Nick war mir hinterhergelaufen und sah irgendwie besorgt aus. Zumindest hatte er eine tiefe Furche zwischen den Augenbrauen.

»Ist das irgendwie ein Problem für dich?« Er zeigte mit dem Daumen hinter sich auf seine Leute, die mich argwöhnisch begutachteten. Ich machte eine gleichgültige Miene und zuckte zusätzlich mit den Achseln.

»Bin nicht deine Mama und keiner von der Drogenfahndung. Du kannst machen, was du willst.« Ich versuchte, lässig zu wirken. Ich hatte beide Hände in den Hosentaschen vergraben, konnte es aber doch nicht vermeiden, etwas nervös von einem Bein aufs andere zu wippen.

»Du wirkst gerade irgendwie nicht so begeistert.« Wow! Nick war ja voll der Schnellchecker.

»Ich finde Drogen scheiße. Sorry, da bin ich echt ziemlich altmodisch.« Wieder zuckte ich mit den Achseln. »Machst du sowas öfter? Oder nimmst du auch noch anderen Kram?« Nicks Augen weiteten sich.

»Quatsch. Ich bin doch kein Idiot.« Er lachte auf. Es klang extrem gestellt. »Nur ab und zu etwas Gras. Ist nicht wild.« Er blickte kurz nach hinten und bemerkte, dass seine Kumpels uns noch immer beobachteten und auf ihn zu warten schienen. »Willst du noch was trinken?« Er nickte zur Bar.

»Da wollte ich eh gerade hin«, antwortete ich. Und so gingen wir nebeneinander her und standen wenige Sekunden später am Tresen.

»Zwei Schwarzbier«, bestellte Nick und grinste zu mir rüber. Ich konnte leider nicht verhindern, dass meine Ohren daraufhin rot aufleuchteten. Kiffer hin, Kiffer her ... Nick war schlicht und ergreifend zum Anbeißen!

Mit unseren Bierflaschen in der Hand, liefen wir ein bisschen im Garten umher. Der war wirklich so großzügig angelegt, dass man einen kleinen Spaziergang machen konnte.

»Du hast also noch nie gekifft?«, fragte mich Nick und sah mich dabei ungläubig an.

»Klar hab ich schon mal an ner Tüte gezogen. Ist aber echt nicht meins. Ich mag den Geschmack nicht und hab danach voll Panik geschoben, weil ich Angst hatte, dass mir meine Eltern etwas anmerken würden. War echt voll der Horrortrip. Dann lieber mal einen über den Durst trinken. Das ist wenigstens legal.« Nick trank einen Schluck Bier und nickte zustimmend.

»Aber etwas Gras hat da schon ne ganz andere Wirkung. Es gibt nichts, bei dem ich so entspannen kann. Manchmal tut das echt gut. Einfach mal runterzukommen.«

»Aber ist das dann nicht nur eine Illusion? In Wirklichkeit kommst du ja keinen Meter runter. Es scheint nur so. Und am nächsten Tag wachst du auf und alles ist wieder stressig scheiße.«

»Ja klar, aber das ist bei Alkohol doch genau so!«

»Klar, aber es ist legal.« Nick lachte auf.

»Bestechende Logik.«

»Ist ja auch von mir«, konterte ich und ließ meine Augenbrauen hüpfen. Was genau geschah hier eigentlich gerade? Wenn ich es nicht besser wüsste, würde ich sagen, dass das ein Flirt war. Aber das konnte nicht sein. Bekam ich da gerade was in den falschen Hals? Ich blickte mich unauffällig um. Von Karla oder Freddy war weit und breit keine Spur. Ich wusste nicht, ob ich mich darüber freuen sollte. Irgendwie hätte ich mir einen aufmunternden Daumen nach oben von Karla gewünscht. Andererseits wäre ich noch unentspannter, wenn ich wüsste, dass man mich beobachtete.

»Du spielst also Fußball …«, versuchte ich das Gespräch am Laufen zu halten und bemerkte selbst, wie unglaublich lahm ich war. Nick schien sich aber scheinbar darüber zu freuen, dass ich ein Thema ansprach, bei dem er glänzen konnte. Er erzählte stolz von seinen Erfolgen in den letzten Jahren. Von irgendwelche Meisterschaften und genialen Torschüssen.

»Ich würde es wirklich gerne weiter machen. Nicht nur so, sondern professionell. Aber ich mache mir da keine großen Hoffnungen. Die großen Stars werden ja meist schon entdeckt, wenn sie Kinder sind. Da bin ich echt spät dran. Deshalb würde ich gerne Sportwissenschaften studieren. Quasi für eine Karriere am Spielfeldrand. Ich glaube, das wäre der richtige Weg für mich. Ist allerdings nicht ganz so einfach, an einer der guten Unis angenommen zu werden.«

»Beeindruckend«, gab ich zu, nachdem ich seinen Erzählungen wirklich sehr interessiert gelauscht hatte. »Du hast Pläne und gibst alles dafür, sie zu erreichen. Und ich ...« Ich erhob mein Glas und prostete ihm zu. »Ich bin einfach nur froh, dass ich weiß, wie ich heute Abend nach Hause komme.«

»Da gehörst du heute Abend bestimmt einer Minderheit an.« Ich schmunzelte und bemerkte, dass Nick irgendwie lustig war. Ich genoss es mit ihm abzuhängen und bewunderte ihn. Nick strahlte so ein Selbstbewusstsein aus, dass es einen fast blendete. Es war ein wenig so, wie direkt in die Sonne zu sehen. Oder vielleicht war das auch etwas übertrieben. Vielleicht war der Vergleich mit der Motte und dem Licht nicht schlecht. Denn mir kam es schon seit Monaten so vor, als ob ich einfach nur wirr um ihn herumflatterte und auf einen Moment seiner Aufmerksamkeit hoffte, ohne mich an ihm zu verbrennen. Kurz musste ich daran denken, wie viele unzählige Mottenkadaver an den Laternen in unserer Straße hingen, und hoffte, dass es mir nicht genau so ergehen würde.

Plötzlich blieb Nick stehen und wandte sich mir zu. Er legte den Kopf schräg und ließ seinen Blick schon wieder seltsam über mich wandern. Neugierig, aber voll Skepsis. Ich fühlte mich dann immer gleich so nackt und wie auf dem Präsentierteller.

»Was ist denn?«, lachte ich verlegen und fuhr mir mit der Hand durchs Haar. Nick kam einen Schritt auf mich zu und ich wich automatisch einen nach hinten aus. Nun standen wir in der hintersten

Ecke des Gartens und ich hatte wohl gerade eine der höchstwahrscheinlich preisgekrönten Blumen zertreten. Wenn mich nicht alles täuschte, waren das Rosen um mich herum. Gelbe und rote.

»Trägst du ein Parfum?« Nick war mir so nah, dass ich die Luft anhielt. Er ging noch einen kleinen Schritt auf mich zu und ich konnte nicht mehr ausweichen. Nicht nur weil ich jetzt schon komplett im Rosenbeet stand, sondern auch weil ich die Kontrolle über meine Beine verloren hatte. Seine Nase näherte sich meiner Halsbeuge und alleine der Gedanke daran, dass er gerade an mir schnupperte, ließ mein Herz einen Salto schlagen und in doppelter Geschwindigkeit rasen. »Was ist das? Ein Aftershave oder ...«

»Mein Shampoo. Es riecht nach Kokos«, wisperte ich mit bebender Stimme und schluckte. Sollte ich zu meiner Verteidigung noch vorbringen, dass ich das Shampoo meiner kleinen Schwester benutzt hatte, weil ich gerade nichts anderes zur Hand gehabt hatte? Oder machte ich mich damit irgendwie noch mehr zum Affen? Er wanderte mit seinem Gesicht ein paar Zentimeter weiter nach oben und streifte dabei mit den Lippen mein Ohr. Ich erschauderte und hatte den unergründlichen Drang zu fliehen. Einfach weil ich gerade nicht verstand, was abging und komplett überfordert war. Was war hier verdammt noch mal los? Angespannt wie ein Drahtseil stand ich hier und traute mich nicht, mich zu rühren oder auch nur zu atmen. Dann erschienen Nicks Augen direkt vor meinen. Der Schalk blitzte in ihnen auf und ich konnte ein Lächeln in ihnen erkennen, dass mein Herz nur noch mehr aus dem Takt brachte. Noch ein paar Sekunden verweilten wir so. Nick schien etwas zu suchen, er inspizierte mich und ich bemühte mich, nicht wegen drastischem Sauerstoffmangel ohnmächtig zu werden. Und dann geschah so ziemlich das Letzte, mit dem ich gerechnet hatte.

Nick küsste mich.

Ich war wie erstarrt.

Nicks Lippen streichelten zärtlich über meine. Er saugte kurz an meiner Unterlippe und ... Das war's. Kuss zu Ende. Ich öffnete meine Augen und erst in dem Moment wurde mir überhaupt bewusst, dass ich sie geschlossen hatte. Noch immer war mir Nick unglaublich nah. Er sah mir tief in die Augen, grinste frech und zwinkerte mir zu.

»Ich geh dann mal wieder zu den anderen«, ließ er verlauten, ging drei Schritte rückwärts und hob zum Abschied die Hand. »Man sieht sich«, rief er mir noch zu und dann ließ er mich einfach hier inmitten gelber und roter Blüten zurück. Ich starrte ihm hinterher und war vollkommen paralysiert. Ich stand definitiv neben mir. Vielleicht sogar unter Schock.

Dieser Kuss war nicht leidenschaftlich gewesen. Er war schüchtern, fragend und abtastend. Das Lächeln, das er mir jedoch danach gezeigt hatte, war um einiges verheißungsvoller gewesen und hatte meinen Puls mehr zum Rasen gebracht, als es ein Kuss je vermocht hätte. Aber was um alles in der Welt wollte er mir damit sagen? Und warum hatte er mich nun hier einfach so stehen gelassen und war abgehauen? So schlecht küsste ich garantiert nicht.

Auf wackligen Beinen ging ich einige Schritte und bemerkte, dass ich mir den Rest meines Biers auf die Schuhe gegossen hatte. Womöglich während des Kusses.

Okay, vielleicht hatte Karla ja doch recht gehabt.

Ich war anscheinend in diesen Kerl verschossen.

Eventuell auch ein wenig sehr.

***

Auf der Heimfahrt war ich schweigsam und meine beiden besten Freunde kannten mich zum Glück so gut, dass sie davon absahen, mich mit Fragen zu quälen. Sie hatten schnell gecheckt, dass etwas vorgefallen sein musste, und dass ich gerade nicht darüber reden wollte.

Ich hatte Nick nicht mehr auf der Party gesehen. Wahrscheinlich war er mit seinen Kumpels und einigen Joints hinter irgendwelchen Gebüschen verschwunden. Irgendwie hoffte ich das sogar. Die Vorstellung, dass er irgendwo war und mit jemandem rummachte, war um einiges schrecklicher. Es war nicht so, dass ich nun ein Patent auf ihn hatte, nur weil sich seine Lippen kurz auf meine gelegt hatten. Aber es fühlte sich einfach so besonders für mich an. Wenn ich ihn jetzt irgendwo knutschend mit jemandem anderen erwischt hätte, würde das alles zerstören. Dabei war ich mir eigentlich durchaus darüber im Klaren, dass Nick anders empfand als ich. Für ihn war das garantiert einfach nur etwas Spaß auf einer feuchtfröhlichen Party gewesen. Alkohol, Drogen, und rummachen mit allem, was nicht bei drei auf den Bäumen ist.

Und trotzdem.

Ich lag im Bett und konnte nichts dagegen tun, dass ich mir Hoffnungen machte. Er hatte mit mir geflirtet. Eindeutig. Er hatte mir Komplimente gemacht, sich mein Getränk gemerkt und für mich bestellt. Er hat für sich selbst sogar das gleiche geordert. Das musste doch etwas bedeuten. Je länger ich wach lag und den Abend Revue passieren ließ, desto mehr Dinge fielen mir ein. Er hatte sich doch auch danach erkundigt, ob Karla mit mir zusammen war. Ich war natürlich sofort davon ausgegangen, dass der vermeintlich heterosexuelle Nick wegen Karla fragte. Dass er sich bei mir lediglich erkundigte, ob sie noch zu haben war. Nun hatte sich aber das Blatt gewendet. Hatte er mich etwa indirekt ausgehorcht, ob ich Single war?

Ich war so verwirrt. Was wollte Nick nur von mir?

5

Auch Unwahrscheinliches kann passieren

Sonntag, 19. August
Es war Sonntag oder auch ›Der Tag danach‹, wie er in die Geschichte eingehen sollte. Also zumindest in meine persönliche Geschichte, falls jemand mal meine Biografie zu Papier bringen sollte oder so. Bislang war da nicht viel Spannendes dabei, was sich lohnte niedergeschrieben zu werden, aber so langsam ging es ja los mit der Dramatik.

Beim Blick auf mein Smartphone erkannte ich drei Dinge: Es war kurz vor ein Uhr mittags, in unserem Gruppenchat war eine Nachricht von Karla und ich hatte eine neue Benachrichtigung auf *G-Stagram*.

Ich öffnete WhatsApp und wurde prompt von unzähligen Großbuchstaben bombardiert.

ICH MÖCHTE DETAILS!

Schrei mich doch nicht so an, bin eben erst wach geworden.

Ich antwortete und klickte auf den Senden-Button. Am oberen Rand des Displays erkannte ich nun, dass Freddy und Karla gleichzeitig schrieben. Ich seufzte und setzte mich auf. Mein Kopf brummte. Ich war nicht wirklich verkatert, aber so richtig fit war ich auch nicht.

Um 15 Uhr treffen wir uns im Kaffeestübchen

Dabei konnte ich Karlas herrischen Ton fast hören.

Was sie sagt

Freddy stimmte ihr zu.

***

Als ich gestern nach einigen Minuten Schockstarre zurück zum Pool gegangen war, saßen Freddy und Karla nebeneinander und unterhielten sich. Als sie mich sahen, waren sie alarmiert. Ich musste wohl schrecklich ausgesehen haben.

»Was ist passiert?«, fragte Karla, sprang auf und kam zu mir gelaufen.

»So verdammt viel«, murmelte ich, seufzte und winkte dann ab. Gestern hatte ich vor allem meine Gedanken ordnen wollen. Viel weiter war ich damit aber nicht gekommen. Klar, dass die beiden nun neugierig waren und endlich wissen wollten, was genau gestern vorgefallen war. Und ich wollte definitiv ihre Meinung wissen. Vielleicht war mein Blick zu verklärt, als dass ich verstehen konnte, was da geschehen war. Vielleicht war es hilfreich zu hören, was sie über den gestrigen Abend dachten. Über das ganze seltsame zweideutige Verhalten von Nick. Und über den Kuss.

***

Wir hatten alle drei je einen monströsen Eiskaffee vor uns stehen. Freddy scrollte gerade noch durch seine Facebook-Timeline, legte sein Handy dann aber vor sich auf den Tisch und starrte mich genau so gespannt an wie Karla.

»Los jetzt. Was war da gestern?« Ich trank einen Schluck kalten Kaffee mit dem Strohhalm und überlegte, wo ich anfangen sollte.

»Als ich gestern aus der Toilette kam, du erinnerst dich Karla?« Sie nickte. »Da hattest du dich mit diesem Pablo unterhalten. Also bin ich schon mal rausgegangen und da habe ich Nick gesehen, wie er mit ein paar seiner Kumpels kiffend auf der Wiese saß.« Beide nickten wenig beeindruckt. Also erzählte ich weiter. »Er hat gefragt, ob ich mich zu ihnen setzen wollte, ich habe es verneint und bin wieder gegangen. Da kam mir Nick hinterhergelaufen, hat uns beiden ein Bier besorgt und sich dann etwas mit mir unterhalten.« Karlas Augen wurden immer größer. Freddy hatte eine Augenbraue leicht erhoben, ganz so als wartete er auf das nun bald folgende Donnerwetter. »Und dann, dann sind ein paar Dinge passiert, die ich bis jetzt noch nicht so ganz verstehe. Ich denke seit gestern die ganze Zeit darüber nach, aber mir will einfach nicht in den Kopf, was das gestern war.«

»Was hat er denn getan?«, fragte Karla besorgt.

»Oder hat er irgendwas gesagt?«, wollte Freddy wissen.

»Er hat an mir … naja gerochen. Er wollte wissen, was für ein Parfum ich trage und ich hab irgendwas von Kokos-Shampoo gelabert und dann hat er mich geküsst.«

Es war raus. Karla hatte auf einmal Schluckauf und Freddy lief ein Rinnsal Kaffee aus dem Mundwinkel, so erstaunt waren die beiden. »Ich bin ganz eurer Meinung. Es macht alles überhaupt gar keinen Sinn!«

»Ich verstehe die Rolle des Shampoos hier gerade nicht«, hakte Freddy nach.

»Das spielt gar keine Rolle. Das ist ja das Verrückte.« Ich raufte mir die Haare.

»Ja aber wie war's denn?«, fragte Karla mit leuchtenden Augen und beugte sich etwas weiter nach vorne.

»Hä?«

»Wie war der Kuss? Ich meine hallo? Dein Traummann hat dich gestern geküsst.« Ich stutzte kurz und überlegte. Ja. Wie war der Kuss? Es war ja nicht so, dass ich nicht seit gestern das ganze Szenario immer und immer wieder in meinen Gedanken durchlebte. Es war nur schwierig, die richtigen Worte zu finden.

»Total schüchtern, zurückhaltend, einfach nur lieb und ...« Ich seufzte. »Es war wirklich schön, aber auch viel zu kurz.« In Karlas Augen blinkten Herzchen auf.

»Und was war dann danach?«, fragte Freddy, der das Ganze etwas pragmatischer zu sehen schien.

»Er hat gelächelt.« Ich spürte, wie sich auch meine Mundwinkel ganz automatisch hoben. »Und dann ist er gegangen.« Ich zuckte mit den Schultern und trank einen Schluck Eiskaffee. Ihr seht, es ist seltsam.«

Meine beiden Freunde nickten synchron und dann verfielen wir alle wieder in ein nachdenkliches Schweigen.

»Meinst du, er hat irgendwas mitbekommen. Von deiner Schwärmerei?«, fragte Freddy.

»Das glaube ich nicht.« Karla tippte sich nachdenklich mit dem Zeigefinger gegen die Lippe. »Für uns war das zwar eindeutig, aber wir kennen dich ja auch eine gefühlte Ewigkeit. Sonst wäre da niemandem etwas aufgefallen. Ich finde, wir sollten eher mal darüber nachdenken, ob Nick nicht ganz einfach schwul und an dir interessiert ist.« Ich lachte auf und schüttelte den Kopf.

»Das ist ja wohl der unwahrscheinlichste Fall?«

»Wieso denkst du das?« Ich seufzte.

»Ach, komm schon. Wie viele Menschen wohnen in dieser Stadt? 200.000? Wie viele davon sind männlich und wie viele davon sind schwul? Wie wahrscheinlich ist es denn bitteschön, dass gerade der heiße Typ aus dem Schulbus einer von diesen Kerlen ist und dann auch noch auf mich steht? Das ist ein Sechser im Lotto. Mit Zusatzzahl!«

»Und trotzdem holt fast jede Woche jemand den Jackpot, oder? Es ist ja nicht so, dass unwahrscheinliche Dinge niemals eintreffen.« Ich schnaubte. Karla hatte ja heute einen unglaublichen Optimismusschub. Und ich musste gestehen, auch ich war ganz kurz davor mir richtig fett Hoffnungen zu machen und das wiederum machte mir eine scheiß Angst. Es wäre wohl um einiges gesünder für mein Seelenheil, wenn ich das Ganze als Unfall abtun und dem Kuss keine weitere Bedeutung schenken würde. Wäre da nicht auch noch dieses Lächeln gewesen. Allein die Erinnerung daran ließ mich erröten und mein Herz schneller schlagen. Verdammt noch mal. Ich wollte das nicht. Ich wollte nicht noch tiefer hineinrutschen.

»Es ist einfach besser, wenn ich mir nicht all zu viele Hoffnungen mache, denke ich.«

»Das stimmt schon. Ich denke, ich würde genau so vorgehen.« Freddy lehnte sich in seinem Stuhl zurück und überlegte. »Wir sollten einfach mal abwarten, wie Nick morgen reagiert. Er wird ja bestimmt wieder im Bus dazu steigen. Was dann? Wird er sich zu dir setzen? Wird er dir zunicken oder dich ignorieren?«

»Vielleicht wird er sich auch auf die Knie werfen und dir seine ewige Liebe gestehen.« Karla hielt sich mit beiden Händen ihr Herz und blinzelte schmachtend gen Himmel. Wir brachen alle in schallendes Gelächter aus.

»Dann sollte ich mich auch auf dieses Szenario vorbereiten, ganz klar.«

»Aber jetzt mal im Ernst. Bleib cool. Warte, wie er reagiert. Du machst das schon. Und wir sind ja bei dir!« Ich nickte und löffelte den letzten Rest Sahne aus meinem Eiskaffee. »Und wenn das alles nichts wird, dann bleiben dir ja immer noch deine vielen Verehrer in diesem Dating-Portal.« Ich grinste.

»Da hast du Recht. Da habe ich gerade vorhin wieder eine Nachricht bekommen und noch gar nicht nachgeschaut, von wem die kam.« Ich kramte mein Handy aus der Hosentasche, klickte auf die App *G-Stagram* und auf den aufleuchtenden Briefumschlag. Der Kerl von gestern, dieser *TeeEm* war wohl nicht der Einzige, der mein Profil ansprechend fand. Die jetzige Nachricht stammt von einem *xxGamerxx* und hörte sich auch nicht übel an.

Hi, woher kommst du denn genau? Lust zu schreiben?

Hatte ich tatsächlich. Ich antwortete ihm kurz und knapp und öffnete dann auch das Chatfenster von *TeeEm*, um auch ihm zu schreiben und ihm einen schönen Sonntag zu wünschen. Zwei Männer, die mir nicht als Erstes ein Foto ihres Gemächts geschickt hatten. Es gab noch Hoffnung. Und überhaupt, ich hatte mir das alles weitaus schlimmer vorgestellt. Ich hatte bislang nur eine anzügliche Nachricht bekommen, mehr nicht. Entweder hatten die Männer, die nur auf schnellen Sex aus waren, das auch eindeutig auf ihrem Profil stehen, so dass man sich gegenseitig schneller fand, oder die tummelten sich auf anderen Plattformen. Egal wie, mir war es egal. Sollten sie glücklich werden, nur eben nicht mit mir.

»Ich wünsche dir auch einen schönen Sonntag :-)«, antwortete *TeeEm*. »Was treibst du denn gerade so?«

Gleichzeitig ging auch eine Nachricht von *xxGamerxx* ein.

»Ach Deutschland. Schade, ich bin aus der Schweiz. Aber wir können ja trotzdem schreiben, wenn du magst.« Ich klickte auf sein Profil und fand nicht wirklich viele Informationen, auch sein Profilbild war nicht eindeutig. Es war gegen die Sonne fotografiert und man sah dadurch nur eine Silhouette.

»Klar, warum nicht? Dein Profil gibt nicht viel von dir her. Erzähl doch mal ein bisschen was über dich«, antwortete ich und klickte dann wieder zu *TeeEm*, um ihm zu schreiben, dass ich mit Freunden in einem Café saß.

»Du grinst ja so. Erzähl uns mehr«, riss mich Karla plötzlich aus meinen Überlegungen. Ich legte das Handy auf den Tisch und musste einen ziemlich selbstzufriedenen Eindruck machen.

»Gibt noch nicht viel zu erzählen. Zwei Kerle, mit denen ich schreibe, und die sich bislang noch nicht als Freaks entpuppt haben. Ich halte euch auf dem Laufenden.«

»Lenny, Lenny ...« Karla schüttelte den Kopf und erhob dann ihr Glas, in dem sich nur noch ein kleiner geschmolzener Rest befand. »Ich habe das Gefühl, dass du nicht mehr lange Single sein wirst.«

»Das Gefühl habe ich irgendwie auch«, sagte Freddy und erhob nun auch sein leeres Glas. Ich lachte und stieß mit ihnen an.

»Wäre schon schön. Mal schauen, was sich in nächster Zeit so alles ergibt und vor allem, wie sich Nick morgen im Schulbus mir gegenüber verhalten wird!«

***

Der Montag nach dem Kuss-Samstag – so würde ich ihn wohl ab heute nennen – war eingetreten und ich saß mit Karla und Freddy, wie immer zusammengepfercht auf zwei Sitzplätzen, im proppenvollen Schulbus. Als wir Nicks Haltestelle erreichten, schaute ich absichtlich nicht zur Bustür, sondern war mit Karla und Freddy in ein Gespräch vertieft. Auch wenn ich im Nachhinein nicht sagen könnte, über was genau wir gesprochen hatten. Egal! Wir waren sehr beschäftigt und uns interessierte nicht im Mindesten, wer in den Bus ein- oder ausstieg. Ich hatte zum Beispiel damit zu tun, meine Atmung, meinen Puls und meine Transpiration auf einem normalen Level zu halten. Allerdings lief gerade alles einfach aus dem Ruder und ich konnte nichts dagegen tun. Erst als der Bus wieder weiterfuhr, ließ ich meinen Blick ganz schnell und mega unauffällig einmal durch die Menschenmenge wandern. Nichts. Meine Mundwinkel fielen in den Keller.

»Er ist nicht da«, flüsterte ich niedergeschlagen.

»Das hat bestimmt alles seine Gründe.«

Klar. Zum Beispiel einfach den Grund, dass er mich nicht sehen wollte. Ich fand schon, dass das ein ziemlich guter Grund war. Aber ich durfte mich dadurch jetzt nicht runterziehen lassen. Im Endeffekt war mir doch klar gewesen, dass aus uns nichts werden konnte. Ich könnte mich echt ohrfeigen, dass es mich trotzdem enttäuschte. Egal, wie sehr man sich einredete, dass man sich keine Hoffnungen machen durfte, ein kleiner Hoffnungsschimmer schlich sich dann doch unbemerkt ins Unterbewusstsein, um einen hinterrücks fertigzumachen. So stiegen wir einige Haltestellen später aus dem Bus aus und schlenderten unter der morgendlichen Sonne Richtung Schulgebäude, als ich von hinten angetippt wurde. Als ich mich umdrehte, stand da Nick. Wie vom Blitz getroffen starrte ich ihn mit großen Augen an. War er doch im Bus gewesen? Und warum war er nicht an seiner Haltestelle ausgestiegen? Was machte er hier und warum sah er so früh am Morgen so verdammt gut aus.

»Wir gehen schon mal vor«, hörte ich Karla irgendwo im Hintergrund sagen.

»Hi Lenard.« Nick lächelte verhalten. Es war nicht das strahlende Lächeln, das er mir nach dem Kuss geschenkt hatte. Er wirkte fast schon verlegen. Das war mehr als seltsam. Der Nick, den ich kannte, war alles nur nicht verlegen. Doch der Nick hier stand gebeugt vor mir, kickte gerade einen Stein vor sich weg und vermied es mir in die Augen zu schauen.

»Hi Nick«, antwortete ich etwas verspätet und wartete auf das, was nun kommen würde. Ich war auf alles eingestellt und trotzdem ...

»Ich wollte dich nur darum bitten, das Ganze von Samstag für dich zu behalten, okay?« Ich zog als Antwort beide Augenbrauen in die Höhe. »Weißt du, ich hab einfach kein Bock auf Diskussionen im Team und auf schlechte Stimmung im Verein oder so.« Er wartete kurz auf eine Reaktion von mir. Aber den Gefallen wollte ich ihm gerade irgendwie nicht tun. »Ich meine ...« Er fuhr sich nervös mit der Hand durchs Haar. »Es war ja auch halb so wild. Wir haben ja nicht wirklich ähm ... rumgemacht. War ja quasi nichts. Ist ja keiner hier verliebt oder so. Das kann ja im besoffenen Zustand mal passieren, oder?«

Autsch.

Da er seine Rede mit einem Fragezeichen abgeschlossen hatte und mich nun fragend ansah, erwartete er wohl eine Antwort auf seinen hässlichen Monolog.

»Sicher Nick. Ich werde niemandem verraten, dass du schwul bist.« Er prustete und verdrehte die Augen.

»Ich bin doch nicht ...«

»Klar Nick.« Ich zwinkerte ihm voller Sarkasmus zu. »Ich auch nicht«. Spätestens jetzt musste er bemerkt haben, dass ich ihn hochnahm. »Man sieht sich.« Und er verstand auch genau, dass ich auf seinen Abgang am Samstag anspielte. Nick war nicht dumm. Ich im Übrigen auch nicht. Das, was er gesagt hatte, war gemein und hatte mir wehgetan. Aber ich war eher der Typ ›Dann eben nicht, du Saftsack‹. Bei mir kam Trotz vor Trauer. Und das würde er nun zu spüren bekommen. Ich wandte ihm den Rücken zu und ging ohne mich ein weiteres Mal umzudrehen mit den Händen tief in den Hosentaschen vergraben davon. Ich wusste, dass er mir nachsah und ich wollte ihm die Genugtuung nicht geben, mich nach ihm umzusehen. Nein. Ich war es, der aus dieser Schlacht als Gewinner hervorging.

Irgendwie.

Ein wenig.

Hoffte ich zumindest.

Ich blieb vorm Schulgebäude stehen und schnaufte einmal durch.

Der Tag war definitiv für mich gelaufen. Zusätzlich zur eh schon miesen Montagsstimmung kam nun noch dieser Korb dazu, der meine Laune noch mehr drückte. Am liebsten würde ich zurückgehen und Nick zur Rede stellen, um irgendwie aus seinen Worten schlau zu werden. Oder ihm wahlweise die Fresse zu polieren. Meine Gefühle schwankten nämlich zwischen Wehmut und Aggression.

Nicht schwul ... Pffft. Klar.

Okay. Vielleicht war er auch einfach bi, oder unentschlossen oder es war wirklich der Alkohol gewesen. Oder der Joint? Man sagte doch, dass Gras einen desinteressiert und gelassen machte. Vielleicht ja sogar so sehr, dass man auch mal über seine sexuelle Orientierung hinwegsehen konnte? Und warum hörte ich nicht verdammt noch mal damit auf, mir den Kopf darüber zu zermartern? Es hatte doch eh keinen Sinn.

Nick wollte nicht.

Punkt.

Außerdem schien es ihm auch noch unangenehm zu sein. Was so ziemlich der absolute Supergau war. Denn ganz sicher wollte ich nicht die Peinlichkeit sein, die er nun vor seinen Freunden geheim halten musste. Wie machten das denn bitteschön andere schwule Kerle, wenn sie aus Versehen an eine Hete gerieten? Von der Wahrscheinlichkeit her müsste das doch jedem schon passiert sein, oder? Da kam mir eine Idee. Ich öffnete die *G-Stagram* App und den Chat mit *TeeEm*. Wir hatten uns gestern noch ein bisschen hin und her geschrieben und eigentlich schien er mir echt sympathisch zu sein. Auch wenn sich unsere Gespräche hauptsachlich um Filme und Videospiele drehten.

Sag mal, hast du schon mal aus Versehen mit einer Hete rumgemacht?

Ich schickte meine Frage, ohne mir unnötig viel Gedanken darüber zu machen, ob es irgendwie unpassend war, das jemandem in einer Dating-App zu schreiben. Immerhin war der Sinn der App ja, dass man dort jemanden fand und nicht, dass man sich dort Ratschläge und Beziehungstipps holte. Oder sah ich das zu eng?

Ich kenne sonst keine anderen Schwulen, die ich fragen könnte.

Das sollte meine Frage zumindest etwas erklären.

Dann realisierte ich plötzlich, dass ich hier alleine war. Beim Blick auf die Uhr meines Handys, begann ich zu fluchen und gleichzeitig loszulaufen. Der Unterricht hatte schon vor zehn Minuten begonnen und ich total die Zeit vergessen. Verdammter Nick.

Ich betrat den Klassensaal vollkommen außer Puste und kam gar nicht dazu mich zu entschuldigen, da mich Frau Liese einfach nur mit genervtem Gesichtsausdruck zu meinem Platz winkte. Mit gesenktem Kopf ließ ich mich neben Freddy nieder und seufzte auf.

»Wir haben ihr gesagt, dass du verschlafen hast, und gleich da sein wirst.«

»Danke«, antworte ich leise, öffnete meinen Rucksack und holte mein Biobuch und meinen Notizblock heraus. Freddys Blick von der Seite war fragend und meiner gab ihm garantiert mehr als genug Antworten. Nein, Nick und ich waren nicht plötzlich glücklich zusammen und planten unsere gemeinsame rosarote Zukunft. Ich konnte kaum weiter davon entfernt sein. Frau Liese erzählte etwas über Genetik, DNA, Mendel, Chromosomen und legte nach einigen Minuten Monolog, der mich komplett verwirrt zurückließ, einen Film ein. Sie dunkelte den Raum ab und setzte sich in die letzte Reihe, um uns wohl alle besser im Blick zu haben und besser kontrollieren zu können. Ihre Adleraugen hielten mich allerdings trotzdem nicht davon ab, das Handy hervorzukramen und die Antwort von *TeeEm* anzuklicken.

Weder aus Versehen noch absichtlich. Wie kann man denn aus Versehen mit jemandem rummachen?

Gute Frage und gar nicht mal so leicht zu beantworten.

Naja, der gutaussehende Typ, für den ich schon recht lange schwärme, hat mich auf einer Party quasi mit seinen Lippen überfallen. Bevor ich registriert habe, was abgeht, war es auch schon vorbei. Jetzt schiebt er es auf den Alkohol und ich weiß nicht, was ich davon halten soll.

Es war echt komisch, mit jemandem darüber zu schreiben, den man nicht wirklich kannte und auf einer Dating-App kennengelernt hatte? Aber solange es *TeeEm* nicht störte.

Okay, das klingt abgedreht und ziemlich gemein. Lass nicht so mit dir umgehen. Du bist nicht das Spielzeug für irgendwelche Kerle, die sich ausprobieren wollen!

Genau die Antwort, die ich gebraucht hatte.

Danke Mann, und du hast natürlich total Recht. Und nur fürs Protokoll, ich bin eigentlich nicht so verzweifelt, wie es vielleicht den Eindruck macht.

Lol!! Welchen Eindruck denkst du denn, habe ich von dir?

Den von einem verzweifelten schwulen Single, der keine Freunde hat und deshalb Rat bei Fremden in einer App sucht.

Und das ist nicht so?

Ich habe Freunde, der Rest ist wohl wahr.

Auf jeden Fall bist du lustig, hab selten an einem Montagmorgen so viel gelacht.

Na dann, wenigstens was.

Freddys Ellenbogen, der mich in die Seite stieß, sorgte dafür, dass ich in Windeseile mein Handy in der Hosentasche verschwinden ließ. Keine drei Sekunden später schlich Frau Liese die Gänge entlang und kontrollierte, ob wir auch alle schön artig aufpassten und ja keiner den abgedunkelten Raum für ein Nickerchen nutzte.

»Danke«, flüsterte ich Freddy zu, der mit stoischem Blick zum Bildschirm nickte.

Das war knapp gewesen. Freddy hatte mir mal wieder den Arsch gerettet. Was würde ich eigentlich ohne ihn tun? Freddy war definitiv mein bester Freund. Aber leider war er eben nicht schwul. Oder Gott sei Dank? Wer weiß? Er war, so wie er war, klasse und ich wollte ihn nicht anders haben, aber manchmal wünschte ich mir schon jemandem zum Reden. Jemanden, der mich besser verstand.

***

Nach der Schule begann meine Schicht in der Drogerie. Und ich war selten so dankbar für diesen Job wie gerade heute. Denn nichts war besser als diese stupide Arbeit, um sich abzulenken. Heute musste ich hauptsächlich Regale einräumen. Windeln nach Größe, Feuchttücher nach Marken und dann noch diese unzähligen Babygläschen mit den echt perversesten Geschmacksrichtungen nach Haltbarkeit sortieren. Karotten, Kartoffeln und Lachs … hört sich ja erstmal nicht schlecht an, aber durchpüriert sieht das Ganze echt aus wie Kotze. Und ich konnte mir einfach nicht vorstellen, dass das so zusammengematscht schmecken konnte. Egal. Ich musste es ja nicht essen und wohl auch niemals verfüttern. Die Sache mit der Familie und den Kindern hatte ich eigentlich mehr oder weniger abgehakt. Meine Aufgabe würde es wohl sein, ein super Bruder zu sein und – wer weiß – vielleicht irgendwann auch der weltbeste Onkel.

»Entschuldigen Sie, haben Sie das Deo auch von dieser Marke?« Ich hörte die Stimme, die einige Regale weiter anscheinend mit meiner Chefin sprach, und war mir zu hundert Prozent sicher, dass das Nick sein musste. Schnell stellte ich eine Reihe Pastinakenbrei ins Regal und stiefelte dann gelassen zu den Deodorants.

»Das ist leider momentan vergriffen. Tut mir leid. Das müsste übermorgen aber wieder geliefert werden«, erklärte Doris und lief dann an mir vorbei Richtung Kasse. In dem Moment bemerkte mich Nick und ich konnte ein vielleicht sogar etwas fieses Grinsen nicht verbergen. Was hauptsächlich daran lag, dass ihm für einen kurzen Moment das Gesicht entglitten war.

»Was machst du denn hier?«, fragte er mich gespielt gleichgültig und widmete sich wieder den Deodorants im Regal.

»Och weißt du, ich stehe hier einfach nur so mit Namensschild und weißem Kittel rum.« Nick betrachtete meine Arbeitskleidung und seufzte.

»War ja sowas von klar. Hab ich ein Glück.« Ich schnaubte. Warum genau sah er sich jetzt eigentlich als Opfer? Er tat gerade so, als hätte ich mich ihm aufgedrängt. Nick schnappte sich ein Deo und ging dann auf mich zu. Er kratzte sich am Hinterkopf und blickte an mir vorbei. Erst nach einigen Metern brachte er es über sich, mir in die Augen zu sehen. Der Ausdruck in ihnen war seltsam. Sie strahlten etwas Trauriges aus. »Du arbeitest also hier. Hätte ich dir irgendwie nicht zugetraut.« Ich schnaubte.

»Was bitteschön hättest du mir denn zugetraut?« Ich hob eine Augenbraue und kreuzte die Arme vor der Brust.

»Whiskey ausschenken in nem Metal-Schuppen vielleicht.« Ich lachte laut auf.

»Ich bin noch keine Achtzehn. Da ist Alkohol ausschenken leider tabu. Es ist aber schon lustig, was ein wenig schwarze Kleidung direkt für einen Ruf schafft.«

»Naja, ich kenne dich ja kaum.« Er zuckte mit den Achseln.

»Und du scheint auch kein Interesse daran zu haben, an diesem Umstand etwas zu ändern.« Nick seufzte und lief an mir vorbei zu dem Regal mit dem Fitnessfutter. Er schnappte sich vier Proteinriegel mit Bananengeschmack und eine Packung Frühstücksmüsli. »Warst du im Fitnessstudio?«, fragte ich ihn und zeigte auf seine Sporttasche, die er über die Schulter geworfen hatte. Er nickte.

»Ist hier direkt um die Ecke.« Er lief weiter zur Kasse und schien sich vorgenommen zu haben, mich nicht weiter zu beachten. Ich ging ihm hinterher. Als er alles aufs Band gelegt hatte, brach ich das Schweigen.

»Dann mal tschüss und noch nen schönen Abend.«

Als ich mich umwandte und zurück zum Regal mit dem Babyzeug gehen wollte, vernahm ich ein leises »Wünsch ich dir auch.« Dieses Mal sah ich zurück. Und so entging mir der Blick auch nicht, den er mir hinterherwarf.

Was war das nur mit diesem Typ. Warum war er plötzlich so anders? Wo war der Aufreißer hin? Nick war ohne Alkohol und ohne Kumpels, die ihm Rückendeckung gaben, ganz anders. Fast schon schüchtern.

Ich wurde aus ihm einfach nicht schlau. Nick war mir ein Rätsel, aber irgendwie hatte er meinen Spieltrieb geweckt. Ich mochte Rätsel nämlich sehr!

6

Glückskekse

Donnerstag, 23. August

Die letzten beiden Tage war alles beim Alten geblieben. Ein mir zur Begrüßung zunickender Kerl im Bus, mehr war da nicht. Aber klar, da war er ja auch wieder nicht alleine gewesen. Er war stets von irgendwelchen Freunden und Groupies umringt. Ich himmelte ihn wenigstens heimlich an. Aber diese Fangirls um ihn herum hatten wirklich Herzchen in ihren Augen und ständig rieb eine von ihnen unauffällig ihren Busen an ihm. Oder fand nur ich das übertrieben?

So wollte ich nicht sein. Ich wollte keiner seiner Fans sein, die sich glücklich schätzten, von ihm beachtet zu werden. Wir waren ja eigentlich schon weiter. Auch wenn er versuchte, es zu verdrängen und nicht darüber sprechen wollte. Er hatte mich geküsst. Das war ein Fakt. Vielleicht musste ich nun den nächsten Schritt tun. Von Nick würde so schnell sicher nichts mehr kommen. Aber wie würde er reagieren, wenn nun ich in die Offensive ging? Je länger ich darüber nachdachte, desto logischer wurde es. Warten brachte mich nicht weiter. Schnell hatte ich einen Entschluss gefasst. Falls Nick heute wieder in die Drogerie kommen sollte, würde ich alles auf eine Karte setzen. Was hatte ich denn zu verlieren? Entweder er gab mir einen weiteren Korb oder eben nicht. Beides würde mich weiter bringen. Irgendwie war ich durch mit diesem heimlichen Anhimmeln. Ich wollte ihn jetzt einfach besser kennenlernen und herausfinden, wohin mich das bringen würde.

So starrte ich von meinem heutigen Arbeitsbereich –Nagellack und Lidschatten – immer wieder zur Tür. Sobald ich die Türglocke läuten hörte und jemand den Laden betrat, beugte ich mich nach hinten und spähte nach dem Neuankömmling. Ich wollte schon fast die Hoffnung aufgeben, da sah ich, wie tatsächlich Nick zögerlich den Gang entlangschlurfte. Er sah sich unauffällig um und lief dann direkt zu dem Regal mit den Proteinriegeln, die er allem Anschein nach gerne mochte.

»Hi, bringen die Teile wirklich was?«, sprach ich ihn von hinten an und schien ihn damit kalt zu erwischen. Nick machte einen Satz nach hinten und sah mich mit schockgeweiteten Augen an.

»O verdammt, hast du mich erschreckt!« Er hielt sich sein klopfendes Herz und ich grinste ihn an.

»Sorry, wollte nur sichergehen, dass du nicht abhaust, bevor ich dich angesprochen habe.«

»Okay?« Nick sah etwas ängstlich aus. Keine Ahnung, wie ich diesen Blick deuten sollte. Aber egal.

Alles oder nichts.

»Meine Schicht ist bald zu Ende, hast du vielleicht Hunger?« Nick sah mich einen ziemlich langen Moment schweigend an. Der Moment war so verdammt lange, dass ich irgendwann begann, verlegen meine Schuhe zu mustern, und mich dann räusperte, um schleunigst das Thema zu wechseln. Um über das Wetter zu reden oder über diese verdammten Proteinriegel.

»Ich hab noch nichts gegessen. Also, warum nicht?«, schnitt er mir meine noch ungesagten Worte ab. Ich verkniff mir den Freudentanz und beschränkte mich auf ein simples Grinsen, das aber garantiert von einem Ohr zum anderen reichte.

»Okay dann ... wie wäre es, wenn wir uns in einer halben Stunde beim Chinesen treffen. In diesem *Asia Wok* heißt der glaube ich. Ich beeile mich. Okay?« Ich erntete ein Nicken und ein ehrliches, wenn auch zaghaftes Lächeln.

»Ich liebe asiatisches Essen.«

»Ich auch.« Wieder ein ziemlich langes Schweigen. Doch dieses Mal war es gar nicht so unangenehm. »Okay, ähm ...« Ich fuhr mir einmal durchs Haar, um wieder Herr meiner Sinne zu werden. »Ich muss da hinten noch ein paar Kosmetikartikel nach Farben sortieren. Dann bin ich fertig. Also bis gleich.«

***

Gut eine halbe Stunde später betrat ich den *Asia Wok* und sah Nick, der sich an einen Tisch für zwei Personen gesetzt hatte und die Karte studierte. Ich ließ mich ihm gegenüber nieder.

»Und? Weißt du schon, was du nimmst?« Nick sah auf und lächelte mich an.

»Bin mir noch unsicher. Was isst du denn am liebsten?«

»Also ...«, begann ich und legte die Fingerspitzen aneinander. »Ich starte meist mit sechs Frühlingsrollen. Und danach nehme ich entweder die gebratenen Nudeln mit Hühnchen oder den Reis mit süß-saurer Soße und diesen frittierten Hühnerteilen.«

»Hört sich gut an.«

»Ist es auch.«

Daraufhin bestellten wir beide kurzerhand zusammen eine große Portion Frühlingsrollen und jeder einen Teller voll gebratener Nudeln. Nur wenige Minuten später wurden uns bereits unsere Vorspeise gebracht.

Wir griffen beide in die große Schale vor uns und begannen damit, gierig unsere Minifrühlingsrollen zu mampfen.

»Die sind wirklich verdammt gut«, nuschelte Nick mit vollem Mund.

»O ja!«, bestätigte ich und griff dann nach der Serviette. »Erzähl mal was von dir«, sagte ich, tupfte mir mit der Papierserviette über den Mundwinkel und sah ihn neugierig an. Nick wirkte überrascht.

»Was soll ich denn erzählen?«

»Naja, was treibst du so?«

»Das weißt du doch. Fußball und Fitnessstudio. Ansonsten ...« Er zuckte mit den Achseln. »Ansonsten bin ich ziemlich lahm.«

»Klar.« Ich zog das »a« gebührend in die Länge. Ich glaubte ihm kein Wort. »Außer du bist mit deinen Kumpels auf einer Party, dann schleppt ihr reihenweise die Weiber ab und dröhnt euch mit Hochprozentigem und Drogen zu. Total langweilig.« Nick schien meinen sarkastischen Unterton zu bemerken und schnaubte.

»Du tust gerade so, als würde ich jedes Wochenende versacken.«

»Tust du das nicht?« Er sah mich fast schon wütend an.

»Nein. Natürlich nicht. Das würde gar nicht funktionieren. Ich bin Sportler. Ich muss fit sein. Ich trainiere fünfmal die Woche. Mindestens. Wenn Spiele sind sogar noch öfter.« Ich machte ein erstauntes Gesicht.

»Fünfmal? Da bleibt ja wirklich kaum Platz für irgendetwas anderes.«

»Ich habe nun mal Ziele, die ich erreichen möchte. Ich bin realistisch genug, dass das mit der Profifußball-Karriere nichts wird. Dafür hätte ich wahrscheinlich schon vor zehn Jahren entdeckt werden müssen oder so. Aber ich möchte wirklich gerne Sport studieren und dafür gebe ich nun mal alles.«

»Und auf welche Uni willst du?«

»In Köln gibt es eine, die bietet unter anderem Sportwissenschaften und Sportmanagement an. Das finde ich beides total interessant. Aber wie gesagt, man muss nicht nur sportliche Leistung bringen. Auch die Noten müssen stimmen. Alles in allem ist es eigentlich ziemlich unwahrscheinlich, dass ich genommen werde.«

»Du gibst alles und bist unglaublich ehrgeizig, du packst das schon!« Ich versuchte aufmunternd zu klingen und reichte ihm noch eine Frühlingsrolle. Die letzte wohlgemerkt. Ich hoffte stark, dass ihm das auch aufgefallen war. Immerhin hatte ich gerade die letzte Frühlingsrolle für ihn geopfert.

»Ich stehe meistens tierisch unter Druck. Manchmal hab ich das Gefühl, dass mir der Schädel explodiert. Und meine Eltern …« Er seufzte. »Sie sind eben seit der Grundschule nur gute Noten von mir gewohnt. Die sind richtig schockiert, wenn ich mal mit einer Vier nach Hause komme. Aber ich bin doch keine Maschine.«

»Da gebe ich dir Recht. Niemand kann so konstant gute Leistung bringen. Irgendwann muss man auch mal verschnaufen und den Kopf frei bekommen. Sonst wird man ja irre.«

»Verstehst du nun, warum ich mir manchmal einfach nur den Verstand wegkiffen will?«

Der Themenwechsel hatte mich überrascht. »Oder warum ich mir manchmal gerne so viel Alkohol in den Schädel kippe, bis ich nicht mehr klar denken kann, sondern einfach nur noch tue, ohne über Konsequenzen nachzudenken.«

Wir sahen uns an und erst jetzt schien Nick einzuleuchten, dass er damit natürlich auch unseren Kuss mit eingeschlossen hatte. Nicht nachdenken, einfach nur tun. Darüber würde ich nun ausgiebig nachdenken müssen. Bedeutete das etwa so viel wie, wenn er seinen Verstand abschaltete, dann wollte sein Körper … nein, ich interpretierte mal wieder zu viel. Wahrscheinlich war es eher so, dass er im Delirium viel Blödsinn anstellte.

»Genug von mir. Und du? Schon Pläne nach dem Abi?«, fragte mich Nick und schob dann sein Getränk ein wenig zur Seite, da die Bedienung unsere Nudeln brachte.

»Erst mal Abi schaffen. Das ist bei mir nämlich noch keine sichere Sache.« Ich stocherte in meinen Nudeln herum und schaufelte einen großen Berg in meinen Mund. Nach einigen Sekunden ausgiebigem Kauen, fuhr ich fort. »Und dann … mal schauen. Ich habe viele Talente.« Nick lachte auf.

»Welche denn zum Beispiel?«

»Ich kann relativ gut zeichnen, ich mache einen traumhaft leckeren Käsekuchen, ich kann auf zwei Fingern pfeifen …«

»Wow, da steht dir die Welt ja quasi offen.« Wir lachten beide und aßen unsere gebratenen Nudeln. »Irgendwie bist du echt unterhaltsam«, stellte Nick fest und diese Erkenntnis schien ihn zu überraschen.

»Ich hoffe, das ist positiv gemeint.«

»Ich bin mir noch nicht so sicher.«

Und dann sahen wir uns einfach nur an. Eine gefühlte Ewigkeit bei der ich versuchte irgendetwas in seinen Augen zu erblicken, irgendetwas zu erkennen, an dem ich mich festhalten konnte. Dann wanderte sein Blick ein paar Zentimeter weiter nach unten zu meinen Lippen. Mein Herz begann zu rasen und meine Ohren glühten. Dachte er das Gleiche, an das ich gerade dachte?

»Du hast da ne Nudel hängen.« Hektisch wischte ich mir mit dem Handrücken über den Mund und suchte gleichzeitig nach einem Loch, in das ich mich verkriechen konnte.

»Gibt's hier eigentlich auch Nachtisch oder sollen wir uns gegenüber noch ein Eis holen?« Dankbar für den Themenwechsel nickte ich ekstatisch. Ich verlangte die Rechnung und freute mich wie ein Schneekönig, als uns die Bedienung nicht nur die Rechnung, sondern auch zwei Glückskekse brachte. Nick beugte sich direkt skeptisch über den Keks und bemerkte so nicht, dass ich der Bedienung ein paar Scheine in die Hand drückte. Ich hatte ihn kurzerhand eingeladen.

»Schmecken die?«, fragte er und tippte auf einen der beiden Kekse.

»Ist doch vollkommen egal!« Ich schnappte mir den anderen Keks, brach ihn auf und zog den Zettel hervor.

»Sei immer du selbst, dann wirst du Erfolg haben bla, bla, bla. Na toll. Ich hatte etwas mehr erwartet. Etwas, das mir den Weg zeigt und mir Erleuchtung bringt.« Nick gegenüber von mir hatte ebenfalls seinen Zettel in der Hand und war plötzlich auffällig ruhig. »Steht bei dir auch Müll drauf?«

»Aber sowas von!« Er schnaubte und biss in eine Hälfte des Kekses. »Buä, ist das eklig. Furztrocken und pappsüß!« Ich musste lachen und bemerkte im Augenwinkel, dass Nick den Zettel seines Glückskekses in seine Hosentasche wandern ließ. Zu gerne hätte ich gewusst, welcher Spruch darauf stand.

7

Der Emo unter Sonnenanbetern

Sonntag, 26. August

Es war immer noch unglaublich sommerlich und so beschlossen Karla, Freddy und ich den Sonntag am Weiher zu verbringen. Ich zog mir schon zu Hause meine Badeshorts an, die schwarze mit dem Batman Zeichen darauf, und entschied mich dann noch für schwarze Chucks und ein schwarzes T-Shirt. Die Shorts ging auch locker als Hose durch. Dann stopfte ich eine Decke, ein großes Handtuch sowie einen Wasserball und Sonnenmilch in meinen Rucksack. Unten in der Küche kamen noch eine Flasche Wasser sowie ein paar Bananen und eine Packung Butterkekse dazu. Dann ging ich nach draußen und zog das ziemlich ramponierte Fahrrad, das ich viel zu selten benutzte, aus der Garage. Zum Glück hatte es keinen Platten. Zur Schule fuhr ich immer mit dem Bus. Ich war einfach zu faul und morgens zu schwach, um mich sportlich zu betätigen. Wahrscheinlich hatte Nick um die Uhrzeit schon seine hundert Sit-ups hinter sich gebracht, oder so. Ich fuhr los und zwei Straßenecken weiter standen schon Freddy und Karla und warteten auf mich. Gemeinsam fuhren wir gemütlich die Straßen entlang, bis wir auf einem Feldweg ankamen, der uns einige Minuten später zu dem großen Weiher am Stadtrand führte. Schnell stellten wir fest, dass wie nicht die Einzigen waren, die das Wetter nutzten. An den Bäumen lehnten unzählige Fahrräder und im Wasser herrschte ausgelassenes und vor allem lautes Treiben. Einige Kinder stritten sich um ein aufgeblasenes Krokodil. Sie versuchten alle gleichzeitig draufzuklettern, was zur Folge hatte, dass sie alle immer wieder ins Wasser fielen. Irgendwie lustig. Mal schauen, wie lange sie das Spiel spielten. Wahrscheinlich, bis einer aufgab, oder heulte. Wir suchten uns eine freie Stelle halb unter einem Baum. Halb deswegen, weil ich in den Schatten musste, Freddy und Karla aber gerne in der Sonne lagen. Karla war eh knackig braun und Freddy, durch die vielen Fußball-Trainingseinheiten im Freien auch schon abgehärtet. Nur ich drohte in der Sonne wie ein Vampir zu Staub zu zerfallen. Kurz musste ich grinsen. Schwarze Kleidung, der Vergleich mit einem Vampir ... hatte nicht gerade erst Nick gefragt, ob ich Satanist war. Zum Schreien komisch.

Karla und ich hatten beide Decken dabei, die wir nun sorgfältig ausbreiteten. Dann begann jeder, seine Speisen auszupacken.

»Ich habe ein paar Pancakes dabei und Erdbeeren«, sagte Karla stolz.

»Ich zwei Flaschen Coke und belegte Brote«, dabei legte Freddy alles vor uns auf dem Tuch ab.

»Kekse und Bananen.« Ziemlich hungrig betrachteten wir unser eindrucksvolles Buffet. »Man könnte glatt meinen, wir wären verfressen«, sagte ich und wir brachen alle in Gelächter aus.

»Hi ihr, was gibt's zu lachen?« Wir drehten uns alle zur Stimme um und wunderten uns nicht schlecht.

»Pablo, was machst du denn hier?« Karla war die Erste, die etwas sagte, aber sie war ja auch diejenige, die bislang am meisten mit ihm geredet hatte.

»Du hattest erwähnt, dass du heute an den Weiher gehst und da dachte ich mir, schau ich mal spontan vorbei.« Er grinste und widmete dann auch uns seine Aufmerksamkeit. »Hi ihr, ich hoffe, das ist okay, wenn ich euch etwas Gesellschaft leiste.«

»Klar«, sagte Freddy und rutschte etwas zur Seite, um Pablo Platz auf der Decke zu machen. »Wir haben genug Essen und Getränke für alle.«

»Ach, wenn das so ist.« Pablo zog seinen Rucksack vom Rücken, öffnete den Reißverschluss und kramte einen großen, grünen Behälter hervor.

»Du machst es spannend«, lachte ich und versuchte über Karlas Schulter einen Blick in die Dose zu erhaschen.

»Selbstgemachte Schnitzel von meiner Mama. Die schmecken auch kalt verdammt gut und Brötchen habe ich auch dabei.« Wir machten große Augen. Freddy beugte sich zu mir rüber.

»Der hat nicht wirklich Schnitzel mitgebracht?«, flüsterte er mir hinter vorgehaltener Hand zu. Ich saß einfach nur sabbernd da.

»So, Pablo. Damit bist du wohl offiziell in unsere Clique aufgenommen worden. Das war quasi sowas wie dein Aufnahmetest.«

»Oh cool.« Pablo grinste. »Dabei wollte ich eigentlich nur dich beeindrucken.« Karla wurde rot und Freddy und ich grinsten uns verstohlen an. Wer hätte das gedacht.

***

Wir verbrachten eine schöne Zeit am Weiher. Freddy traf auf ein paar Mädels, die er wohl irgendwie mit seinen blonden Locken und seinem breiten Rücken beeindrucken konnte. Zumindest redeten sie alle auf ihn ein und spritzten sich gegenseitig nass. Pablo und Karla saßen am Rand des Wassers auf einer kleinen Erhebung und ließen die Füße im kühlen Nass baumeln. Man sah eindeutig, dass sich zwischen den beiden etwas entwickelte. Zaghafte Berührungen. Karlas gerötete Wangen. Pablos aufmerksame Art, wie er jede ihrer Bewegungen verinnerlichte und ihren Worten so aufmerksam lauschte, als wären sie die Offenbarung. Ich setzte mir die Sonnenbrille wieder auf die Nase und lehnte mich zurück. Ich lag weiter auf der Decke im Schatten und nagte an meinen Keksen. Die Tatsache, dass Karla nun bald vergeben war und Freddy gerade die freie Auswahl zwischen vier hübschen Mädels zu haben schien, stimmte mich nachdenklich. Denn immerhin lag ich hier alleine. Ich hatte auch nichts wirklich in Aussicht. Ich hatte in meinem ganzen jungen Leben noch keinen Sex gehabt und auch ansonsten hielten sich meine Erfahrungen in Grenzen. Ich hatte natürlich vor einiger Zeit auch mal mit zwei Mädels rumgeknutscht, aber das zählte nicht. Ich hatte nämlich relativ schnell bemerkt, dass das so gar nichts für mich war. Also Mädchen. Wenn ich diese wenigen Erfahrungen mit dem Kuss von Nick verglich, lagen da gefühlsmäßig Welten dazwischen. Solches Herzklopfen hatte ich in meinem Leben noch nie gehabt. Falls ich tatsächlich noch an meiner Homosexualität gezweifelt hätte, wäre ich mir spätestens nach diesem Kuss sicher gewesen. Ich stehe sowas von auf Männer. Und besonders auf diesen einen, der mich nicht will. Aber wie sollte ich denn sonst an einen netten im besten Fall auch noch ansehnlichen Kerl kommen? An *G-Stagram* hatte ich relativ schnell das Interesse verloren. Anfangs hatte ich total aufgeregt alle paar Sekunden geschaut, ob eine Nachricht eingegangen war. Aber entweder mein Profil war einfach zu uninteressant, oder die App war gar nicht so beliebt und mega erfolgreich, wie die Werbung mir weismachen wollte. Ich schrieb weiterhin mit *TeeEm*, der war echt nett und das ganze hatte was von einer Brieffreundschaft. Der andere, dieser *xxGamerxx*, hatte irgendwann aufgehört, mir zu antworten. Wahrscheinlich, weil er bemerkt hatte, dass ich nicht ganz bei der Sache war und wenig bis gar kein Interesse daran hatte, das mit ihm ernsthaft auf die nächste Stufe zu befördern. Ich konnte *TeeEm* genau so gut meine Handynummer geben und die App von meinem Smartphone löschen. Ich bezweifelte, dass ich der Typ dafür war, jemanden auf diese Weise kennenzulernen. Oder ich war momentan einfach zu sehr mit meinem realen Leben und diesem einen sehr realen Kerl aus dem Schulbus beschäftigt. Und das wäre dann tatsächlich ein großes Problem, denn so würde ich mich ja überhaupt nicht auf irgendetwas Neues einlassen können. Weder online, noch im Real-Life. Und die Sache mit Nick war ja wohl auch eine Sackgasse. Eine Sackgasse, in die ich mit Vollgas hineingefahren war. Ich würde womöglich bald ungebremst gegen die Wand fahren. Mit Ankündigung. Ich war so ein Idiot. Ich spürte, dass ich schon viel zu tief drinsteckte, dass ich seine Nähe suchte, obwohl sie mir wahrscheinlich nicht gut tat. Zwar genoss ich es Zeit mit Nick zu verbringen, aber auf was würde das Ganze denn hinauslaufen? Er hatte komplett andere Vorstellungen als ich. Er wollte einen guten Saufkumpanen, einen Kumpel, mit dem er abhängen konnte. Und ich? Ich dachte an ihn, wenn ich alleine unter der Dusche stand und mich ausgiebig einseifte ...

Das war unfair und ich kam mir dabei vor wie ein riesiger Volldepp. Aber abschalten konnte ich meine Gedanken und Gefühle ja auch nicht. Es wurde sogar immer schlimmer. Es war eben tatsächlich wie mit der Motte und dem Licht. Ich hatte mir jetzt schon mehrfach die Flügel versenkt und trotzdem suchte ich weiter seine Nähe. Womöglich bis zum bitteren Ende.

8

Wer ist Motte, wer Licht?

Mittwoch, 29. August

»Irgendwas ist anders«. Karla war es sofort aufgefallen. Ich hatte noch ein paar Busfahrten mehr gebraucht. Schon Montag hatte mich meine beste Freundin unsanft mit dem Ellenbogen in die Seite gestoßen und mit dem Kinn in Nicks Richtung gezeigt.

»Was denn?«, hatte ich angenervt gefragt und mir dabei die schmerzenden Rippen gerieben. Karla musste einen Ellenbogen aus Stahl haben. Und ich morgen einen riesigen blauen Fleck.

»Merkst du nicht, dass er irgendwie anders ist?«, hatte sie gefragt. Ich hatte daraufhin nur mit den Schultern gezuckt. Vier Haltestellen später war er dann auch wieder ausgestiegen und hatte mir von draußen durch die Fensterscheibe kurz zugenickt. Eigentlich alles wie immer. Kein Schritt vor, kein Schritt zurück.

Jetzt war Mittwoch und, seit wir gemeinsam beim Asiaten gegessen hatten, war schon fast eine ganze Woche vergangen, ohne dass wir auch nur ein Wort miteinander gesprochen hatten.

»Sag bloß, du merkst es immer noch nicht«, hörte ich nun Karla wieder ungeduldig neben mir sticheln.

»Was ist denn?«

»Er peilt es echt nicht«, mischte sich nun auch Freddy ein und sorgte dafür, dass meine Laune noch weiter Richtung Keller ging.

Wenn hier nicht gleich jemand Klartext mit mir sprach, raste ich aus.

»Hört auf in Rätseln zu sprechen, oder ich bin gleich echt angepisst. Was ist denn nun?«

»*Er* starrt dich an. Ständig!«

»Quatsch!« Schnell sah ich zu Nick, der ein paar Meter weiter stand. Er hatte, wie fast jeden Tag keinen Sitzplatz, hielt sich an einer der roten Schlaufen über seinem Kopf fest und unterhielt sich mit zwei Mädels. Freddy und Karla kicherten.

»Das ist genial. Echt. Besser als in jedem Teeniefilm«, Karla klopfte sich aufs Bein. Sie schien sich köstlich zu amüsieren.

»Ich mag euch gleich nicht mehr, wenn ihr mich nicht sofort aufklärt.«

»Jedes Mal, wenn du zu ihm schaust, guckt er weg. Und das jedes verdammte Mal. Dass du das nicht bemerkst …«

»Echt?« Wieder sah ich zu ihm rüber und bemerkte nun auch die kurze Bewegung. »Hab ich vielleicht was im Gesicht hängen? Oder stehen meine Haare komisch ab, oder hab ich noch nen Kissenabdruck im Gesicht?«

»Lenard, das ist doch nicht erst seit heute so«, flüsterte nun Karla in meine Richtung und wirkte gleich etwas ernster. »Das ist mir am Montag schon aufgefallen und gestern auch. Sonst hast immer du nach ihm Ausschau gehalten und jede seiner Bewegungen studiert. Jetzt ist es andersrum. Du wirst angestarrt. Er sieht dich, sobald er in den Bus steigt, und kann dann den Blick nicht mehr von dir abwenden. So kommt es mir zumindest vor und Freddy stimmt mir zu. Ist doch so?« Freddy nickte.

»Exakt!«

Wieder sah ich zu Nick, der gerade in ein Gespräch mit einem anderen Kerl vertieft war, den ich schon öfter bei ihm gesehen hatte. Bestimmt jemand aus seiner Klasse oder so. Ich wartete. Ein paar Sekunden später bewegte sich sein Gesicht langsam in meine Richtung. Er schien zu erschrecken, als er bemerkte, dass ich ihn ansah, aber er konnte es verdammt gut kaschieren. Er lächelte nur und hob kurz seine Hand zum Gruß. Ich erwiderte sein Lächeln, so lässig es mir möglich war, und sah dann kurz zu meinen Freunden, nur um dann wieder zu Nick zu schauen. Noch immer war sein Blick auf mich geheftet, und erst nachdem wieder ein paar Sekunden verstrichen waren, schien er zu registrieren, dass er mich anstarrte, und löste den Blick.

Ich musste schmunzeln. Hatte sich das Blatt tatsächlich gewendet? Nick war für mich von Anfang an so unerreichbar gewesen, wie die Sonne und ich war heimlich um ihn herumgesegelt. Die Motte und das Licht. Aber wer war nun der verwirrte Falter?

***

Der lange Mittwoch bedeutete immer auch, dass ich in der Mittagspause etwas zu Essen besorgen musste. Anders würde ich die dann noch folgenden zwei Stunden Latein nicht überstehen. Ich lief also mit Kopfhörern in den Ohren Richtung Pizzeria. Wenn ich mir nicht schnell ein paar Pommes vom Kiosk direkt neben der Schule besorgte, gönnte ich mir eine Kinderpizza. Die hatte genau die richtige Größe für die Pause zwischen der 6. Und 7. Stunde und kostete vier Euro. War also erschwinglich. Und mich gierte es nach etwas Heißem, Fettigem mit viel Käse. Das Album *This is War* von Thirty Seconds to Mars dröhnte mir in den Ohren und sorgte automatisch bei mir für gute Laune. Ich mochte die Band total und vor allem die älteren Songs zog ich mir in regelmäßigen Abständen immer wieder rein. Außerdem stand ich total auf Jared Leto. Zumindest wenn er nicht gerade wie Jesus aussah. So ließ ich mir gerade das Lied *Closer to the Edge* in den Gehörgang schreien, als es mich seltsam im Nacken kribbelte. Kein offensichtliches Gefühl, wie wenn dich jemand berührte. Nein. Eher eine Art Vorahnung. Irritiert wandte ich mich um und bemerkte einen braunen Haarschopf, der sich hinter einem verrosteten VW-Bus wegduckte.

Nicht sein Ernst, oder?

War das etwa die kleine Motte?

Ich grinste teuflisch in mich hinein und lief ohne darüber nachzudenken, was ich bezweckte und mir davon erhoffte, wieder zurück. Am Auto lehnte tatsächlich Nick, der sich bemühte cool zu wirken. Er sah super aus. Er hatte eine kurze Jeans an, die seine Fußballerwaden wirklich genial betonte und trug dazu ein dunkelblaues Poloshirt.

»Hi«, sagte ich und lehnte mich nun neben ihm an die Wand des Busses.

»Hi«, begrüßte auch er mich und fuhr sich mit der rechten Hand durchs Haar. Er sah etwas zerzaust aus und so verdammt sexy.

»Was treibst du denn hier?« Ich grinste ihn an und war mehr als gespannt, was er darauf erwidern würde.

»Nichts Besonderes. Chillen.« Ich lachte auf.

»Dachte zum Chillen brauchst du ein paar Kumpels und ne Tüte.« Er zuckte zusammen und verzog das Gesicht.

»Geht auch so.« Er war nicht wirklich gesprächig und er würde ums Verrecken nicht zugeben, dass er mir gefolgt war. Also lag es wohl an mir, das Gespräch irgendwie am Laufen zu halten.

»Ich habe gerade Pause, aber nur noch knapp dreißig Minuten. Gehst du mit mir da vorne eine Pizza essen?« Er sah an mir vorbei zu der Pizzeria, die man schon von weitem an dem großen Reklameschild, mit der Aufschrift *Sole Mio*, erkennen konnte. Er machte ein betont gleichgültiges Gesicht.

»Warum nicht«, stimmte er dann zu und drückte sich von dem VW-Bus weg. Gemeinsam liefen wir nebeneinander zu dem Laden, der einen betörenden Duft verströmte. Wir bestellten beide eine kleine Salamipizza und nahmen schon wenige Minuten später je einen Pizzakarton entgegen. Gemeinsam setzten wir uns draußen auf eine kleine Mauer. Hinter uns war der Vorgarten irgendeines Hauses. Dort stand neben ein paar Brombeersträuchern, ein ansehnlich großer Baum, der uns zum Glück ein wenig Schatten spendete. Mit dem heißen Karton auf den Beinen kämpften wir beide gegen den Käse und ich zeigte irgendwann lachend mit dem Finger auf ihn, weil ihm ein ungefähr ein Meter langer Käsefaden aus dem Mund hing.

»Du bist echt zum Schießen! Man könnte meinen, du hättest noch nie Pizza gegessen.«

»Natürlich habe ich schon Pizza gegessen«, verteidigte er sich. »Nur ganz ehrlich? Das ist schon ewig her. Ich achte ziemlich auf meine Ernährung. Die Pizza mit dem vielen Käse bedeutet für mich wahrscheinlich eine extra Runde Joggen.«

»Nicht dein Ernst oder?« Ich sah den Typen neben mir noch mal genauer an. »Was musst du denn wegtrainieren?«

»Nicht wegtrainieren. Damit das so bleibt, muss man auch etwas tun.«

»Das ist ja schrecklich«, fand ich wirklich. Ich wollte mich nicht ständig hinterfragen, was ich essen durfte und mich nach einer kleinen fettigen Sünde direkt mit schlechtem Gewissen aufs Laufband quälen. Was war das denn für ein Leben? »Ich bin da eher der Genießertyp. Wenn mir was schmeckt, dann esse ich es! Das Leben ist doch echt zu kurz für so eine Geißelung. Warum sollte ich auf das verzichten, was ich liebe?« Nick sah mich sehr aufmerksam an, und wenn ich es nicht besser wüsste, würde ich sogar sagen, dass seine Wangen sich soeben etwas gerötet hatten. Unsere Blicke verschmolzen miteinander und ich begann etwas nervös auf meiner Unterlippe zu kauen, bis Nick den Blickkontakt abbrach und eine Scheibe Salami von seiner Pizza pflügte.

»Du hast leicht reden.« Noch eine Salami landete auf der Pappe. »Kann ja nicht jeder von Natur aus einen Stoffwechsel haben wie ein Marathonläufer.« Ich grinste ihn an.

»Danke für das Kompliment.«

»Pffft.« Ich kicherte wenig männlich vor mich hin und aß weiter meine Pizza, während ich die Sonnenstrahlen genoss. Es war angenehm warm. Nicht die brütende Hitze vom Wochenende, als ich mir am Weiher trotz Schattenplatz und Sonnenmilch ein wenig die Schultern verbrannt hatte. Einfach wohltuende, vollkommen unübertriebene 25 Grad. Wenn es nach mir ginge, könnte so der ganze Sommer sein.

»Was hast du jetzt noch?«, fragte mich Nick plötzlich.

»Doppelstunde Latein.« Er verzog das Gesicht. Es sah fast schon angeekelt aus.

»Wer macht denn sowas freiwillig?«

»Eher semi-freiwillig. Eine Fremdsprache musste eben noch sein und Französisch hab ich abgewählt.«

»Französisch mag ich eigentlich, bist du nicht gut darin?« Er sah mich interessiert an und knabberte dabei am Rand der Pizza. Es konnte doch nun wirklich nicht sein Ernst sein, dass er nichts an seiner Aussage komisch fand. Ich versuchte krampfhaft ein Lachen zu unterdrücken, was mir nicht wirklich gelang. War er extrem unschuldig oder ich einfach nur extrem kindisch?

»Ach weißt du, Französisch kann ich ganz gut, aber mit der Sprache hapert es.« Ich brach in Gelächter aus und dabei fiel mir der Pizzakarton von den Knien. Zum Glück war da eh nur noch der trockene Rand der letzten zwei Stücke drin gewesen. Die wollte ich eh nicht mehr essen.

»Du bist doof«, kommentierte Nick und rollte mit den Augen.

»Alter, bei der Vorlage musste ich den raushauen.«

»Der ist so alt wie meine Oma.«

»Old but Gold!« Ich wischte mir eine Lachträne aus dem Augenwinkel und quetschte dann meinen Pizzakarton in einen Mülleimer am Straßenrand. »Ich muss dann langsam wieder zurück. Die Pflicht ruft.«

»Okay.« Nick warf seinen Karton, in dem garantiert noch ein Haufen Salamischeiben lag, in den Mülleimer und wischte sich seine Hände an der Hose ab. Dann sah er mich wieder an. Unschlüssig, was er nun tun sollte. Ich konnte seine Verwirrung spüren. Seinen Konflikt. Nur verstand ich nicht genau, was sein Problem war.

»Sollen wir vielleicht Handynummern austauschen?«, fragte ich ihn. Die Gelegenheit wollte ich nutzen. Und vielleicht erfuhr ich ja via WhatsApp etwas mehr über ihn. Der Gesprächigste war er so ja nicht. Zumindest nicht im nüchternen Zustand. Es war schon erstaunlich, wie sehr sich der Party-Nick von dem normalen Alltags-Nick unterschied. Ich reichte ihm mein Smartphone, woraufhin er seine Nummer eintippte. Ich speicherte sie ab und ließ einmal bei ihm klingeln. Dann verabschiedeten wir uns seltsam steif voneinander. Aber das war mir erst mal egal. Ich hatte seine Handynummer. Yes! Innerlich vollführte ich einen astreinen Freudentanz! Bestimmt hatte Nick nur Freundschaft im Sinn, aber für mich bedeutete es so viel mehr! Vielleicht der Beginn von etwas Großem? Und sei es nur eine große Enttäuschung. Irgendetwas hatte nun begonnen und ich war echt gespannt, was die Zukunft bringen würde.

***

Als ich gefühlte hundert Stunden später das Schulgebäude verließ und auf die Bushaltestelle zusteuerte, kramte ich mein Handy aus der Hosentasche. Ich hatte zwei Nachrichten. Auf *G-Stagram* fragte mich *TeeEm,* ob ich später Lust hätte, mit ihm online ein Spiel zu zocken.

Warum nicht.

Ich tippte meine Antwort und klickte auf Senden.

Dann öffnete ich WhatsApp und entdeckte die erste Nachricht von Nick. Mein Puls beschleunigte sich automatisch und das Grinsen in meinem Gesicht machte sich selbstständig.

Und wie war Latein? Ich hoffe gut, denn ich kann dir höchstens in Französisch Nachhilfe geben ;-)

Ein zweideutiger Spruch *und* ein Zwinkersmiley. Ich grinste wie ein Idiot und hopste gut gelaunt Richtung Haltestelle. Es gab in der Geschichte der Menschheit glaube ich niemand anderen, der sich je so sehr über einen simplen Zwinkersmiley gefreut hatte.

9

Minigolf und Flutschfinger

Sonntag, 2. September

Heute sind 26 Grad gemeldet, lasst uns was unternehmen!

Mit diesen Worten begrüßte uns Karla in unserem Gruppenchat früh am Morgen. Ich las die Nachricht und rieb mir dabei erst mal den Schlaf aus den Augen. Dann knipste ich ein vermeintlich schlafendes Selfie – was natürlich vollkommen unlogisch war, denn wer hätte das Foto denn machen sollen? Mein nicht vorhandener Lover? – und schickte es ihr als Antwort. Freddys ließ nicht lange auf sich warten. Auch er sendete ein Foto, auf dem man sein schlafendes Gesicht sehen konnte, das auf grün-weiß-karierter Bettwäsche gebettet war.

Ihr seid beide doof! Es ist schon 10 Uhr und die Sonne scheint. AUFWACHEN.

Karla hatte im Sommer so einen seltsamen, für mich nicht nachvollziehbaren Bewegungstrieb. Ich mochte den Sommer nicht und die Sonne war mir meist einfach zu hell. Aber andererseits … Jetzt war ich wach und konnte mir ja auch gleich über die weitere Tagesplanung Gedanken machen. Bislang hatte ich nichts vor. Gegen Abend sollte ich noch ein wenig Hausaufgaben machen, aber auch das war nicht viel. Nur ein wenig Mathe und Latein.

Okay Karla, was schwebt dir denn für heute so vor?

Freddy schickte seine Nachricht, noch bevor ich es tun konnte.

Leute, der Sommer ist quasi vorbei. Wir müssen die letzten sonnigen und warmen Tage nutzen und voll auskosten.

Und wie?

Das wollte ich mal wissen. Aber dann schob ich noch eine Nachricht hinterher:

Ich bin bei fast allem dabei, wenn es Eis gibt.

Du bekommst so viel Eis, wie du willst. Was haltet ihr von Minigolf?

Einige Sekunden antwortete niemand. Anscheinend musste auch Freddy Karlas Frage erst einmal auf sich wirken lassen. Vielleicht warteten wir auch beide darauf, dass Karla das Ganze als Scherz abtat.

Dann kam die Frage von Freddy:

Spielen das nicht nur Kinder?

Ich dachte eher, das wäre so ein Rentner-Sport. Sowas wie Hallenhalma und Nordic Walking.

Falsch und falsch. Es macht total Spaß und ist für jedes Alter geeignet. Ihr werdet euch wundern, denn es ist gar nicht mal so einfach.

Und wie kommst du jetzt gerade auf Minigolf?

Freddys Frage war berechtigt und lag mir auch schon auf der Zunge.

Die Anlage feiert Jubiläum. Da stand ein großer Artikel heute in der Sonntagszeitung. Deshalb bin ich darauf gekommen.

Ich musste gestehen, ich war etwas beeindruckt. Ich lag immer noch zerzaust und verschwitzt im Bett, kaum in der Lage einen Zeh zu rühren, und Karla hatte sogar schon Zeitung gelesen. Nicht dass ich das je tun würde. Mir reichte die Zusammenfassung des täglichen Geschehens, die mein Dad beim Abendessen von sich gab.

Wann und wo?

Wie wäre 13 Uhr, vor der Anlage?

Ich schickte den beiden nur einen Daumen nach oben und ließ das Handy dann neben mir ins Kissen fallen. Jetzt lag ich hier und hatte zum Glück noch eine Menge Zeit, um richtig wach zu werden.

Spontan schoss ich ein Selfie von mir mit zerzaustem Haar, frechem Lächeln und Zeige- und Mittelfinger zu einem Victory Zeichen erhoben. Da ich mir auf dem Bild eigentlich gefiel, schickte ich es kurzerhand an Nick.

Gerade wach geworden und erfahren, dass ich heute zum Sport gezwungen werde. Schrecklich. Wenn man solche Freunde hat, braucht man echt keine Feinde mehr!

Schrieb ich dazu und sah sogleich, dass Nick schrieb. Nur wenige Sekunden später erreichte mich seine Antwort. Auch er hatte ein Selfie angehängt. Jedoch lag er nicht im Bett, sondern war bereits unterwegs.

Ich komme gerade vom Joggen. Muss ich noch mehr dazu sagen?

Verdammt. Warum waren alle denn schon so verdammt fit, und das um die Uhrzeit. Ich klickte noch mal auf das Foto von ihm. Tatsächlich. Beim genaueren Hinsehen waren seine Haare leicht verschwitzt und er trug irgendein Trikot. Heiß.

Warum nutzt man das Wochenende denn nicht zum Ausschlafen?

Morgens kann man am besten laufen. Da ist es noch nicht so drückend warm. Außerdem nutze ich das Wochenende gerne dafür. Unter der Woche müsste ich ja vor der Schule laufen gehen. Das wäre ja dann noch vor sechs Uhr oder so. Da bin selbst ich zu faul für.

Okay, das klang logisch und war irgendwie beruhigend. Er war also doch ein Mensch und kein sexy Sportroboter.

Und was geht bei dir sonst noch so heute?

Später hab ich ein Spiel. Sonst nicht viel. Und zu welchem Sport wirst du heute noch gezwungen?

Minigolf!

Nicks Antwort bestand aus unzähligen lachenden Smileys.

Hey!

Mehr fiel mir zu meiner Verteidigung leider nicht ein.

Na dann viel Spaß und übertreib's nicht! Denk daran, bei dem Wetter immer genug zu trinken und leg regelmäßige Pausen ein!

Du mich auch!

Ich lachte und legte das Handy auf den Nachttisch. Dann streckte ich mich genüsslich und bemerkte, dass mein Magen nun auch endgültig wach war. Nicht nur wegen der unzähligen kribbelnden Schmetterlinge, die dort Loopings flogen, nur weil Nick mit mir geschrieben hatte. Ich hatte auch verdammt großen Hunger. Also schlug ich die Decke beiseite und stand endlich auf.

Mittlerweile war es fast zu spät für Frühstück, also genehmigte ich mir auf die Schnelle einen Becher Erdbeerjoghurt, damit ich nicht vor lauter Hunger ohnmächtig wurde. Nachdem ich mich dann geduscht, angezogen, und etwas zurechtgemacht hatte, war auch schon das Mittagessen fertig. Mum hatte leckeres Gulasch und Reis gekocht. Dazu gab es Tomatensalat. Ich aß in Rekordgeschwindigkeit eine riesige Portion und machte mich dann auch schon auf den Weg zur Minigolf-Anlage, die sich am Stadtrand in einem Park befand. Ein Park, den ich extrem selten besuchte. Was, wenn ich mich so umsah, eigentlich schade war. Es war wirklich schön hier.

»Hey ihr, ich hoffe, ihr wartet noch nicht lange.« Ich umarmte Karla, gab Freddy ein High five und sah mich dann neugierig um.

»Nope, wir sind beide auch eben erst angekommen«, antwortete er.

»Was kostet der Spaß eigentlich?«

»Drei Euro. Es ist verdammt günstig, wenn man bedenkt, dass wir uns gleich köstlich amüsieren werden.«

»Wenigstens ist es billig«, brummte ich und Freddy stimmte mir lachend zu.

»Leute, denkt mal daran, wie viel Geld ihr für einen verdammten Kaffee bei Starbucks ausgebt. Bisschen mehr Enthusiasmus bitte! Wenn ihr mit der Einstellung hier rangeht, dann werde ich euch gnadenlos fertigmachen«, sagte Karla und grinste fies.

»Challenge accepted!« Ich hatte Minigolf glaube ich noch nie in meinem Leben gespielt, aber so schwer konnte das nun wirklich nicht sein.

***

Okay, ich hatte mich geirrt.

Es war alles andere als einfach.

Es war verdammt schwer. Die ersten zwei Bahnen gingen ja noch. Da hatte ich jeweils nur zwei Schläge benötigt, um die Kugel ins Loch zu befördern. Ab da hatten sich die Konstrukteure der Golfbahnen immer mehr Fallen und Hindernisse einfallen lassen, um mich zum Verzweifeln zu bringen. Am schlimmsten war ein Netz, etwa wie das, was man zum Pool-Reinigen benutzt, das weit oben in der Luft hing. Ich hatte nun sechs Versuche, um den Golfball da irgendwie reinzulupfen. Ein Ding der Unmöglichkeit, und ich hätte wohl noch bis tief in die Nacht versucht, das Teil einzulochen, wenn mich Karla und Freddy nicht gewaltsam zur nächsten Bahn gezerrt hätten. Karla hatte übrigens drei Versuche gebraucht und Freddy sogar nur zwei. Es lag also tatsächlich an mir. Insgesamt hatte die Anlage 18 Bahnen. Und ich bestand nach Bahn Nummer zehn auf eine kleine Eispause. Allein schon deshalb, weil meine Motivation gerade in den Keller gesunken war. Ich würde haushoch verlieren. Das stand jetzt schon fest. Da musste ich die Schläge, die Karla alle haargenau auf einem kleinen Zettel notierte, gar nicht zusammenrechnen. Meine beiden besten Freunde waren zum Glück einverstanden und so besorgten wir uns bei dem angrenzenden Kiosk süße Erfrischungen.

»Geil! Die haben Flutschfinger-Eis. Das liebe ich.«

Karla und Freddy hielten mich für bekloppt und holten sich beide Vanilleeis mit dickem Schokoladenüberzug. Ich packte derweil selig meinen Flutschfinger aus. Das musste dokumentiert werden. Meine Instagram-Community würde sich garantiert mit mir freuen. Ich knipste ein Selfie von mir mit Flutschfinger im Mund. Legte einen schönen Filter drüber und schrieb dazu die geistreichen Hashtags: #Flutschfinger #Summertime #Deepthroat. Und weg damit. Meine knapp 1200 Abonnenten würden mit meiner Zweideutigkeit schon klarkommen. Dann entschloss ich mich, das Foto auch an Nick zu schicken. Bei ihm ging ich weniger zweideutig vor. Bei ihm war ich mir sicher, dass ihn zweideutige Kommentare eher abschrecken würden.

Schau mal, was ich habe. So macht sogar Minigolfen Spaß.
PS: Ich bin mega schlecht! Hab den Sport echt unterschätzt.

Ich bekam keine Antwort und erinnerte mich dann daran, dass er ja etwas von einem Fußballspiel erwähnt hatte. Vielleicht würde er sich ja danach noch mal bei mir melden. Wobei wir ja heute Morgen schon kurz geschrieben hatten. Vielleicht sollte ich mein Glück nicht zu sehr herausfordern. Ab und an mal eine Nachricht von ihm zu bekommen war schon mehr, als ich mir je erhofft hatte.

Nach der kurzen Eispause spielten wir die letzten Bahnen zu Ende und ich verlor mit so viel Abstand, dass ich nicht weiter darüber sprechen wollte. Ein wirklich zerstörendes Erlebnis. Ich war mir noch nicht sicher, ob ich in Zukunft heimlich üben oder einfach nie wieder einen Gedanken daran verschwenden sollte. Aber Spaß hatten wir ja trotzdem irgendwie gehabt. Zumindest Freddy und Karla amüsierten sich köstlich über jeden meiner Bälle, der im hohen Bogen über die Bahn flog und irgendwo im Gebüsch landete. Als wir die Minigolf-Anlage verließen, sah ich auf mein Handy und erblickte zwei Nachrichten von Nick, die mich automatisch breit grinsen ließen.

»Was ist los? Du strahlst wie ein Atomreaktor«, hakte Karla nach und pikste mich mit spitzen Fingern in die Seite.

»Hey, hör auf, das kitzelt!« Ich sprang zur Seite und versuchte meine Gesichtszüge wieder unter Kontrolle zu bringen. Ich hasste es, wenn sie das tat. Wie sollte man denn bitteschön lässig und cool wirken, wenn man unkontrolliertes Gekicher von sich gab.

»Hat dir Nick gerade ein Penisbild geschickt oder was?«, spekulierte Freddy lachend. Ich schüttelte nur den Kopf, über seine Aussage, aber auch wegen meines kindischen Verhaltens.

»Wenn's das wäre! Er hat mir nur ganz einfach mitgeteilt, dass sie gegen irgendein Kaff unentschieden gespielt haben und mir das Bild dazu geschickt.« Ich drehte mein Handy zu Karla und Freddy und zeigte ihnen das Foto. Nicks komplett Dreck verkrustete Fußballschuhe.

»Okay, also mir entlockt das ehrlich gesagt kein Lächeln. Hast du nen seltsamen Schuhfetisch entwickelt oder so?«

»Es geht auch weniger um das Bild, sondern eher um die Tatsache, dass er mir überhaupt schreibt. Egal was. Es freut mich einfach.«

»Du bist echt ein hoffnungsloser Fall«, stellte Freddy fest. Ich zuckte unbeeindruckt mit den Achseln und antwortete Nick mit einem Foto meiner Chucks. Die vollkommen zerfledderten Teile hatten echt schon bessere Tage erlebt, aber da ich gerade auf einer Wiese stand, fand ich das Foto richtig gelungen. Der grüne Hintergrund gab dem Bild schon fast etwas Künstlerisches und ich überlegte, ob ich es gleich auch noch auf Instagram posten sollte.

Mit solchen Schuhen kann man auch kein Sport machen. Kein Wunder, dass dich die anderen fertigmachen.

Nicks Antwort war simpel.

Genau, daran wird es gelegen haben!

Ich komplettierte die Nachricht mit zahlreichen lachenden Emoticons und steckte mein Handy dann wieder in die Hosentasche.

»Fertig mit Grinsen?«, erkundigte sich Freddy mit erhobener Augenbraue. Ich schüttelte nur den Kopf.

»Sorry, ich fürchte nicht. Das ist gerade festgetackert.« Ich zeigte auf meine Mundwinkel, die sich irgendwo in der Nähe meiner Augen befinden mussten.

»Du warst auch mal cooler«, meinte Karla und pikste mich wieder in die Seite, was mich einen Meter wegspringen ließ.

»Ich bin immer noch cool. Lass das, du weißt genau, dass ich da kitzlig bin!« Freddy und Karla amüsierten sich weiter auf meine Kosten. Karla startete immer wieder hinterlistige Kitzelattacken und Freddy konnte es nicht lassen, sich immer wieder über meine fehlende Minigolf-Kompetenz auszulassen. Aber sollten sie nur. Solange Nick an mich dachte, mir Fotos seiner Schuhe schickte und mir schrieb, war mir fast alles andere egal.

10

Sexy Emo Bitch

Mittwoch, 19. September

Seit unserer ersten gemeinsamen Pizza waren nun drei Wochen vergangen, drei Wochen voller Aufs und Abs. Tatsächlich schien sich langsam so etwas wie Freundschaft zwischen uns zu entwickeln. Ab und an schickten wir uns Nachrichten, lustige Sprüche oder auch mal einfach Updates von unserem Tag. Wir hatten uns an danach jeden Mittwoch wieder in der Pizzeria getroffen. Nick war mittlerweile auf eine vegetarische Variante umgestiegen mit viel Brokkoli, Tomaten und Paprika. Es sah schön bunt aus, aber auch viel zu gesund für eine Pizza. Aber so war Nick nun mal. Er achtete auf seinen Körper und sah in ihm sowas wie sein Kapital. Also nicht nur, weil er so mega geil aussah, sondern einfach, weil er Sportler war, und zwar aus Leidenschaft. Ich bewunderte ihn ein wenig dafür. Für seinen Ehrgeiz. Für ihn schien das oft auch eine Art Fluch zu sein, aber ich sah es als eine Tugend an. Unsere Pizzatreffen waren zu meinem wöchentlichen Highlight geworden. Dabei waren es jedes Mal gerade einmal dreißig Minuten, die ich Zeit hatte. Ein wenig Smalltalk, viel Käse und ein schüchternes High five zum Abschied. Es war nicht viel, und doch ... ich interpretierte in jede Bewegung, in jeden Blick, in jede verdammte zaghafte Berührung etwas hinein. Vergangene Woche hatte Nick mir etwas Tomatensoße aus dem Mundwinkel gewischt und hatte dann mit seiner Hand fast schon zärtlich einige Sekunden an meiner Wange verweilt. Mein Herz war im Galopp gerannt, aber Nicks Gesicht hatte keine Emotion preisgegeben. Später war ich mir nicht mal mehr sicher gewesen, ob ich mir das Ganze nicht nur eingebildet hatte. Ob mir mein Hirn vor lauter Wunschdenken schon grausame Streiche spielte. Karla und Freddy hielten mich eh schon für leicht masochistisch veranlagt, weil ich mir das Drama jede Woche gab. Aber irgendwie war mir nicht nach Aufgeben. Vielleicht, weil ich schon zu tief drinsteckte.

***

Auch heute wartete Nick wieder vor der Pizzeria. Er war sommerlich gekleidet und trug eine Sonnenbrille. Ich seufzte, als ich ihn erblickte. Dieses makellose Gesicht gehörte einfach verboten.

»Sag mal«, begrüßte ich ihn, ohne lange um den heißen Brei zu reden. »Wie lange hast du mittwochs eigentlich Unterricht?«

»Fünf Stunden. Ist mein kürzester Tag.«

»Und wartest du dann eine Stunde hier auf mich oder was?« Nick rückte seine Sonnenbrille zurecht.

»Quatsch. Was hast du denn bitteschön für ein übertriebenes Selbstbewusstsein? Ich war kurz shoppen und bin dann hier hergelaufen.« Mein Blick wanderte zu seinen Händen, die keine Einkaufstüten trugen.

»Nichts gefunden?«

»Nope.«

Wir schwiegen. Für ihn anscheinend Normalzustand. Für mich eher seltsam und ungewohnt.

»Ach warte … da wäre doch eine Kleinigkeit, die ich gekauft habe.« Er kramte in seiner Hosentasche herum und hielt mir dann seine geschlossene Faust entgegen. »Für dich.« Ich sah ihn fragend an. »Hier, mach mal deine Hand auf.«

Ich streckte ihm meine Hand entgegen und er ließ etwas Kleines darauf fallen. Bei näherem Betrachten erkannte ich einen Button, der ungefähr so groß war wie ein Zweieurostück.

»Nicht dein Ernst.«

»Ich hab gesehen, dass auf deinem Rucksack eine Lücke ist und bei dem hier musste ich an dich denken.« Ich lachte los und betrachtete den Button stolz. Was schon recht seltsam war, wenn man mal genau darüber nachdachte.

»Du denkst beim Spruch *Sexy Emo Bitch* also an mich?«

»An wen denn sonst?« Wieder lachte ich und Nick hob einfach nur schmunzelnd seine Augenbrauen.

»Na dann ...« ich setzte meinen Rucksack ab und platzierte den neuen Button an der freien Stelle. Die pinkfarbene Schrift auf schwarzem Grund machte sich gut. »Ich kann es nicht fassen, dass du bei *Sexy Emo Bitch* an mich denkst.« Er zuckte mit den Achseln und war wohl nicht bereit, diese Anschaffung und seine Gründe näher zu erläutern. Es gab nun genug Raum für Interpretationen und ich wusste jetzt schon genau, dass ich die halbe Nacht heruminterpretieren würde. »Vielen Dank. Das freut mich echt, dass du so aufmerksam bist, das beeindruckt mich jetzt schon. Selbst ich hatte den fehlenden Button schon komplett vergessen.«

»Mir fällt sowas eben auf.« Er lächelte und ich fuhr mir etwas verlegen durchs Haar. Die Stimmung war seltsam. Irgendwie intim und dann auch wieder nicht.

»Sollen wir reingehen?«, fragte ich, immerhin war ich ja hier, um etwas zu essen. Und mir knurrte echt der Magen.

»Ich hab schon für uns bestellt.«

»Echt?« Ich sah ihn verwundert an.

»Klar, du isst doch eh immer das Gleiche. Die Pizzen müssten gleich fertig sein.«

»Danke.« Ich kramte nach meinem Geldbeutel, um ihm das Geld zu geben, aber er winkte ab.

»Lass stecken.« Ich sah ihn irritiert an.

»Okay, danke.«

»Heute bist du aber besonders dankbar.«

»Du bist ja auch besonders nett«, konterte ich und lehnte mich neben ihn an die Wand.

»Sag mal«, begann er und korrigierte den Sitz seiner Sonnenbrille, die ihm auf der Nase etwas nach unten gerutscht war. »Wann hast du eigentlich Geburtstag?«

»Wie kommst du denn jetzt darauf?« Ich sah ihn von der Seite an und betrachtete sein Profil. Er blickte weiter geradeaus und hatte die Augen geschlossen. Das konnte ich trotz seiner Sonnenbrille erkennen.

»Ich war gerade auf der Suche nach einem Geburtstagsgeschenk für meine Mutter. Gar nicht mal so einfach. Ich hatte bei allem den Eindruck, dass es ihren Anforderungen nicht genügen würde. Und irgendwann habe ich mich gefragt, wann eigentlich dein Geburtstag ist. Nicht dass ich da mal in ein Fettnäpfchen trete und dir nicht gratuliere oder so.«

»Sehr aufmerksam von dir.« Ich grinste in mich hinein. »Aber bislang hast du nichts verpasst. Ich habe am 25. Dezember Geburtstag.« Nun war er doch überrascht und zog sich in einer lässigen Bewegung die Sonnenbrille von der Nase.

»Nicht dein Ernst?«

»Doch.« Ich seufzte lange und gedehnt »Ich bin das Christkind.« Nick lachte daraufhin los.

»Ja! An das Christkind habe ich sofort gedacht, als ich dich das erste Mal gesehen habe.« Ich rollte mit den Augen. Nick schien sich ja wunderbar zu amüsieren. Auf meine Kosten. »Im Ernst. Ein bisschen Goldglitzer und ein paar weiße Engelsflügel würden dir echt prächtig stehen.«

»Pizza ist fertig«, rief der Italiener uns von drinnen zu. Mit unseren Pizzakartons setzten wir uns wieder auf die kleine Mauer direkt neben der Pizzeria. Das wurde zu einer echt netten Tradition.

»Ich stell mir dich gerade mit blonden Locken vor. Heiß!« Nick kicherte, was die Pizza auf seinen Beinen ganz schön durchschüttelte.

»Krieg dich wieder ein und behalte deine perversen Fantasien lieber für dich!« Ich bewarf ihn mit einer zusammengeknüllten Serviette und erntete nur noch mehr Gelächter.

»Perverse Fantasien. Pffft. Als ob irgendwer was gegen ne heiße Blondine mit noch heißeren Flügeln sagen würde. Und erst dieser Heiligenschein.« Er ließ die Augenbrauen hüpfen und ich schnaubte abfällig. Ich biss einen großen Happen meiner Salamipizza ab und wurde dann doch etwas nachdenklich.

»Blond also?«, nuschelte ich mehr für mich.

»Mmmh?« Er sah mich fragend an.

»Du stehst also mehr auf Blond?« Wieder so ein langer Blick, der meinen Puls sofort rasen ließ. Seine Augen, die von meinen Augen, zu meinem Haaransatz und weiter zu meinen Lippen wanderten. Ich spürte, wie meine Ohren anfingen zu glühen. Dann löste er den Blick von mir und aß weiter seine Gemüsepizza. Ich atmete aus und fragte mich in dem Moment, was das hier eigentlich war. Außer lächerlich. Ich bekam bei jedem Blickkontakt einen Herzkasper und er? Ich sah zu ihm rüber und beobachtete, wie er in ein besonders großes Stück Brokkoli biss. Wir aßen schweigend weiter und jeder schien seinen Gedanken nachzuhängen. Wie gerne ich einfach mal in seinen Schädel schauen würde. Was ging nur in ihm vor? Über was grübelte er? Dachte er über mich nach? Über uns? Über unsere seltsame Freundschaft? Oder war er wirklich so gelassen?

Als wir fertig gegessen hatten, quetschten wir unsere Pizzakartons wieder in den Mülleimer am Straßenrand und sahen uns dann an.

»Komm mal mit.« Ich sah Nick etwas entgeistert an.

»Wohin?«, fragte ich nach. Immerhin hatte ich noch Unterricht und konnte jetzt nicht ewig weit weggehen.

»Komm schon!« Er streckte mir die Hand entgegen und mir fielen die Augen fast aus dem Kopf. Wollte er etwas, dass ich nach seiner Hand griff? Zögerlich legte ich meine Hand in seine und ließ mich von ihm mitziehen. Ich konnte meinen Blick nicht von unseren Händen abwenden. War das normal? Hielten Kumpel Händchen? Ich hatte mit Freddy noch nie Händchen gehalten. Kurz schaute Nick zurück und ich versuchte seinen Blick zu deuten, aber dieser Typ war so unglaublich kryptisch. Ich meinte fast so etwas wie Angst zu erkennen oder vielleicht auch nur Skepsis. Verdammt noch mal. Nick war so schwer zu deuten. Ich wusste einfach nicht, woran ich bei ihm war und wohin er mich gerade mitnahm.

Plötzlich zog er mich in einen Hauseingang und ehe ich mich versah, wurde ich gegen die Wand gedrückt und Nick küsste mich. Schon wieder! *What the fuck?!* Stürmisch und ohne Zurückhaltung nahm sein Mund von meinem Besitz. Seine Lippen bewegten sich gegen meine, und dann spürte ich seine Zunge, die mir sachte über die Unterlippe leckte. Ich stöhnte auf und diese Gelegenheit ergriff er, um seine Zunge in meinen Mund zu schieben. Wir knutschten. So richtig. Mit Zunge und allem drum und dran. Seine Hand lag in meinem Nacken, und selbst wenn ich es gewollt hätte, es gab kein Entrinnen. Ich spürte es verräterisch in meinem Schritt prickeln und fragte mich im gleichen Moment ob Nick genau so erregt war wie ich. Oder war es ihm egal, ob er mit irgendeinem Mädel rummachte oder mit mir. War es auch für ihn etwas Besonderes? War er auch hart? Nach einiger Zeit verlangsamte er den Kuss und beendete ihn mit einigen zaghaften und besonders zärtlichen Küsschen auf meinen Mundwinkel.

Erst als er ganz von mir abließ, öffnete ich langsam wieder die Augen und erblickte einen sehr verunsicherten Nick. Keiner von uns sprach. Dabei hatte ich so viele Fragen. So unglaublich viele. Und ich hatte Panik, dass gleich alles wieder vorbei sein würde. Dass er es wieder als Ausrutscher abtat und verschwand. Dass er wieder seine Maske der Gleichgültigkeit aufzog und mich mit meinem Gefühlschaos einfach stehenließ. Und außerdem musste ich ja auch eigentlich schnell zurück zum Unterricht. Oh verdammt. Das war alles ganz schön verzwickt.

»Nick?« Irgendjemand musste ja was sagen. Und er würde wohl niemals von sich aus den Mund aufkriegen. Er sprach ja nie, wenn es darauf ankam. »Was machst du morgen?« Nick kratzte sich im Nacken und ging einen Schritt zurück. Den Abstand, den er zwischen uns brachte, spürte ich sofort. Es schmerzte.

»Ähm ...« Er versuchte sich zu sammeln. »Nach der Schule hab ich Fußballtraining und danach eigentlich nichts.«

»Ich muss morgen Abend meine Schwester babysitten. Sie ist sieben, also nix mit Windeln wechseln oder so, keine Angst. Meine Eltern haben Hochzeitstag und gehen aus. Naja, magst du vorbeikommen? Wir könnten einen Film schauen.« Film schauen. Innerlich verdrehte ich die Augen über diesen lahmen Vorschlag. Da hätte ich auch gleich fragen können, ob er nicht zum Rummachen vorbeikommen möchte. Nick überlegte. Er überlegte ziemlich lange und knubbelte dabei an seinen Fingern herum.

»Ich ...« Ja was denn verdammt? Sag es! Es war ja nicht so, dass er mich erst seit fünf Minuten hinhielt. Eigentlich ging dieses Katz- und Mausspiel doch schon seit Wochen! »Ich muss erst zu Hause abklären, ob ich Zeit habe. Okay?« Er lächelte verhalten und sah dabei so verdammt unglücklich aus, dass es mich schmerzte. Er schien so voller Zweifel zu sein. Egal wie sehr er versuchte, es mit einem Lächeln abzutun, ich konnte genau sehen, wie zwiegespalten er war. Ich konnte es nicht verstehen. Das zwischen uns war so perfekt. Wie konnte man da irgendetwas in Frage stellen? Er musste das zwischen uns doch auch spüren. Dieses Kribbeln, diese Energie, die zwischen uns hin und her wanderte. Oder bildete ich mir das Ganze ein? Ich seufzte.

»Okay, dann, ähm, melde dich einfach okay?«

Er nickte und so standen wir hier in diesem Hauseingang. Keiner wusste so recht, wie er sich vom anderen verabschieden sollte. Nach der Aktion eben war ein Händedruck einfach nur lächerlich. Für alles andere fehlte mir allerdings der Mut. Da ich aber nun wirklich losmusste, riss ich mich einfach zusammen, straffte die Schultern, umarmte Nick kurz und ging dann Richtung Schule. Dieses Mal konnte ich mich nicht zurückhalten und musste noch einmal einen Blick über die Schulter nach hinten werfen. Ich muss wohl ziemlich gegrinst haben, denn ich war mir ziemlich sicher, dass Nick gerade meinen Arsch abgecheckt hatte.

***

Als ich das Schulgebäude betrat, vibrierte mein Handy in der Hosentasche. Ich kramte es heraus und sah, dass ich eine Nachricht von Nick bekommen hatte. Seltsam. Immerhin hatten wir uns doch gerade erst vor fünf Minuten verabschiedet. Ich klickte auf das WhatsApp Symbol und musste schon wieder wie ein Wahnsinniger lächeln, so dass meine Mundwinkel mit Sicherheit diesmal fast meine Ohren berührten.

Blond war noch nie mein Fall. Ich mag's lieber brünett mit schwarzem Humor!

Wir kamen voran. Langsam und jede Schnecke würde uns mehrfach überrunden, aber es ging vorwärts!

11

Gemeinsame Urlaubspläne

Donnerstag, 20. September

»Warum bist du so aufgedreht?« Ida stand mir die ganze Zeit im Weg und zog dabei ihre Prinzessin Elsa Puppe an den Haaren hinter sich her. Irgendwie sah das extrem grausam aus. Ich hob die Puppe auf und drückte sie ihr in die Arme.

»Trage sie doch und schleife sie nicht über den Boden. Immerhin ist das eine Prinzessin!« Ida zog einen Schmollmund.

»Erwartest du Besuch?« Ich seufzte. Ida konnte man nur schwer austricksen.

»Vielleicht. Solltest du nicht Zähne putzen?« Ich war nervös. Und eine nervige Siebenjährige, die mir hinterherdackelte, konnte ich gerade gar nicht gebrauchen.

»Du hast sogar Parfüm benutzt, das stinkt!« Ida hielt sich die Nase zu und vollführte eine Art Stinketanz.

»Ab jetzt ins Bad! Zähneputzen!« Sie rannte los und ich nutzte die Gelegenheit und schnupperte an mir. War es wirklich zu viel des Guten? Bevor wir uns das erste Mal geküsst hatten, hatte er doch so begeistert an mir geschnuppert. Hoffentlich hatte ich mir das gerade nicht kaputtgemacht.

Nick hatte mich nicht lange auf die Folter gespannt. Gestern Abend noch hatte ich eine WhatsApp-Nachricht von ihm erhalten, in der er für heute zugesagt hatte. Er hatte sich auch direkt bereit erklärt, für Filme zu sorgen, was mir recht war. Wenigstens eine Sache, über die ich mir nicht auch noch Gedanken machen musste. Ich war schon mit dem Rest hier überfordert.

»Leennyyy, ich bin fertig mit Zähneputzen«, schrie Ida aus dem oberen Stockwerk hinunter.

»Noch mal Pipi machen und dann ins Bett!«

»Ich muss nicht!«

»Dann Abmarsch ins Bett, ich komm hoch und deck dich zu.«

Ich atmete einmal gedehnt aus. Ich war aufgeregt. Ganz ganz dolle sogar. Ich hatte garantiert Schweißflecken. Hektisch begutachtete ich meine Achseln. Noch sah alles okay aus. Zum Glück trug ich immer schwarz. Jetzt war das ein Vorteil. Ich hatte extra geduscht, das Wohnzimmer aufgeräumt, Spaghetti gekocht (von denen Ida natürlich auch eine Portion abbekommen hatte) und Bier besorgt. Nick hatte sich für 20 Uhr angekündigt. Das war in wenigen Minuten. Ich sah mich noch mal um und war einigermaßen zufrieden mit dem Erdgeschoss und mit mir. Dann ging ich nach oben, um Ida gute Nacht zu sagen.

Als ich nach unten lief, hörte ich es leise an der Tür klopfen. Ich hatte Nick vorher Bescheid gegeben, lieber nicht zu klingeln, nur für den Fall, dass Ida schon schlafen sollte. Ich eilte zur Haustür und atmete einmal durch und versuchte so irgendwie Kraft und etwas Selbstbewusstsein zu tanken. Dann öffnete ich die Tür und wir lächelten uns beide stumm an, keiner sagte etwas. Wieder einer dieser Momente, der ewig andauern könnte. Nick hatte einen Parka an und eine dunkle Jeans. In der Hand hielt er eine Tasche, deren Henkel er nervös zwischen den Finger rieb.

»K-komm doch rein«, stotterte ich und machte einen Schritt zur Seite. Er ging in den Flur und sah sich um. An der Garderobe zog er seine Jacke aus und sah dann fragend zu mir.

»Soll ich die Schuhe ausziehen?« Ich winkte ab.

»Nur wenn du magst. Du musst nicht.« Er behielt sie an und wartete wohl nun auf eine Art Hausführung oder so. »Ja, ähm, hier links ist die Küche und das Esszimmer, rechts das Wohnzimmer und da hinten das Gästeklo. Der Rest ist oben.« Wir lächelten uns an und ich musste dann doch irgendwann verlegen den Blickkontakt abbrechen. »Ich hab Nudeln gekocht mit Tomatensoße, wenn du Lust hast und ich habe Bier kaltgestellt und …«

»Du kannst kochen?«, hakte er nach und legte den Kopf schräg. »Ist das eines deiner vielen Talente?« Eine seiner Augenbrauen flog nach oben und bereitete mir ein angenehmes Bauchkribbeln.

»Naja. Ich kann nach einer Anleitung Fertigfutter zubereiten.« Er nickte anerkennend.

»Nicht schlecht. Aber ich sollte mich persönlich von deinem Können überzeugen.«

»Dann komm mal mit.« Wir betraten die Küche und ich richtete zwei Teller an, in die ich Nudeln und Soße gab. Zudem holte ich eine Tüte mit Streukäse aus dem Kühlschrank. Ich trug die beiden Teller ins Wohnzimmer und stellte sie auf den Tisch.

»Setz dich doch schon mal aufs Sofa, ich hol noch den Rest.« Ich sprintete auf Socken zurück und schlidderte um die Ecke. Aus dem Kühlschrank holte ich zwei Flaschen Bier und aus der Besteckschublade fischte ich noch den Flaschenöffner. Als ich zurückkam, saß Nick schon auf dem Sofa und kramte DVDs aus seiner Tasche.

»Ich hab mal alle Avengers Filme mitgebracht, die ich besitze. Da macht man glaube ich nichts falsch.« Da hatte er sowas von Recht. Gemeinsam stöberten wir durch seine echt ansehnliche Sammlung und entschieden uns für *Iron Man*. Ich verkniff mir den Kommentar, dass ich Robert Downey Jr ziemlich heiß fand, und legte einfach den ersten Film ein.

Ich sah mit meinem Traummann aus dem Schulbus gerade Iron Man und aß dabei Nudeln mit Tomatensoße. Irgendwie wurde mir das erst in diesem Moment so richtig bewusst. Okay, das war hier kein wirkliches Date und Freddy und ich hatten auch schon hundertmal genau so nebeneinander gesessen und hatten uns irgendwelche Filme reingezogen, ganz ohne dass da was gelaufen wäre. Aber das hier war doch anders. Eine andere Liga. Ich war immer noch ziemlich aufgeregt. Alleine deshalb, weil er hier war. In unserem Wohnzimmer. Außerdem saßen wir doch ziemlich eng nebeneinander, aber auch das fiel wahrscheinlich wieder nur mir auf.

Ich hibbelte nervös mit meinem Bein und konnte mich nicht so recht auf den Film konzentrieren. Jede Bewegung von dem Typen rechts von mir war einfach zu präsent für mich. Jedes Mal, wenn er ein Geräusch von sich gab, wenn er sich räusperte oder schmatzte, lag meine komplette Aufmerksamkeit auf ihm.

»Sag mal ...« Ich wusste nicht, warum ich plötzlich den Drang hatte zu reden, aber die Stille zwischen uns machte mich gerade echt wahnsinnig. »Wann hast du eigentlich Geburtstag? Und sag bitte nicht heute, sonst hätte ich mehr aufgefahren als olle Nudeln.« Nick lachte und drehte den Kopf zu mir. Ich setzte mich in den Schneidersitz auf die Couch und wandte mich ihm ganz zu.

»Ich hab am 31. Dezember Geburtstag.« Ich machte große Augen und mein Mund stand sperrangelweit offen.

»Verarsch mich nicht!«

»Das ist die Wahrheit und nichts als die Wahrheit.«

»Du machst dich über mich lustig, weil ich an Weihnachten Geburtstag habe, dabei wurdest du an Silvester geboren?«

»Das eine kann man doch nicht mit dem anderen vergleichen!«

»Hallo?« Ich lachte los und schnappte mir eines der Dekokissen meiner Mum, um es Nick ins Gesicht zu pfeffern. »Du weißt doch genau, wie es ist, wenn alle eigentlich eine andere Party feiern als deinen Geburtstag. Bei mir feiern alle Weihnachten und nebenbei eben noch die Tatsache, dass ich existiere. Bei dir feiern alle Silvester, mit Feuerwerk, Raclette und viel Sekt. Und wenn alle jubeln und anstoßen, ist dein Geburtstag schon vorbei.« Gegen Ende hin wurde meine Stimme etwas melancholischer. »Wir sind schon zwei traurige Gestalten.«

»Ich habe das nie so betrachtet«, gab Nick zu.

»Ernsthaft? Ich glaube, ich habe noch nie wirklich meinen Geburtstag gefeiert. Ich meine so richtig. Ich war immer nur Beiwerk.«

»Weißt du, was wir mal machen sollten?« Nun wandte sich auch Nick mir voll und ganz zu und schob sein Knie auf die Sitzfläche der Couch. Der Film schien vergessen. »Einfach Ende des Jahres in ein Land fliegen, in dem kein Weihnachten und kein Silvester gefeiert wird!«

»Und wo wäre das?« Nick überlegte und fuhr sich nachdenklich mit der Hand über sein Kinn.

»Ich weiß, dass zum Beispiel in Japan Weihnachten anders gefeiert wird. Oder wir fliegen einfach in ein muslimisches Land. Die feiern garantiert kein Weihnachten. Wie wäre es mit Istanbul oder Dubai?« Seine Augen begannen zu leuchten. »Ich wollte eh schon immer mal nach Dubai!«

»Und was ist mit Silvester?«, fragte ich nach. Ich hatte nämlich keinen Plan, wo auf der Welt wann ins neue Jahr gefeiert wurde.

»Ja, China! Die feiern Neujahr irgendwann später. Ende Januar oder so.«

Wir lächelten beide vor Vorfreude. Nick hatte mich mit seiner Euphorie angesteckt.

»Also Japan und China! Da müssen wir hin.« Ich war total vor den Kopf gestoßen und verstand nicht so recht, wie es nun dazu kam, dass Nick Urlaubspläne für uns schmiedete. Das war ja schon fast so, als wären wir … als wären wir ein Paar! Aber das waren wir doch nicht, oder? Hatte ich was Wichtiges verpasst? Ging da irgendwie ein Rundbrief rum, den ich nicht bekommen hatte? Wo war der Zettel mit dem obligatorischen »Willst du mit mir gehen?« abgeblieben? Machte man das heutzutage nicht mehr? Früher war echt alles einfacher.

»Was hältst du von der Idee?«, hakte Nick nun nach. »Muss ja nicht dieses Jahr sein. Ist ja auch nicht billig. Aber vielleicht könnten wir ja für nächstes Jahr sparen.«

Dieser Typ machte mich wahnsinnig. Wahnsinnig! Ich würde am liebsten schreien oder jubeln oder fluchen oder … ohne auf ein Zeichen von ihm zu warten, beugte ich mich zu ihm rüber und küsste ihn. Zum ersten Mal ging es von mir aus. Dabei war ich derjenige, der sich seit Monaten nach ihm verzehrte und sich schon mehrfach beim Gedanken an ihn einen runtergeholt hatte. Und dennoch war meine Angst vor Ablehnung immer präsent. Doch nun war alles egal. Dieser Typ plante gerade eine Zukunft mit mir. Ich rutsche weiter zu ihm hinüber und war ihm plötzlich so nah, dass ich fast auf seinem Schoß saß. Ich spürte ihn. Ich spürte alles von ihm. Während sich unsere Zungen umkreisten, wanderte meine Hand unablässig über seinen Körper und so entging mir nicht, dass Nick genau so erregt war wie ich. Und das erregte mich noch mehr. Ich stöhnte in den Kuss hinein und wanderte mit meinen Händen unter sein Shirt. Ich strich über seine Bauchmuskeln und glitt dann weiter nach oben zu seiner Brust, ich spürte jeden Muskel, der unter meiner Berührung bebte und erzitterte. Ich vertiefte den Kuss noch mehr und gab somit wohl Nick ein Zeichen dafür, dass er sich nicht zurückhalten musste, dass auch er mich berühren durfte. Er zog mich nun gänzlich auf seinen Schoß und hatte beide Hände besitzergreifend an meinen Hintern gelegt. Oh Gott, ich drohte an einem Herzinfarkt zu sterben. Jetzt und hier. Das Blut raste in meinen Adern und mein Herz schlug mir bis zum Hals. Wir stöhnten hemmungslos und rieben uns immer fester aneinander. Ich spürte seine Erregung, die sich fest gegen meine drückte und …

»Lenny?« Wir fuhren auseinander, ich flog in hohem Bogen vom Sofa und krachte mit dem Hinterkopf gegen den Couchtisch.

»Fuck? Alles okay?« Nick half mir auf und dann sahen wir erschrocken zum Treppenaufsatz, wo Ida mit ihrer Prinzessin Elsa Puppe stand und sich müde die Augen rieb.

»Hey Mäuschen, was ist denn los?« Ich versuchte ruhig zu klingen. Auch wenn sich meine Stimme atemlos anhörte und mein Gesicht garantiert die Farbe einer überreifen Tomate angenommen hatte.

»Ich muss Pipi und ich hab Durst«, sagte sie verschlafen und sah dabei zu Nick. »Wer ist das?«

»Das ist ein guter Freund von mir, der geht aber gleich nach Hause. Geh du schon mal Pipi machen und ich bring dir ein Glas Wasser, okay?« Ida nickte und lief dann Richtung Badezimmer.

Ich atmete laut und gedehnt aus, rieb mir meinen schmerzenden Hinterkopf und sackte dann erleichtert in mich zusammen. Boah, war ich erschrocken.

»Gibt das Probleme?«, wisperte Nick und fuhr sich hektisch mit beiden Händen durch die Haare. Was ziemlich egal war, da die eh schon in alle Richtungen abstanden. War ich das etwa gewesen?

»Nein, nein. Ich bin nur so erschrocken.« Ich fasste mir an mein Herz und versuchte mich langsam wieder zu beruhigen.

»Wissen deine Eltern ...?«

»Ja, ich hab mich mit 15 geoutet.« Nick sah mich ernst an und ich konnte nicht anders als zurück zu starren. Was erwartete er gerade von mir. Warum hatte ich plötzlich das Gefühl mich entschuldigen zu müssen oder mich zu rechtfertigen. Ich erhob mich stöhnend und rieb mir erst den pochenden Hinterkopf und dann meine Augen.

»Und nun?« Nick zuckte mit den Achseln. Wir sahen uns an und ich spürte, dass irgendwas zwischen uns schwebte, was ganz dringend ausgesprochen werden musste. Aber keiner von uns beiden redete. Wir standen nur da und waren beide seltsam schüchtern. Immerhin hatte ich eben noch auf ihm gesessen und hatte meinen Schritt an seinen gerieben. Woher kam nun diese Befangenheit?

»Ich gehe dann mal so langsam«, stöhnte Nick und erhob sich schwerfällig vom Sofa. Er macht gerade den Eindruck, als wäre er um fünfzig Jahre gealtert.

»Du kannst auch …« Was genau wollte ich sagen? Noch bleiben? Hier übernachten? Da weitermachen, wo wir aufgehört hatten? Sein Blick strahlte so viel Verwirrung aus, dass er mir schon irgendwie fast leidtat. »Nick ich … was machst du morgen?« Ich konnte ihn nicht schon wieder für Tage aus den Augen verlieren. Ich wollte nicht einfach ein Zunicken im Bus. Darüber waren wir hinaus. Meilenweit.

»Ich, ähm, ich weiß nicht« Sein Zögern bereitete mir Bauchschmerzen. Ich ahnte, auf was das hier alles hinauslief, und dennoch hatte ich eine scheiß Angst davor. »Ich bin mir einfach nicht sicher, ob das alles eine so gute Idee ist.« Wir standen uns gegenüber und sahen uns an. Ich war weiß Gott kein sehr romantischer oder sensibler Mensch. Sarkasmus und Selbstironie waren die Sprache, die ich sprach. Aber in diesem Moment spürte ich, wie mir die Tränen in die Augen schossen. Ich drehte mich weg und versuchte mich zu sammeln. »Es ist nur so, dass …« Nick wollte das Gesagte wohl nicht so stehen lassen, doch egal, was nun kommen würde, nichts konnte die Situation noch retten.

»Nur als Freunde. Lass uns morgen mit Karla und Freddy etwas unternehmen. Bowlen oder Billard, irgendwas Lustiges.« Mir war so gar nicht nach lustigen Aktivitäten zumute, aber ich konnte nicht loslassen. Ich hielt Nick krampfhaft bei mir. Oder ich versuchte es zumindest mit allem, was ich hatte. Er nickte, wirkte aber noch nicht überzeugt. »Irgendwas ohne Sofa und pornösen Avengers Filmen, die uns willenlos machen.« Er lachte auf und ich spürte, dass sich die Stimmung zwischen uns wieder ein kleines bisschen lockerte.

»Okay.« Es war mehr ein Flüstern, aber ich hatte es gehört.

»Ich schreibe dir«, versprach ich. Ich wollte es locker klingen lassen. Das gelang mir nicht wirklich. Ich konnte die Sehnsucht und das unausgesprochene Flehen nicht aus meiner Stimme verbannen. Ich war ein echt mieser Schauspieler. Er aber auch.

Ich sah ihm nach, wie er mit hängenden Schultern nach Hause lief. Als er um die Ecke bog, schloss ich die Tür hinter mir und wusste nichts mit mir anzufangen. Also brachte ich zuallererst einmal Ida ihr versprochenes Glas Wasser ans Bett.

So war das alles nicht geplant gewesen.

12

Strikes und Pussys

Freitag, 21. September

»I'm walking on sunshine wooow-oh …« Ohne auch nur eine Sekunde zu zögern ließ ich meine Faust auf den Radiowecker krachen und am liebsten hätte ich ihn mit seiner zwanghaften Guten-Laune-Musik aus dem Fenster geworfen. Aber leider fehlte mir früh morgens dafür die nötige Energie.

Ich war gerädert. Die halbe Nacht hatte ich mir das Hirn zermartert, wie es nun mit Nick und mir weitergehen sollte. Die andere Hälfte der Nacht hatte ich an den Kuss gedacht und hatte dann mit Halbständer nicht mehr einpennen können. Nick war nicht gesund für mich. Die letzten Wochen mit ihm hatten mich um Jahre altern lassen. Zumindest fühlte ich mich gerade so, als ich versuchte, meinen steifen Rücken aus dem Bett zu hieven. Am liebsten würde ich schwänzen. Aber aufschieben brachte ja auch nichts. Irgendwann würde ich ihn wiedersehen und ich wollte es ja auch eigentlich. Ich hatte Schiss und bekam Bauchschmerzen, wenn ich nur an ihn dachte, an ihn und an sein Zögern letzten Abend. Ich konnte ihn verstehen. Wirklich. Anscheinend kam er nicht damit klar. Vielleicht war ihm bislang auch gar nicht bewusst gewesen, dass er solche Dinge auch mit einem Kerl machen konnte. Vielleicht hatte es ihn gestern schlichtweg erschreckt, dass es ihm gefallen hatte. Körperlich. Aber das war ja alles nur reine Spekulation. Er redete ja nicht mit mir. Er druckste herum und wollte am liebsten einen Rückzieher machen. Immer wieder.

Ich zog mir eine dunkelgraue Jeans an und ein schwarzes Longsleeve. Es war nun offiziell Herbst. Man merkte es und man sah es. Vor dem Fenster begannen die ersten Blätter zu fallen, und wenn man unsere Spießerstraße so entlang sah, waren die Bäume doch schon auffällig gelb und rot gefärbt. Ich ging ins Bad, putzte mir die Zähne, wusch mir das Gesicht und legte Deo auf. Meine Haare sahen aus wie nach einer Naturkatastrophe. Mit etwas Wasser und einem Kamm versuchte ich, das Chaos irgendwie zu entwirren und die Matte am Hinterkopf etwas platt zu drücken. Ich sah aus, als hätte Amy Winehouse mir die Haare toupiert.

Unten wartete meine gut gelaunte Mutter mit Kaffee. Paps war wohl schon zur Arbeit aufgebrochen.

»Guten Morgen. Heute bist du ja sogar fast früh dran.« Ich nickte und setzte mich Ida gegenüber an den Esstisch. Ihr Mund und ihre Zähne waren voll mit Nutella. Einerseits eklig, andererseits wollte ich das auch. Ich beschmierte mir ein Brot dick mit Butter und der leckeren Nuss-Nougat-Creme und trank meinen Kaffee.

»Mamaaa?« Ida zog den Namen in die Länge. »Lenard hatte gestern Besuch.« Mir war klar, dass das kommen musste.

»Aha.« Mum spielte die Desinteressierte. Das kaufte ihr nur keiner ab. »Und wer genau kam denn deinen Bruder besuchen?« Die Frage war an Ida gerichtet, aber Mum starrte mich an. Ihr Gesichtsausdruck war irgendwie gruselig.

»Ich weiß nicht. Ein Mann. Er war hübsch. Ein bisschen wie ein Disneyprinz.«

»Ein hübscher Prinz also.« Ihr Blick wurde eindringlicher und sie erwartete wohl Antworten von mir. Ich trank meinen Kaffee leer und seufzte. »Welchem Prinz hat er denn geähnelt, Mäuschen?« Wir sahen beide zu Ida, die nachdenklich an die Decke starrte und dabei die Augenbrauen ganz eng zusammenzog.

»Ich denke am ehesten Flynn Rider aus Rapunzel.« Ich nickte anerkennend. Damit konnte ich leben.

»Nick war hier, ein Kumpel. Wir haben Iron Man geschaut,« meldete ich mich nun doch zu Wort, bevor diese Disneydiskussion noch aus dem Ruder lief.

»Lerne ich diesen Nick auch irgendwann kennen?«, fragte sie.

»Vielleicht.« Anscheinend genügte ihr das vorerst. Mein Blick auf die Uhr verriet, dass es nun auch Zeit für den Aufbruch wurde. Ich nahm meine Schultasche, zog die Lederjacke an und wollte gerade schon los, als Ida an meinem Ärmel zog und mich so zwang, mich zu ihr herunterzubeugen.

»Ihr habt gar keinen Film geguckt«, flüsterte sie mir ins Ohr. »Ihr habt gekuschelt. Aber ich sag's keinem.« Sie grinste und hielt sich den Zeigefinger vor die Lippen. Ich lächelte sie an und strich ihr durchs Haar.

»Das bleibt unser Geheimnis, ja?«

»Ja!« Daraufhin marschierte sie stolz davon. Meine süße Lieblingsschwester.

An der Haltestelle empfing mich Freddy mit einem mitleidigen Lächeln, das mich tierisch annervte. Vielleicht war es ein Fehler gewesen, Freddy und Karla gestern noch alles bei WhatsApp zu schildern. Aber ich musste mir irgendwie Luft machen und mit jemandem drüber reden. Außerdem hatte ich ja quasi ihren heutigen Abend verplant. Ich hatte sie also noch anflehen müssen, mit Nick und mir etwas zu unternehmen.

»Wie geht's dir«, fragte Freddy. Ich schnaufte genervt.

»Klasse!« Mehr als Sarkasmus hatte ich am frühen Morgen nicht übrig. Auch nicht für meinen besten Freund.

Der Bus kam und wir stiegen ein. Wie immer folgte kurz danach Karla und setzte sich zwischen uns.

»Wie geht's dir?«, fragte nun auch sie mit einem mitleidigen Gesichtsausdruck.

»Leute, kriegt euch ein, okay? Ich hab keine Ahnung, wie es mir geht. Aber ich werf mich schon nicht vor den nächsten Zug.« Beide schauten mich bedröppelt an und ich bekam direkt ein schlechtes Gewissen.

»Sorry«, murmelte ich und bekam dann direkt Herzrasen, als ich sah, wer bereits an der nächsten Haltestelle stand und soeben in den Bus stieg. Nick sah sich um, bemerkte mich, lächelte und blieb genau da stehen, wo er war. Ich Depp hatte nicht wirklich erwartet, dass er zu mir kommen würde, um mir einen feuchten Begrüßungskuss auf die Lippen zu schmatzen. Ich Träumer.

»Nur noch mal für Dumme.« Karla riss mich aus meinen Gedanken und sah mich ungläubig an. »Ihr seid jetzt aber kein Paar oder so?« Ich zuckte mit den Achseln.

»Nicht, dass ich wüsste. Gestern Abend hatte ich den Eindruck, als hätten wir eher einen fetten Schritt zurückgemacht und er wäre lieber mit einem Nilpferd zusammen als mit mir.« Leider gab mir Nick auch momentan keine Hoffnung, dass ich mit meiner Vermutung falsch liegen könnte. Ich beobachtete ihn, wie er mit zwei Mädels redete. Womöglich aus seiner Stufe. Die eine warf ständig ihr blondes Haar so übertrieben zurück, dass man meinen könnte, sie hätte irgendeine spastische Krankheit. Und die andere krallte sich an Nicks Unterarm fest, als wäre er ein gottverdammter Haltegriff. Nun brachen beide Mädels synchron in schallendes Gelächter aus und Nick fühlte sich wohl in irgendetwas bestätigt. Wahrscheinlich hatte er den Witz des Jahrhunderts zum Besten gegeben. Boah, hätte ich Lust zu kotzen. Wollte er mir jetzt demonstrieren, dass er auch bei Frauen ankam. Ich wusste das gottverdammt. Er musste es mir nicht unter die Nase binden. Ich versuchte also die nächsten Minuten damit zu verbringen, die Mädels um Nick mit meinen Blicken zu töten. Eventuelle Kollateralschäden mit eingeschlossen. Als Nick den Bus wieder verließ, rief er mir ein »bis nachher« zu, was meine Laune nur mäßig hob. Auch die versöhnliche Nachricht, die mich ein paar Stunden später während Religion erreichte, ließ meine Mundwinkel nicht wirklich nach oben zucken.

»Wann treffen wir uns und wo? Freue mich schon auf später, war ewig nicht mehr beim Bowling!«

Es war eine unverbindliche Nachricht, die von jedem hätte stammen können. Von Freddy, Karla, Party-Chris oder meiner Mum. Nichts Besonderes. Aber zumindest schien er sich auf unser Treffen zu freuen. Ob das an mir lag? Wohl nicht. Und prompt war die Laune wieder im Eimer.

Ich öffnete die *G-Stagram* App und erkannte, dass ich eine Nachricht von *TeeEm* bekommen hatte. Sogar schon vor zwei Stunden. Seltsam, hatte mir die App gar nicht angezeigt.

Du wirst es nicht glauben. Ich habe vor zwei Wochen jemanden kennengelernt. Und tadaaa, seit gestern bin ich vergeben. Ich dachte mir, das sollte ich dir mitteilen.

Ich war überraschter, als ich sein sollte. Schon lange sah ich in *TeeEm* nicht mehr einen potentiellen Partner. Hatte ich glaube ich nie. Immerhin hatten wir von Anfang an sehr freundschaftlich miteinander geschrieben. Aber wir waren nun mal beide Single gewesen und hatten uns auf einer Dating-Plattform kennengelernt. *TeeEm* hatte mir in den letzten Wochen oft Mut zugesprochen oder mir Ratschläge in Bezug auf Nick gegeben. Aber von diesem Typ, den er kennengelernt hat, hatte er mir nichts erzählt.

Krass, Glückwunsch!

Mehr wusste ich gerade nicht zu sagen.

Ich würde dann auch aus der App verschwinden, finde ich irgendwie komisch jetzt. Wie wäre es denn, wenn wir einfach Handynummern austauschen und so in Kontakt bleiben?

Fänd ich klasse. Ich wollte auch schon ewig aus der App raus. War glaub nur noch wegen dir drin.

Dito.

Wir tauschten Handynummern und kurze Zeit später bekam ich die erste Nachricht auf WhatsApp von ihm.

Wie heißt du jetzt eigentlich wirklich? Ich muss ja wissen, unter welchem Namen ich die Nummer abspeichere.

Ach stimmt ja, wir hatten uns ja immer nur unter unseren Nicknames geschrieben.

Ich heiße Lenny.

Darauf erntete ich ein paar lachende Emoticons.

Wie kreativ, von Lenny zum Nickname Benny.

Mir ist da auf die Schnelle nichts anderes eingefallen. Und wie heißt du?

›TeeEm‹ sind meine Initialen. Tom Metzler ist mein werter Name.

Wir sind beide äußerst kreativ. Wahrscheinlich ist das eines der Gründe, warum wir auf ›G-Stagram‹ nur uns kennengelernt haben und uns ansonsten niemand interessant fand.

Da sagst du was! Jetzt, wo ich vergeben bin, ist mir das aber ziemlich egal. Wie läuft es denn mit deinem Traummann weiter?

Tom, an den Namen müsste ich mich jetzt echt erstmal gewöhnen, wusste nicht alles über Nick und mich, aber doch genug. Ich hatte ihm immer mal wieder mein Leid geklagt und er hatte mir mehr als einmal dazu geraten, mich von Nick fernzuhalten.

Ich treffe ihn heute Abend mit Freunden beim Bowling.

Also probiert ihr jetzt das Freundschaftsding?

Ich seufzte. Tom schaffte es aber auch, genau die richtigen Fragen zu stellen. Nämlich die, die mir Bauchweh bereiteten.

Keine Ahnung, ich halte dich auf dem Laufenden, wenn ich mehr weiß.

Pass auf dich auf. Ich kenne dich nicht sonderlich gut, aber mein Eindruck ist, dass du dich da in was verrennst und dir womöglich ganz böse das Herz gebrochen wird.

Ich legte das Handy zur Seite und rieb mir mit beiden Händen die Augen. Seine Worte taten weh. Sie schmerzten umso mehr, weil sie wahr waren und ich das auch ganz genau wusste. Ich griff wieder nach dem Smartphone neben mir und tippte meine Antwort.

Es wäre gesünder, wenn ich einen Schlussstrich ziehen würde, aber ich kann es nicht.

So war es. Da gab es nichts schönzureden.

Pass einfach auf dich auf und vergiss nicht, was ich dir schon ganz am Anfang gesagt habe: Du bist mehr wert! Du bist kein Spielzeug, das man dann benutzt, wenn man gerade mal Bock hat und ansonsten lässt man es links liegen. Das hat niemand verdient.

Danke.

Dann legte ich das Handy endgültig zur Seite und ging ins Bad um mich für unser Treffen im Bowlingcenter umzuziehen und zurechtzumachen. Ich konnte wirklich nicht sagen, dass ich mich auf den Abend freute. Ich hatte Angst und ein ziemlich ungutes Gefühl in der Magengegend.

***

Kurz vor 18 Uhr standen wir mit dem Auto von Freddys Eltern vor Nicks Zuhause. Ich hatte ihn nach seiner Adresse gefragt und angeboten, dass wir ihn mitnehmen könnten. Freddy war wieder so freundlich und spielte heute den Chauffeur.

»Da wohnt er also.« Wir sahen alle durch die Scheibe und musterten das Anwesen. Ja, man konnte es ruhig Anwesen nennen. Das Haus sah ziemlich groß aus und der Eingangsbereich war umgeben von Säulen. So richtig schmucken, wie man sie aus dem Museum kennt. Der Garten davor und daneben sah so akkurat und gepflegt aus, dass er sicher nur das Werk eines Gärtners sein konnte.

»Steigst du aus und klingelst?«, fragte Freddy.

»Ist wohl besser, als am Straßenrand zu stehen und zu hupen. Das kommt hier in dem Viertel bestimmt nicht so gut an.«

Ich öffnete also die Tür, stieg aus und ging etwas verunsichert zum Eingang. Zwischen den massiven Säulen kam ich mir extrem winzig vor. Und wahrscheinlich war das auch der Sinn solcher Bauten. Man sollte gleich bemerken, wie klein und unbedeutend man doch in Wirklichkeit war. Mit etwas zittrigen Fingern betätigte ich die Klingel und vernahm sogleich eine penetrante Melodie. Das würde mich ja nerven, wenn ich das ständig hören müsste.

»Ja Mum, ich bin dann unterwegs.« Ich vernahm Nicks Stimme durch die geschlossene Tür. »Ich werde abgeholt. Ja, das sind Freunde von mir!« Seine Stimme wurde lauter und plötzlich konnte ich auch seine Mutter hören.

»Nikolas, du bist schon gestern ausgegangen. Und das, obwohl gestern mein Geburtstag war.«

»Und das tut mir auch echt leid. Das war wichtig und es wird echt nicht noch mal vorkommen, okay?«

»Nein, es ist nicht okay, aber nicht mehr zu ändern. Warum du dann aber heute schon wieder ausgehst und unserem Abendessen fern bleibst, ist mir ein Rätsel. Bist du nun in einer seltsamen rebellischen Phase, oder wie darf ich das verstehen?« Plötzlich öffnete sich die Tür und ein Lichtstrahl traf direkt auf mein Gesicht. »Hast du deine Hausaufgaben schon gemacht?«

»Gott Mum, es ist Freitag. Dafür ist das ganze Wochenende noch Zeit.«

»Du wirst sie direkt morgen früh machen und deinem Vater vorlegen, haben wir uns verstanden?«

»Ja Mum, tschüss Mum.«

Daraufhin knallte er die Tür zu, drehte sich um und stand direkt vor mir.

»Hi«, begrüßte ich ihn und grinste.

»Boah, hast du das eben etwa alles gehört?«

»Das meiste schon, denke ich.« Nick verdrehte genervt die Augen und lief an mir vorbei.

»Klasse. Entmannt in wenigen Sekunden.« Ich lief an ihm vorbei, drehte mich um und lief rückwärts vor ihm weiter.

»Ach Quatsch, du bist immer noch total männlich.« Ich ließ meine Augenbrauen anzüglich hüpfen. »Deine Mutti hat nur ein kleines Kontrollproblem. Nicht der Rede wert.«

»Schon klar.« Wir erreichten das Auto und stiegen ein. Karla saß vorne neben Freddy auf dem Beifahrersitz, ich saß hinter Freddy und Nick neben mir.

»Hi ihr«, begrüßte Nick die beiden vorne.

»Servus«, antworteten Karla und Freddy im Chor, woraufhin sie sich erst einmal kaputtlachten.

»Ihr scheint ja gut drauf zu sein«, Nick schmunzelte neben mir und schien nun auch langsam etwas lockerer zu werden.

»Wart's mal ab. Du sitzt hier im Karaokemobil. Wusstest du das?«

»Öhm, ich wurde leider nicht vorgewarnt.«

»Auch egal.« Freddy tippte ein paar Knöpfe am CD-Wechsler und drehte sich dann grinsend zu uns um. »Stehst du auf Popmusik der 90er?«

»Ich bin mir nicht sicher, ob es darauf eine richtige Antwort gibt«, konterte Nick.

»Klar gibt's die.« Ich erwiderte Nicks Blick und beugte mich dann zu Freddy nach vorne. »Die richtige Antwort lautet: Hör auf zu labern und schmeiß endlich Britney Spears an!«

»Das wollte ich hören«, lachte Freddy, drückte auf *Play* und fuhr los.

Die Fahrt zum Bowlingcenter dauerte nicht lange. Wir mussten dafür nicht mal die Stadt verlassen. Aber es reichte für drei Lieder von Britney Spears und als der Refrain von *Hit me Baby one more time* das zweite Mal ertönte, sah ich im Augenwinkel, dass Nick mitsang. Zwar nur leise, aber er tat es. Ich glaube, in dem Moment verliebte ich mich noch ein klein wenig mehr in ihn. Ich hatte schon befürchtet, dass der gestrige Abend uns beiden noch im Magen liegen würde. Ich konnte nicht einfach auf Knopfdruck heile Welt spielen. Und es war nun mal so, dass ich sofort ein ungutes Gefühl bekam, sobald ich an Nicks seltsamen Abgang dachte. Ich hoffte, dass sich das nach ein paar Strikes und zwei Bier gelegt haben würde. Noch vor einigen Minuten hatte ich eher Lust gehabt, mich zu Hause unter meiner Bettdecke zu vergraben und melancholische Musik zu hören. Oder Deathmetal. Mir stand der Sinn nach beidem. Abwechselnd. Aber jetzt hier auf dem Rücksitz im Opel Corsa von Freddys Eltern, war für einen kurzen Moment alles okay.

Im Bowlingcenter angekommen liehen wir uns erst einmal Schuhe aus, gingen zu unserer Bahn und bestellten dort direkt alle eine Runde Bier. Außer Freddy, der sich heute wieder an Cola hielt.

»Warum fährst du eigentlich? Ist doch doof, als Einziger nichts trinken zu können«, fragte Nick, nachdem die Bedienung wieder gegangen war.

»Ich hasse die öffentlichen Verkehrsmittel am Wochenende. Nur Arschlöcher unterwegs. Und die dann auch noch alle besoffen. Dann lieber gemütlich wieder zu Hause ankommen. Ohne Stress.«

»Wir hätten uns ja auch ein Taxi teilen können« argumentierte nun Nick. Freddy lachte auf und beugte sich zu ihm hinüber.

»Wenn ich euch gleich hier fertiggemacht habe, weil ihr mit einer Promille Alkohol im Blut die Kugel nicht mehr richtig halten könnt, dann wirst du mich verstehen.« Alle lachten. Nur ich war noch nicht ganz in Stimmung. Das Bier kam an und ich genehmigte mir direkt mal einen großen Schluck.

»Klar Freddy, du hast wohl vergessen, wer wem letztes Mal eine Abreibung verpasst hat?« Ich erhob mich und griff zuerst nach einer lilafarbenen Kugel und dann nach einer weißen. Ich wiegte beide abschätzend ein paarmal hin und her und entschied mich dann doch für die weiße.

»Weiß steht für Jungfräulichkeit!«, rief mir Freddy zu und Karla spuckte vor Lachen etwas Bier über den Tisch.

»Danke für den Hinweis, du Spacken!« Ich legte die Kugel zurück und konnte leider nicht verhindern, dass meine Wangen angefangen hatten zu glühen. Musste das denn vor Nick sein? O Mann.

Wir tippten die Namen in den Computer ein. Wobei wir das nicht auf die klassische Art taten. Jeder gab jemand anderem einen Spitznamen. Freddy, der nun begann, war dank mir der Lulatsch, Karla war von Freddy Zicke genannt worden. Nick hieß nun Schönling und ich war der Emo. Nicht sehr einfallsreich. Aber immer noch besser als Hinterlader oder Jungfrau.

Die ersten Runden liefen relativ ereignislos. Ich war ziemlich gut und Nick war erstaunlicherweise total mies. Ich konnte es anfangs gar nicht fassen. Nick war für mich immer so unfehlbar und perfekt gewesen. Und nun warf er seine Kugel ständig ins Aus.

»Brauchst du eine Brille oder bist du einfach nur scheiße?«, fragte Freddy wenig charmant aber mit einem Lächeln auf den Lippen. Nick schüttelte den Kopf und lachte auf.

»Ich bin echt scheiße. Kann ich mir gar nicht erklären.«

»Nur, weil du mit den Füßen den Ball kontrollieren kannst, heißt das wohl nicht, dass das auch für deine Hände gilt.«

»Eindeutig nicht.«

Er setzte sich mir wieder gegenüber und ich beobachtete Karla bei ihrem nächsten Wurf. Im Augenwinkel jedoch bemerkte ich, dass Nick mich ansah. Was sofort meine Ohren wieder glühen ließ. Als ob er eine Fernbedienung hätte, die meinen Körper kontrollierte. Das fing echt an zu nerven.

Um mich abzulenken, beugte ich mich über den Computerbildschirm und tippte ein paar Buchstaben. Nun war Karla keine ›Zicke‹ mehr, sondern ein ›Loser‹. Einfach so. Ich wollte nur irgendetwas tun, was mich ablenkte, und nicht weiter nur rumsitzen und rot anlaufen.

»Ey! Ich bin gar nicht so schlecht. Nick ist doch der Loser hier«, rief Karla, als sie bemerkte, wie sie nun auf dem großen Bildschirm über der Bahn hieß.

»Du hast Recht.« Daraufhin änderte ich den ›Schönling‹ in ›Oberloser‹ um und grinste fies. Ja! Die Rolle als Fiesling am Touchpad gefiel mir besser.

»Lass jetzt mal die Finger da weg. Du bist dran«, schnauzte mich Karla an. Ich stand daraufhin auf und machte einen Strike.

»Yes«, jubelte ich. Glück im Spiel! War ja klar, wenn man sich mein Liebesleben betrachtete. Ich wartete darauf, dass meine Kugel wieder kam, und bemerkte natürlich, dass meine lieben Freunde gerade dabei waren, meinen Namen umzuändern. Kurz bevor ich zu meinem nächsten Wurf ansetzte, sah ich meinen neuen Nickname: ›Blasehase‹ Das konnte nun echt nicht ihr Ernst sein. War das lustig? War das diskriminierend? Ich war zu verwirrt um es richtig einzuschätzen und auch viel zu verwirrt, um auch nur einen Pin zu treffen.

»Wow. Von einem Strike zu 0 Pins. Der schnelle Fall des Königs«, lachte Freddy.

»Das ist nicht lustig!« Ich zeigte auf den Bildschirm vor ihnen und machte keinen Hehl aus meiner Wut.

»Ach, hab dich nicht so«, Karla rollte mit den Augen.

»Schreibt doch gleich beim nächsten Mal Schwuchtel hin!« Ich war sauer. Und verwirrt. Und wahrscheinlich einfach ein Arsch. Karla war die Erste, die sich aus ihrer Schockstarre erholte.

»Lenard, krieg dich mal wieder ein. Kannst du dich noch an unseren letzten Bowling-Ausflug erinnern? Ich war die ganze Zeit nur *Die Vagina*. Aber ich hab nicht so rumgezickt wie du. Ich fand das lustig, wenn du es kacke findest, dann löschen wir es. Aber geh uns hier nicht so an.«

Es wurde sehr still an unsrem Tisch. Ich knirschte mit den Zähnen und durchbohrte die Tischplatte mit meinem Blick.

»Sorry«, nuschelte ich. »Bin momentan etwas überempfindlich.« Ich spürte Karlas Hand auf meinem Knie, die mich aufmunternd tätschelte und … ich machte große Augen und sah nach unten. Nicks Fuß, der an meinem entlangstrich. Nicht viel. Es war eine kleine Bewegung, die genau so gut versehentlich sein konnte, hätte er sie nicht zwei-, nein, dreimal wiederholt. Ich sah auf und unsere Blicke trafen sich. Er lächelte mich zaghaft an und ich war nun mal doch der verliebte Idiot und grinste mal wieder debil zurück.

»Ändere mal bitte Lenards Namen in ›Pussy‹ um«, sagte Freddy, stieß mir mit dem Ellenbogen in die Seite und erhob sich, um ein paar Pins abzuräumen.

»Den Seitenhieb hab ich verdient«, gab ich zu und wehrte mich nicht, als Karla mir meine neuen Namen verpasste.

Das restliche Spiel verlief ereignislos. Bis auf die Tatsache, dass ich gewann und Nick mit Abstand Letzter wurde. Am Ende waren wir glaube ich alle froh, dass er sich nicht noch vor lauter Unfähigkeit einen Finger gebrochen, oder irgendeinen von uns schwer verletzt hatte. Nachdem wir zwei Runden gespielt hatten, setzten wir uns noch kurz an die Bar. Jetzt, wo ich mein drittes Bier intus hatte, war ich auch etwas lockerer drauf. Vor allem deshalb, weil Nick heute sogar noch etwas attraktiver war als die Wochen zuvor. Es war eigentlich kaum zu glauben, aber die Idee mit ihm Bowling spielen zu gehen, war wohl unbewusst die beste, die ich je hatte. Dadurch, dass ich Nick bei etwas gesehen hatte, in dem er wirklich schlecht war, waren wir uns irgendwie näher gekommen. Es kam mir so vor, als wären wir nun eher auf Augenhöhe. Ich wusste nicht, wie ich es besser beschreiben sollte. Er war nun mal immer der Strahlemann, der Schönling, der Goalgetter in seinem Fußballverein, der Frauenschwarm. Plötzlich war er einfach ein Kerl, der Fehler hatte und damit verdammt gut umging. Er hatte den ganzen Abend Witze über sich selbst gemacht und ihm waren immer schlimmere Bezeichnungen für sich selbst eingefallen. Am Ende war sein Spitzname auf dem Display einfach nur noch ›Die Schande der ganzen Stadt‹ gewesen und er hatte sich darüber köstlich amüsiert. So verbissen er war, wenn es um seine schulischen Leistungen oder den Sport ging, so locker war er heute Abend gewesen. Nick war einfach toll. So würde ich es knapp zusammenfassen.

O Gott, ich war sowas von verschossen in diesen Kerl, der es geschafft hatte ganze 56 Pins in einem Spiel zu treffen. Ich war mir sicher, das hätte sogar Ida besser hinbekommen und die war sieben Jahre alt und konnte die Bowlingkugel nur mit zwei Händen vor sich her rollen! Mein Handy vibrierte in meiner Hosentasche und ich erkannte beim Herausnehmen, dass ich eine Nachricht von Tom erhalten hatte. Vorhin hatte ich ihm ein Selfie von mir vor dem Bildschirm geschickt, auf dem mein Sieg dokumentiert war, und ihm gleichzeitig versichert, dass bislang alles ganz gut lief. Mir also noch nicht das Herz gebrochen worden war, so wie er es vorausgesehen hatte.

»Wer ist denn die Schande der Stadt mit den lachhaften 56 Pins?«, fragte er und untermalte seine Nachricht mit einigen lachenden Smileys.

»Das, mein Lieber, ist Nick! Ich kann es selbst kaum fassen, dass man so schlecht spielen kann. Ich schreib dir morgen mal im Detail, wie der Abend so war. Jetzt sitze ich gerade noch mit allen an der Bar.«

»Dann mal Prost und noch viel Spaß«, kam prompt als Antwort.

»Was machst du morgen?«, fragte mich Nick plötzlich und erwischte mich damit kalt. Ich legte mein Handy schnell mit dem Bildschirm nach unten auf dem Tresen ab. Nicht dass Nick noch zufällig mitbekam, dass ich mit jemandem über ihn schrieb. Kurz blickte er fragend auf mein Smartphone, aber er sagte nichts dazu. Hätte mich auch gewundert.

»Warum?«, fragte ich zurück und trank mein Bier aus. Mein Letztes für heute. So viel stand fest.

»Ich habe mittags ein Spiel. Abends wird es eine Party geben. Wieder im Irish Pub, wie das letzte Mal. Wenn wir gewinnen, werde ich es ordentlich krachen lassen. Wenn wir verlieren, gibt's wohl Frustsaufen und viele Tränen.« Er lachte auf. »Auch wenn ich heute nicht den Eindruck mache, aber ich bin eigentlich kein guter Verlierer. Beim Fußball kann ich noch drei Tage später eine Fresse ziehen.« Er demonstrierte mir sein deprimiertes Loser-Gesicht und ich schmunzelte. Gott, war das süß. Dann seufzte ich.

»Auch wenn du mich vielleicht für einen Streber hältst, aber ich muss echt was für die Schule dieses Wochenende tun. Ich hab's die letzten Tage etwas schleifen lassen. Nächste Woche steht eine Kursarbeit an und ein Referat muss ich auch noch vorbereiten.«

»Schule geht vor«, kommentierte Nick und hörte sich plötzlich dreißig Jahre älter an.

»Ich schaue mal, wie weit ich komme, vielleicht ja kurzfristig ...« Ich zuckte mit den Achseln.

»Du kannst mir ja noch mal schreiben«, sagte Nick daraufhin und trank sein Bier auch aus.

***

Freddy fuhr uns alle nach Hause. Ein Hoch auf ihn. Ich war nämlich ziemlich müde und kaputt und so unglaublich froh, als ich im Bett lag.

Als ich ein letztes Mal auf mein Handy schaute, ging gerade eine Nachricht ein.

»Vielleicht sehen wir uns ja morgen. Würde mich freuen« – Von Nick.

Ich klickte die Nachricht weg, legte das Handy auf meinen Nachttisch und seufzte laut und gedehnt.

»Was zur Hölle willst du von mir?«, fragte ich in die Nacht hinein, ohne eine Antwort zu erwarten. Es war zum Verrücktwerden. Wahrscheinlich würde ich mir schon längst keine Hoffnungen mehr machen, wenn er nicht immer wieder von sich aus auf mich zukommen würde. Er trug mit Schuld daran, dass ich nonstop an ihn dachte.

Ich hoffte stark, dass er sich darüber im Klaren war und verdammt noch mal Verantwortung dafür übernehmen würde. Anfangs war ich der kleine Stalker, der heimlich im Bus glotzte. Die Motte, die ihr Licht suchte und sich nicht sattsehen konnte. Aber nun steckte er mit drin. Ich konnte mir das doch nicht alles einbilden.

13

Privatsphäre

Samstag, 22. September

Den ganzen Tag hatte ich Genetik gebüffelt wie ein Wahnsinniger. Ich hatte sogar ein einstündiges YouTube-Tutorial dazu angeschaut und danach zum ersten Mal tatsächlich das Gefühl gehabt, wenigstens ein bisschen was zu verstehen. Dann hatte ich ein paar Fakten über Ciceros Leben recherchiert und in Stichpunkten niedergeschrieben. Ich Streber hatte sogar damit begonnen, eine Power-Point-Präsentation vorzubereiten. Das war zwar nicht gefordert, aber jeder zusätzliche Punkt in Latein, würde mir am Ende des Schuljahres eventuell den Arsch retten. Ich war nun mal kein Wunderknabe. Ich musste schon etwas mehr investieren, um am Ende mit einem Abitur die schulische Laufbahn zu beenden.

Nach gefühlten Jahrzehnten klappte ich die Bücher zu, lehnte mich in meinem Schreibtischstuhl zurück und blickte auf die Uhr, die über meiner Zimmertür hing. Überraschenderweise war es erst kurz nach 20 Uhr. Ich war komplett im Arsch und das, obwohl der Abend gerade mal begonnen hatte. Konzentriertes Lernen machte wirklich müde und war meines Erachtens anstrengender als Sport. Gehirnjogging quasi. Gerade als ich überlegte tatsächlich direkt ins Bett zu gehen, vibrierte mein Handy auf dem Tisch. Eine Nachricht von Nick.

Ich wäre dann ready!

Dazu ein Selfie von ihm im Hawaiihemd und kurzen, knallgrünen Shorts.

Was ist denn das bitteschön für ein Outfit?

Das Gewinneroutfit! Wir haben uns kurzfristig dazu entschieden, eine Mottoparty zu machen. Wir haben in der Umkleidekabine abgestimmt. Karibik ist das Thema.

Ich musste lächeln als die Antwort kam.

Also habt ihr gewonnen? Glückwunsch!!

Nicht nur das! Ich habe drei Tore geschossen. Ich erwarte also eigentlich, dass du dich blicken lässt, um mir zu gratulieren und mir zu huldigen!

Ich lachte laut auf. Da war wieder der Nick, wie ich ihn kennengelernt hatte: Voller Selbstbewusstsein!

Ich befürchte, ich kann mit deinem Kleidungsstil nicht mithalten.

Mal im Ernst, das einzig Bunte in meinem Kleiderschrank war eine ultra peinliche Unterhose mit Micky-Maus-Motiv, die mir Karla mal geschenkt hatte. Warum auch immer.

Als ob ich das erwartet hätte, Emo. Komm ruhig wie immer in Schwarz. Ich bin bunt für zwei.

Ich kam aus dem Grinsen nicht mehr raus. Was war denn das plötzlich für eine lockere Konversation. Nick wirkte wie ausgewechselt, total locker und in Flirtlaune.

Sag mal, hast du schon vorgeglüht?

Dabei war ich mir eigentlich schon sicher, welche Antwort kommen würde.

Klar, wir haben schon in der Umkleidekabine angefangen zu bechern.

O Mann, die Freude über den lockeren Nick ließ so schnell nach, wie sie gekommen war. Er konnte anscheinend nur unter dem Einfluss von Alkohol oder Drogen so zu mir sein. Klasse Voraussetzungen.

Kommst du mit mir feiern?

Er fragte ein weiteres Mal ganz direkt.

Du meinst wohl eher, ob ich komme, um dich zu feiern? Du Fußball-Superstar.

Auch gerne das. Möchtest du mein Groupie sein?

Als ob ich das nicht eh schon längst wäre. Ich betrachtete noch mal das Selfie, das er mir geschickt hatte. Er stand wohl noch bei sich zu Hause. Im Hintergrund erkannte ich ein Bett mit grauer Bettwäsche, mehr leider nicht. Seine Waden waren in den kurzen Shorts garantiert eine Augenweide und Nick in Flirtlaune gab es nun mal auch nicht zu oft. Ich rappelte mich erschöpft auf und sah in den Spiegel, der neben meinem Kleiderschrank in der Ecke stand. Ich sah aus wie ein Penner.

Ich mach mich mal eben zurecht und bin dann zirka in acht Jahren da.

Meine eigene Nachricht brachte mich zum Schmunzeln.

Ich warte auf dich!

Dieser simple Satz, brachte mein Herz so sehr zum Flattern, dass ich wie in Trance meine Hand zu meiner Brust wandern ließ. Ich war so ein hoffnungslos verliebter Idiot und Nick hatte mich in der Hand. Ob er auch nur erahnte, was er mit mir anstellte?

***

Ich hatte doch tatsächlich noch eine Hawaiikette in den hintersten Ecken meines Kleiderschrankes gefunden. Ich trug somit eine schwarze Jeans, die an den Knien aufgerissen war, meine heißgeliebten Chucks, ein etwas verblichenes Bandshirt von Green Day, eine schwarze Lederjacke und eine bunte Hawaiikette mit Glitzer. Genau so betrat ich das Pub und war froh, mit meinem Accessoire nicht allzu sehr aufzufallen. Tatsächlich trugen alle hier Hawaiihemden in allen Farben des Regenbogens. Es war auch ein kunterbuntes Treiben und alle, ausnahmslos alle hier, waren sturzbetrunken. Ich blickte auf mein Smartphone. Es war kurz nach 21 Uhr und die Leute hier lagen sich schon singend in den Armen. Spätestens in einer Stunde würden hier die ersten Alkoholleichen rausgetragen werden. Apropos, wo war eigentlich Nick? Ich sah mich um und entdeckte ihn an einem Tisch mit einigen anderen Leuten und anscheinend wurde da gerade ein Spiel gespielt. Zumindest lachten plötzlich alle auf und Nick musste einen Kurzen trinken. Jetzt fiel mir auch das Tablett auf, das vor ihnen auf dem Tisch stand und auf dem schätzungsweise dreißig gefüllte Shotgläser standen.

»Was geht?« Ich stieß einfach mal mutig dazu und erntete ein strahlendes Lächeln und eine dicke Umarmung von Nick.

»Leute, das ist Lenard und der spielt jetzt mit!« automatisch hob ich abwehrend beide Hände in die Höhe.

»Moooment! Tut er das?«

»Ja, ich bin anscheinend zu doof oder zu betrunken für das Spiel. Du musst mir helfen, sonst sterbe ich hier an diesem Tisch an einer Alkoholvergiftung«, flüsterte er mir zu.

»Um was geht's?«

»Es ist ganz easy. Wir gehen nacheinander das Alphabet durch. Und du musst für den Buchstaben, der bei dir dran kommt, eine Stadt sagen.«

»Wir haben es vorhin schon mit Schauspielern gespielt, ich war schon bei B raus.«

»Orlando Bloom?«, hakte ich fassungslos nach.

»Siehst du, du hast das Spiel verstanden. Nun mit Städten. Bitte sag mir was vor!« Den letzten Teil wisperte er mir zu.

Es klappte eigentlich recht gut, ich war definitiv kein Geografie-Genie, aber wohl der Nüchternste von allen hier am Tisch. Nick und ich hatten uns also gut geschlagen und entfernten uns dann von den anderen, die irgendwann sichtlich die Lust daran verloren hatten, mit mir im nüchternen Zustand zu spielen.

»Puuuh, das war noch mal gut gegangen«, sagte er fröhlich und wankte gefährlich um einen Barhocker herum.

»Schon mal was von *Neinsagen* gehört? Du musst doch bei sowas nicht mitspielen!« Ich war noch nie ein Freund von solchen Gruppenzwängen gewesen und wunderte mich, dass Nick sich so unter Druck setzen ließ. Er hatte es doch wirklich nicht nötig um die Gunst irgendwelcher Idioten zu buhlen.

»Ich dachte einfach, ich wäre besser. Hab mich furchtbar überschätzt. Bin nach dem Spiel heute wohl etwas eingebildet.«

»Noch eingebildeter als sonst?«, hakte ich nach und erntete einen nett gemeinten Fausthieb gegen den Oberarm.

»Du verstehst da was falsch. Das nennt man selbstbewusst.«

»Du meinst doch wohl eher sturzbetrunken!« Wieder schwankte Nick und bestätigte somit meine Vermutung.

»Ich sollte vielleicht mal ein Glas Wasser trinken«, gab er zu. Ich nickte und ging mit ihm zur Bar. Ich bestellte ihm Wasser und mir ein Bier.

Wir plauderten über dies und das. Immer mal wieder setzte sich jemand zu uns, oder versuchte, Nick zu einem weiteren Shot einzuladen. Ab und an nahm er das Angebot an und stieß mit jemandem auf seinen Erfolg an. Wieder fiel mir auf, dass Nick sehr viel trank und auch erstaunlich viel vertrug. Mir war nach drei Kurzen meist schon übel. Nick hatte alleine in der Zeit seit ich hier war bestimmt schon zehn intus. Als gerade wieder einer seiner Kumpels ihn in ein Gespräch verwickelte, in dem er nochmal erzählen konnte, was er heute Mittag für ein geiles Spiel geliefert hatte, nutze ich die Gelegenheit und ging Richtung Toilette. Ich hatte die Fußballstory jetzt schon zweimal gehört und um ehrlich zu sein war es mir schon beim ersten Mal schwergefallen Begeisterung zu heucheln. Fußball war nun mal nicht meine Welt und tatsächlich noch langweiliger, wenn man nur davon erzählt bekam.

Nachdem ich mich erleichtert hatte, wusch ich mir die Hände und checkte noch schnell mein Spiegelbild. Ich sah heute eigentlich ganz okay aus. Meine braunen Haare lagen ausnahmsweise mal so, wie ich es wollte, und standen am Hinterkopf nicht wie sonst seltsam ab. Meine Haut sah auch gut aus. Ich war wohl so langsam aus der pubertierenden Pickelzeit raus. Heute Morgen hatte ich mich rasiert, und da ich keinen starken Bartwuchs hatte, war auch nur beim genauen Hinschauen ein minimaler Bartschatten zu erkennen. Ein Dreitagebart dauerte bei mir schon eine ganze Woche. Das kühle Wasser auf meinen Händen und Unterarmen tat gut und ich genoss für einen kurzen Moment die Ruhe. Ich atmete einmal durch, nickte meinem Spiegelbild zuversichtlich zu und verließ dann wieder die Räumlichkeiten.

»Hey, ich dachte schon, du wärst abgehauen«, begrüßte mich Nick direkt vor dem Männerklo.

»Nicht bevor ich deine Geschichte vom Hattrick nicht noch ein drittes Mal gehört habe. Quasi als Hattrick Hattrick«, gab ich sarkastisch zurück und war gespannt, wie er auf die bissige Bemerkung reagieren würde. Nick verengte die Augen zu Schlitzen, konnte aber ein Grinsen nicht ganz verbergen.

»Du bist ganz schön frech.«

»Und du der Superstar der Stadt. Weiß hier drin eigentlich irgendwer, dass du Bowling spielst wie jemand, dem drei Finger amputiert wurden?« Er lachte auf und zeigte mit dem Finger drohend auf mich.

»Das tut hier ja gar nichts zur Sache, das ist die eine einzige Sache, in der ich nicht allzu gut bin.«

»Nicht allzu gut?« Ich schnaubte. »Man könnte meinen, du hast zwei linke Hände und zwanzig Dioptrien.«

»Weißt du, was ich dafür besonders gut kann?« Er kam mir plötzlich sehr nahe und drängte mich gegen die nächste Wand. Mein Puls beschleunigte sich bis zum Galopp.

»Was denn?«, flüsterte ich und hoffte auf eine bestimmte Antwort. Doch Nick hielt nichts von Erklärungen sondern ließ Taten sprechen. Seine Lippen trafen auf meine und seine Zunge drang bestimmend und fast schon grob in meinen Mund ein. Ich stöhnte auf, weil ich so überrumpelt nicht in der Lage war, es zu unterdrücken. Nick küsste mich um den Verstand und drückte mich mit seinem gesamten Körper gegen die Wand hinter mir. Meine Hände wanderten rastlos über seine Oberarme und suchten einen Halt. Irgendetwas, an das ich mich festkrallen konnte, um nicht das Gleichgewicht zu verlieren. Dann löste er sich langsam von mir, leckte mir geradezu sinnlich über die Unterlippe und sein Gesicht blieb ganz nah an meinem.

»Pfannkuchen«, sagte er plötzlich atemlos und rieb seine Nasenspitze an meiner.

»Bitte?« Ein Hauchen, mehr bekam ich nicht heraus.

»Pfannkuchen kann ich besonders gut.«

Ich lachte auf und schüttelte den Kopf.

»Das musst du mir erst mal beweisen. Ich bleib gerne mal zum Frühstück.« Ich grinste und hatte für einen kurzen Moment die Befürchtung, eine Grenze überschritten zu haben. Bis ich das Feuer in seinen Augen sah.

»Wie wär's ...« Er spielte am Saum meines Shirts herum und fuhr dann kurz mit den Daumen darunter, um über meinen Hüftknochen zu streicheln. »Sollen wir zu dir gehen? Ich kenne dein Zimmer noch gar nicht.« Ich machte große Augen und dachte für eine Zehntelsekunde an meine Eltern und daran, was sie wohl von einem Übernachtungsgast halten würden. Dann schob ich alle Bedenken in eine Kammer ganz hinten in meinem Kopf, schlug die Tür zu und warf den Schlüssel weit weg. Bedenken? Ich hatte keine! Warte! Doch, da war noch was.

»Sagst du das, weil du betrunken bist?«, fragte ich nach und hasste mich gleichzeitig dafür, dass ich es nicht einfach lassen konnte. Aber ich hatte die Befürchtung, dass Nick das alles hier furchtbar bereuen würde. Und wenn er es bereute, würde es mich womöglich zerstören!

»Wahrscheinlich.« Gab er zu. »Ich bin in deiner Anwesenheit so unglaublich schüchtern und verwirrt, dass es mir einfach leichter fällt, mutige Entscheidungen zu fällen, wenn meine Hemmschwelle schon etwas gewichen ist.«

»Willst du dich denn jetzt immer betrinken oder bekiffen, bevor du Klartext mit mir redest?« Er zuckte mit den Achseln.

»Ich hoffe nicht, dass das nötig ist.« Er küsste mich ein weiteres Mal und nahm dann meine Hand. »Zu dir oder zu mir?« Er ließ seine Augenbrauen hüpfen. »Bitte sag, dass wir zu dir können. Wenn meine Mum einen nackten Kerl bei mir findet, können wir direkt ihre und meine Beerdigung planen.«

»Nackt? Was hast du mit mir vor?«, fragte ich gespielt empört. Nick zuckte mit den Achseln und näherte sich dann mit seinem Mund meinem Ohr.

»Ich könnte dich vögeln, aber natürlich nur, wenn du magst.« Sein heißer Atem auf meiner Haut, seine Worte, seine raue, sexy Stimme, all das bewirkte, dass ich an nichts anderes mehr denken konnte, als diesen Kerl sofort mit mir nach Hause zu nehmen und Unaussprechliches mit ihm zu tun. Ich war jetzt schon hart und ich befürchtete, dass meine Jeans diese Tatsache nicht verbergen konnte.

»Lass uns ein Taxi zu mir nehmen! Und zwar schnell!«

***

Ich öffnete die Haustür und war erleichtert. Alles war ruhig und nirgends brannte mehr Licht. Ich hätte keine Ahnung gehabt, wie ich meinen Eltern die Anwesenheit von Nick hätte erklären sollen, ohne dabei dunkelrot anzulaufen. Ich zog Nick an der Hand hinter mir her und so schlichen wir im Schneckentempo Stufe für Stufe in den ersten Stock. Dort angekommen bogen wir rechts ab und betraten mein Zimmer. Ich schloss dir Tür hinter uns und drehte den Schlüssel. Ein Geschenk zu meinem 15. Geburtstag. Privatsphäre! Ich hatte sie niemals so sehr gebraucht wie heute. Ich stand nun mit dem Rücken zur Tür und beobachtete Nick, der sich in meinem Zimmer umsah. Es war nicht besonders aufgeräumt, aber auch nicht so unordentlich, dass ich mich dafür schämen müsste. Mein Bett war nicht gemacht und sah noch so aus, wie ich es heute Morgen verlassen hatte. Noch immer lagen meine Schulsachen auf dem Schreibtisch verteilt und einige Klamotten türmten sich neben meinem Bett auf dem Boden. Ich würde es jugendlichen Standard nennen. Nick betrachtete die Poster an meiner Wand, zog dabei seine Jacke langsam aus, legte sie über meinen Schreibtischstuhl und begutachtete dann gedankenverloren mein Bücherregal. Es verstrichen noch ein paar Sekunden, bevor er sich mit einem schüchternen Lächeln auf den Lippen zu mir drehte und auf mich zugelaufen kam. Er nahm mich in den Arm und seufzte.

»Ich bin fast schon wieder nüchtern. Jetzt merke ich, dass ich aufgeregt bin.«

»Warum soll es dir anders ergehen als mir?«, fragte ich ihn und suchte seinen Blick.

»Ich hab noch nie mit einem Mann ...« Er beendete den Satz nicht. Ich wusste, was er meinte.

»Und ich weder mit Männlein noch mit Weiblein.« Nick machte große Augen und ging dann einen Schritt zurück.

»O Mann, damit setzt du mich schon etwas unter Druck.«

»Warum? Ich hab ja niemanden, mit dem ich dich vergleichen könnte.«

»Aber du wirst jeden, der nach mir kommt mit mir vergleichen«, flüsterte er ehrfürchtig.

Ich ging wieder auf ihn zu und nahm sein Gesicht in meine Hände.

»Lass uns bitte nicht über irgendwelche anderen Typen sprechen, die ich eventuell irgendwann mal nach dir haben könnte. Lass mich wenigstens kurz in der Illusion leben, dass das mit uns etwas Ernstes ist.« Nick sah mich mit zusammengekniffenen Augenbrauen an. Er schien etwas sagen zu wollen. Sein Mund öffnete sich, aber er seufzte nur und schloss ihn wieder. Er sah mir tief in die Augen und ich sah Zweifel und Unsicherheit. Nein! Die hatten hier knapp zwei Meter von meinem Bett entfernt, nichts zu suchen. Fast schon grob, drängte ich ihn nach hinten, stieß ihn auf meine Matratze und kniete mich über ihn. Schnell zog ich mir zuerst meine Lederjacke von den Schultern und warf sie in die Ecke. Mein Shirt folgte prompt. Ich beugte mich über ihn und betrachtete ihn mit hungrigem Blick.

»Ich bin schon seit Ewigkeiten so dermaßen heiß auf dich. Mach jetzt bloß keinen Rückzieher.« Nick lächelte und fuhr mit seinen Händen meinen Oberkörper entlang.

»Das hab ich nicht vor.« Er zog mich zu sich nach unten und küsste mich leidenschaftlich. Mit seiner Unterstützung schaffte ich es ihn aus seinem Hawaiihemd zu befreien und einige Minuten später, hatten wir uns auch unserer Schuhe, Hosen und Socken entledigt. Wir lagen nebeneinander eng umschlungen im Bett und trugen beide nur noch unsere Boxershorts. Wir rieben uns aneinander, als ob es kein Morgen gäbe, und bemühten uns dabei mucksmäuschenstill zu sein. Nick war der Erste, der mutig seine Hand in meine Shorts wandern ließ und plötzlich meinen Schwanz in der Hand hielt. Ich bemerkte, dass er in der Bewegung innehielt. Dass er das Gefühl für sich selbst auskostete und wahrscheinlich abzuschätzen versuchte, ob es tatsächlich das war, was ihn scharfmachte. Oder ob es vielleicht doch eher das andere Ufer war. Ich ließ ihm diesen Moment und war erleichtert, als er nach einem kurzen Zögern damit begann, mich weiter zu streicheln. Schnell hatte er einen Rhythmus gefunden, in dem er mich immer weiter dem Höhepunkt entgegen rieb. Ich stöhnte leise in seinen Mund und wusste ganz genau, dass ich nicht lange würde aushalten können.

»Hast du Kondome?«, fragte Nick plötzlich atemlos. Ich nickte. »Und Gleitcreme?« Wieder nickte ich und holte beides mit einem gezielten Griff aus der ersten Schublade meines Nachttischs. »Okay.« Nick betrachtete beides und sah dann wieder mich an. »Kannst du mir bitte sagen, wenn ich mich dumm anstelle oder etwas falsch mache?«

Ich zog ihn enger an mich und küsste ihn zärtlich. »Wir ziehen das gemeinsam durch und es wird garantiert wunderbar.« Sagte ich und spürte, wie Nick in unseren Kuss lächelte.

***

Die folgenden Stunden waren Magie. Viel mehr würde ich darüber aber nicht preisgeben. Weder Karla noch Freddy oder sonst irgendjemanden ging es etwas an. Mein erstes Mal mit Nick, gehörte uns alleine. Seine Berührungen und liebevollen Worte waren für mich zu wertvoll, als dass ich sie mit jemandem teilen würde. Niemals. Es war schön. Nick war die perfekte Mischung aus Leidenschaft und Rücksicht. Gemeinsam waren wir das, wovon viele ihr Leben lang träumten. Ich wollte nichts so sehr, als dass alles für immer so bleiben sollte, wie es genau jetzt war. Diese vier Wände sollten von nun an meine Welt sein.

So wäre es perfekt.

Leider war einem Perfektion ja viel zu selten gegönnt.

***

Wenig später erwachte ich. Ich wusste nicht so recht, was mich geweckt hatte, aber ich befürchtete, dass das Brennen meines Hinterns eine Rolle spielen könnte. Ich drehte mich stöhnend und ächzend auf die Seite und notierte mir in meinem mentalen Notizblock, dass wir uns das nächste Mal beim Vorspiel doch etwas mehr Zeit nehmen mussten. Aber ich war selbst schuld gewesen. Nick war behutsam vorgegangen. Ich war es gewesen, der ihn irgendwann gedrängt hatte, sich zu beeilen. Ich war so unglaublich geil und ungeduldig gewesen. Ich hätte es keine Sekunde länger ausgehalten. Also würde ich nun mit den Konsequenzen, also der schmerzenden Kehrseite, leben müssen. Es gab Schlimmeres.

Plötzlich bemerkte ich, dass rechts von mir niemand mehr war. Ich lag alleine im Bett. Ich setzte mich abrupt auf und sah mich um. Nick war nirgends zu sehen. Er würde doch nicht … nein. So ein Arsch konnte er nicht sein. Er wusste ganz genau, dass er vor wenigen Stunden mein erstes Mal mit mir verbracht hatte. Da würde er jetzt garantiert nicht einfach abhauen und mich alleine zurücklassen. Aber wo …? Ich hörte Würgegeräusche und die Klospülung. Schnell sprang ich auf und öffnete die Tür zu meinem Badezimmer.

Nick kniete vor der Kloschüssel und sah elend aus. Als er mich sah, stöhnte er auf.

»Schau mich nicht an«. Er drehte sein Gesicht von mir weg und bedeckte es zusätzlich mit dem Unterarm.

»Ich hoffe, dass es nicht der Sex war, der dich zum Kotzen gebracht hat.« Nick schnaubte.

»Ich glaub eher, der letzte Schnaps war schlecht.«

»Die zwanzig davor waren dafür super oder was?« Bei der Erwähnung des Alkohols schüttelte sich Nick einmal kräftig und wurde noch eine Spur grüner um die Nase.

»Ich trinke nie wieder was.« Ich verdrehte die Augen, was er leider nicht sehen konnte, da er immer noch die Kloschüssel umklammerte und die Lider krampfhaft geschlossen hielt. Ich ging die paar Schritte, die uns trennten, und ließ mich neben ihm nieder. Dann würde es eben nun ein kleines Sit-in hier auf meinem Badezimmerboden geben.

»Das glaubst du doch selbst nicht. Es würde ja schon reichen, wenn du die Menge etwas im Griff hättest. Ob du's glaubst oder nicht, man kann an einem Abend auch einfach mal ein oder zwei Bier trinken. Es muss nicht immer gleich literweise Hochprozentiges sein.«

»Du bist so vernünftig und weise. Ich bin nur Abschaum zu deinen Füßen.« Ich lachte auf und strich ihm ein paar Haarsträhnen aus der verschwitzten Stirn. Und weil ich schon mal dabei war, begann ich damit, seine Schläfen zu massieren. Nick seufzte genießerisch auf. »O Gott, das tut so unglaublich gut.«

»Ich geb dir gleich noch eine Aspirin, und dann gehen wir wieder ins Bett.« Er nickte und schmiegte sein Gesicht in meine Hand.

»Hattest du eigentlich schon viel Sex?« Okay, die Frage kam aus dem Nichts. Aber mir war natürlich aufgefallen, dass er um einiges erfahrener war als ich. Was heute von Vorteil gewesen war. Ich fragte auch nicht mit irgendwelchen eifersüchtigen Hintergedanken. Es interessierte mich tatsächlich. Ich wollte einfach alles von ihm wissen. Nick gab einen undefinierbaren Ton von sich. Eine Mischung aus Brummen und Seufzen.

»Geht so«, nuschelte er dann gegen meine Hand.

»Wann hattest du dein erstes Mal?«

»Vierzehn, sie hieß Sandra. Es war schrecklich.«

»Mit vierzehn habe ich herausgefunden, dass ich schwul bin.« Nick öffnete seine Augen und sah mich interessiert an. Zwar auch immer noch schmerzerfüllt und müde, aber auch interessiert.

»Wie das?«

»Da gab es diesen neuen Referendar an der Schule. Alle Lehrer waren geschätzt hundert Jahre alt und dann war da plötzlich dieser gut gebaute Mittzwanziger, der allen Mädels in unserer Klasse den Kopf verdreht hat. Und mir. Im Nachhinein muss ich sagen, war er gar nicht so schön.

»Nicht?«, hakte Nick mit schwacher Stimme nach.

»Ne, voll die Geheimratsecken und irgendwie auch eine viel zu große Nase. Aber seine Oberarme konnten sich sehen lassen. Ungefähr so wie deine.« Ich strich ihm über den Bizeps. »Du bist allerdings um einiges heißer als er es war.«

»Vor allem momentan bestimmt.« Ich lachte und strich ihm liebevoll durchs Haar. Wie lustig er sein konnte, selbst in diesem fragwürdigen Zustand. Und ja, auch jetzt fand ich ihn schön. Zwar auch blass und verschwitzt aber trotzdem schön. Das würde ich ihm aber nicht unter die Nase binden.

»Sag mal ...« ich konnte es nicht darauf beruhen lassen. Ich musste ihn einfach fragen. Wenn nicht jetzt wann dann? Er konnte nicht weg und war mir ausgeliefert. »Wo stehen wir denn jetzt? Was ist das zwischen uns?« Ich sah ihn hoffnungsvoll von der Seite an. Seine Gesichtszüge verzogen sich schmerzerfüllt, was aber glaube ich vor allem an meinen Fingern lag, die nun seinen Nacken kneteten.

»Lass uns am besten morgen reden. Mir platzt der Kopf. Ich kann mich echt gerade null konzentrieren.«

»Okay«, flüsterte ich, erhob mich dann wieder und zog ihn mit mir. »Hier im Schränkchen findest du Zahnbürsten, Mundspülung und alles, was du sonst noch brauchst. Leg dich doch dann einfach schon mal ins Bett, ich besorge schnell Schmerztabletten und Wasser.«

Nachdem der Patient versorgt war und nach Pfefferminze duftete, kuschelten wir uns wieder in die Laken.

»Geht's dir besser?«, fragte ich. »Oder soll ich lieber meinen Papierkorb neben das Bett stellen?«

»Nein, nein. Es geht schon.« Ich schmiegte mich eng an ihn und legte meinen Kopf auf seinen Oberarm. Obwohl Nick unglaublich muskulös und wenig gepolstert war, gefiel es mir so bei ihm zu liegen. Es war gemütlich und irgendwie ziemlich perfekt.

»Gute Nacht«, flüsterte ich. Nick küsste meine Schläfe und seufzte.

»Schlaf gut«

Das tat ich.

14
Vom Erdboden verschluckt

Montag, 24. September

Es war Montag. Ein Montag nach einem wirklich sehr verwirrenden Wochenende. Man könnte meinen, ich wäre jetzt happy. Sex gehabt mit dem Traummann, keine Jungfrau mehr. Yeah! Happy! Aber nein. Irgendwas lief nämlich gerade gewaltig verkehrt.

Das Erwachen am Sonntag war seltsam. Nick ging direkt auf Abstand. Kein Küsschen am Morgen. Nicht mal ein gemeinsames Frühstück. Als ich ihn auf sein Können im Bezug auf Pfannkuchen ansprach, war er komplett neben der Spur und verstand überhaupt nicht, dass er es doch gewesen war, der mit der Pfannkuchen-Sache angefangen hatte. Aber womöglich war er zu dem Zeitpunkt auch schon wieder viel zu betrunken gewesen. Er verabschiedete sich stotternd von mir und verließ das Haus ziemlich übereilt. Zurück blieb ein ekliges Gefühl in meiner Magengegend. Eine seltsame Mischung aus den immer noch leichten Schmerzen vom gestrigen Sex und dem unguten Gefühl von Unsicherheit, das mich schon seit Wochen begleitete. Woran war ich bei ihm? Ich wusste es nicht und auf meine Frage, was das nun zwischen uns war, hatte ich auch keine Antwort erhalten. Im Endeffekt war ich so schlau wie vor diesem Wochenende. Wenn auch um zumindest um eine Erfahrung reicher.

Ich zog mich an und wollte mit meinem Smartphone gerade die Temperatur checken, als ich sah, dass Tom mir geschrieben hatte.

Guten Morgen, was geht?

Schnell tippte ich eine Antwort.

Alter … ich hatte Sex mit Nick und er ist am nächsten Morgen abgehauen und ich drehe komplett hohl!!

Oh nein! Warum hast du das getan???

Fragte er mich gerade tatsächlich warum? Das lag doch wohl glasklar auf der Hand.

Weil er nun mal Nick ist und er hat es mir angeboten!

War er betrunken?

Dieser Tom war intelligenter als mir lieb war. Wir hatten uns noch nie gesehen und wussten wirklich nur das Nötigste voneinander. Aber trotzdem traf er mit seinen Nachrichten einfach ständig ins Schwarze.

Ja!

Lenny!

Ich weiß! Ich bin ein Idiot und er wird mir das Herz brechen und ich kann verdammt noch mal nichts dagegen tun! Ich bin ihm einfach ausgeliefert.

Und nun?

Ich seufzte. Gute Frage. Was nun?

Mir bleibt wohl nichts anderes übrig als darauf zu warten, dass er sich bei mir meldet und vor allem wie er auf mich reagiert.

Halte mich auf dem Laufenden. Ich drücke dir die Daumen.

Danke.

Als ich runter in die Küche schlurfte, war schon niemand mehr da. Auf der Kommode lag ein Zettel, auf dem stand, dass Mum und Ida einen frühen Termin beim Kieferorthopäden hatten. Dad war wohl auch schon wieder unterwegs und ich wie immer spät dran. Rasch schmierte ich mir zwei Brote, umwickelte sie stümperhaft mit Alufolie und stopfte sie in meinen Rucksack. Der Tag versprach, ein sehr schlechter zu werden. Ich hatte unglaubliche Angst vor unserem ersten Zusammentreffen nach der gemeinsamen Nacht und dem unpersönlichen, schnellen Abschied am Morgen.

Wie würden wir uns im Bus begrüßen? Ich befürchtete Schlimmes. Es hatte sich wahrscheinlich einfach nichts zwischen uns geändert. Leider hatte ich das ungute Gefühl, dass ich bei der nächsten stoischen Begrüßung, die er mir von weitem entgegennickte, womöglich in Tränen ausbrechen würde.

***

Karla und Freddy sahen mich im Bus skeptisch von der Seite an.

»Was ist los?«, schnauzte ich sie an.

»Du guckst, als würdest du gleich jemandem die Kehle herausreißen.«

»Mit deinen Zähnen«, ergänzte Freddy. Ich knurrte als Beweis, dass sie goldrichtig lagen. Jedoch war meine Angst unbegründet gewesen. Nick stieg nicht in den Bus ein. Richtig erleichtert konnte ich darüber aber auch nicht sein. Die Tatsache, dass Nick nicht da war, machte mich eher misstrauisch. Was hatte das nun wieder zu bedeuten? Ging er mir nun schon wieder aus dem Weg oder was?

Ich kramte mein Handy aus meiner Hosentasche und schrieb ihm eine Nachricht.

Wo bist du? Hast du heute keinen Unterricht zur ersten Stunde?

***

Als selbst zwei Stunden später noch keine Antwort bei mir eingegangen war, wusste ich, dass dieser Tag tatsächlich richtig scheiße war. Und es war keine Besserung in Sicht.

***

Ich brachte den Schultag recht anständig hinter mich. Ich zog zwar nonstop ein Gesicht, als hätte man mir gerade Herpes angehängt, aber das hielt meine Lateinlehrerin nicht davon ab, mich Vokabeln abzufragen. Zum Glück hatte ich mir die in der Fünfminuten-Pause davor ins Kurzzeitgedächtnis reingeprügelt.

Nun war ich auf dem Weg zur Drogerie, um meine Schicht zu beginnen. Ich brauchte dringend Ablenkung. Wäre heute nicht Montag, würde ich nach der Schule ganz normal nach Hause gehen, eventuell etwas lernen, ein wenig Xbox zocken und Netflix schauen. Und währenddessen würde mein Hirn Gedankenkarussell fahren, sich die schlimmsten Horrorszenarien ausdenken und mich ganz langsam aber sicher in den Wahnsinn treiben.

»Haben sie heute irgendwas Kompliziertes für mich, bei dem ich konzentriert arbeiten muss und keinen Platz mehr für andere

Gedanken habe?« Meine Chefin sah mich stutzig an und versuchte wohl den Sinn hinter meinen Worten zu verstehen.

»Naja, eigentlich hatte ich heute für dich vorgesehen, dass du die Regale in Gang drei ausräumst, abstaubst, nass durchwischst und wieder einräumst.«

»Perfekt!« Zumindest war es besser als nichts. Sofort ging ich ins Lager und besorgte mir Putzzeug: einen Eimer und Lappen. In einigen Stunden würde hier alles glänzen und vielleicht würde ich so sehr am Reinigungsmittel schnüffeln, bis mir der Hirnteil abstarb, der die ganze Zeit an Nick dachte. Das wäre doch mal was. Ich schrubbte, putzte und kratzte mit den Fingernägeln irgendwelches klebriges Zeug aus dem Metallregal, von dem ich nicht genauer wissen wollte, was es war. Am Ende blitzte und glänzte alles, doch auch diese Arbeit hatte es mir nicht erlaubt, komplett abzuschalten. Denn wenn die Türklingel läutete und einen neuen Kunden ankündigte, sah ich mich hektisch um und erwartete Nick. Mein Herz machte jedes Mal einen Satz und wurde jedes Mal wieder aufs Neue enttäuscht.

Heute kam er nicht vorbei, um sich ein Deo und einen Proteinriegel zu holen. Heute war Nick ganz einfach wie vom Erdboden verschluckt.

15

Feige Arschkrampen

Mittwoch, 26. September

»Orlando Bloom ist tot …« Ich schreckte auf und versuchte zu verarbeiten, was ich gerade aus meinem Radiowecker vernommen hatte. »Entschuldigen Sie, er ist natürlich nicht tot, er ist total angesagt … dieser Absatz war ja seltsam. Warum trennt man das Wort denn genau an dieser Stelle?« Der Radiomoderator lachte nochmals auf und seine Kollegin wurde geradezu hysterisch vor lauter übertriebenem Gekicher. Dann brabbelten sie irgendwas über den neuen Film, in dem Orlando Bloom die Hauptrolle spielte.

»Saftsäcke, alle miteinander!« Ich raffte mich auf und blieb noch einige Minuten erschöpft auf dem Rand der Matratze sitzen. Mittwoch. Ich war seit vier verfluchten Tagen keine Jungfrau mehr. Ich seufzte und nahm eine der Tabletten vom Nachttisch, die mir meine Mutter gegeben hatte. Ich hatte komischerweise seit vier Tagen Magenschmerzen. Diese homöopathischen Kacktabletten halfen einen Scheiß.

Ich schlurfte ins Bad, nahm die Tablette in den Mund und spülte sie mit reichlich Leitungswasser hinunter. Pinkeln, duschen, abtrocknen, eindeodorieren, anziehen – mehr brachte ich heute nicht zustande.

Als ich nach unten ging, hörte ich ausnahmsweise meinen Dad.

»Was machst du denn noch hier?«, fragte ich ihn und setzte mich zu ihm an den Esstisch.

»Ich hab heute erst um zehn meinen ersten Termin, also dachte ich, wir frühstücken gemütlich zusammen. Er sah strahlend zu Mum, Ida und dann auf die Uhr. »Wobei du für ein gemütliches Frühstück reichlich spät bist.«

»Wie immer«, sagten Mum und Ida unisono und lachten dann los. Ich goss mir Kaffee ein und ignorierte den Seitenhieb.

»Steht bei dir heute etwas Besonderes in der Schule an?«, fragte Dad interessiert.

»Der gleiche Wahnsinn wie jeden Tag.« Ich checkte mein Handy, hauptsächlich wegen der Uhrzeit, was mich aber mehr überraschte war die Nachricht, die eingegangen war. Von Nick. Ich bekam direkt noch stärkere Bauchschmerzen und fragte mich, ob der schwarze Kaffee auf leeren Magen eine gute Idee war, wenn man eh mit Krämpfen zu kämpfen hatte.

Pizza heute Mittag?

Ich tippte ein ›jetzt plötzlich meldest du dich und dann wegen Pizza?‹ und löschte es wieder. Dann schrieb ich ›kommt dir das nicht ziemlich dreist vor, dich tagelang nicht zu melden und dann‹ und entschied mich auch gegen diesen Text.

Ja, gleiche Zeit, gleicher Ort.

Endlich klickte ich auf Senden. Zanken per WhatsApp brachte eh nichts. Da wurde nur alles falsch verstanden und jedes Emoticon auf die Goldwaage gelegt. Am Ende würde er sich aus Trotz auch heute nicht mit mir treffen und mich weitere drei Tage ignorieren. Nix da! Ich wollte ihn sehen und ich brauchte Antworten!

***

Um 13:25 Uhr stand ich vor der Pizzeria und sah meinem – ja was eigentlich? Freund, Schwarm, Geliebten, One-Night-Stand? – und sah Nick entgegen, wie er lässig auf mich zuging.

»Hi.«

»Hi.«

Und so standen wir hier. Beide mit den Händen in den Hosentaschen und starrten uns an. Ich wartete. Auf eine Erklärung, eine Entschuldigung, oder zumindest auf den Korb, den ich schon von Anfang an erwartet hatte und der höchstwahrscheinlich auch schuld an meinen chronischen Bauchschmerzen war. Aber von Nick kam nichts. Er sah mich einfach nur an. Ich seufzte und drehte mich um.

»Lass uns Pizza bestellen.«

Also schlurfte ich in die Pizzeria und bestellte mir meine Pizza Salami und Nick seine Gemüsepizza. Dann gingen wir wieder raus, lehnten uns an die Wand und warteten, bis unser Essen fertig war.

»Warum warst du nicht im Bus?«, fragte ich ihn geradeheraus. Ich hatte tausend Fragen und tausend unausgesprochene finstere Gedanken. Irgendwo musste ich ja anfangen.

»Mein Dad hat momentan geschäftlich in der Nähe zu tun. Ich fahre mit ihm und er wirft mich vor der Schule raus. Ich kann dadurch fünfzehn Minuten länger schlafen.«

»Okay, aber das erklärt noch lange nicht, warum du auf keine meiner Nachrichten antwortest. Dir muss doch klar sein, dass ich mir Gedanken mache.« Nick kratzte sich am Hinterkopf und sah etwas geknickt in die Ferne.

»Ist nun mal alles nicht so einfach«, gab er leise zu und seufzte.

»Ist mir auch klar. Aber darüber kann man reden.«

»Für dich scheint ja alles klar zu sein. Keine Zweifel, nur ein unerschütterliches Selbstbewusstsein, das sich von nichts und niemanden beeinflussen lässt«, sagte er nun bissig. Ich machte große Augen und mein Mund stand weit offen.

»Hast du nen Schaden? Ich bin voller Zweifel und du hast es wirklich vorbildlich drauf, auf meinem Selbstbewusstsein herumzutreten. Aber stimmt, vor dir hat es kaum einer geschafft, mich zu verunsichern. Aber du machst mich wahnsinnig mit den vielen unausgesprochenen Worten und diesem ganzen bescheuerten Hin und Her.« Nick hatte mich während ich gesprochen hatte kein einziges Mal angesehen. Unsicher musterte er seine Schuhe und kickte unsichtbaren Dreck vor sich her. Wir schwiegen. Aber nach einiger Zeit wurde mir bewusst, dass mir die Zeit davonlief. Ich musste ja in wenigen Minuten wieder in den Unterricht. Aber heute würde ich notfalls auch schwänzen.

»Hast du denn gar nichts zu sagen?«, fragte ich mit flehendem Ton.

»Pizza ist fertig«, rief der Pizza-Mann zu uns hinaus. Die Unterbrechung war mir gar nicht recht, aber ich hatte Hunger. Also liefen wir hinein, holten uns unser Mittagessen und gingen mit den Kartons wieder raus. Wir setzten uns wie jedes Mal auf die Mauer direkt neben der Pizzeria und begannen zu essen. Ich hatte immer noch keine Antworten. Aber immerhin war er hier. Er hatte von sich aus wieder Kontakt mit mir aufgenommen und war selbst nach meinen Vorwürfen nicht gegangen. Vielleicht war das ja erst mal genug. Quasi sein guter Wille.

»Hey Nick, was geht?«, hörte ich es einige Meter weiter rufen. Nicks Kopf schnellte hoch und sein eben noch leicht eingeschüchtertes Gesicht verschwand hinter einer Maske Coolness. Es war das erste Mal, dass ich sah, wie der normale Nick dem coolen Party-Nick Platz machte. Anscheinend lauerte der immer unter der Oberfläche und war auf Abruf bereit. Wahrscheinlich war das auch das unausgesprochene Zeichen für mich, nicht den zickigen Lover zu spielen, sondern einen auf Kumpel zu machen. Kotz.

Nick stellte seinen Pizzakarton neben sich ab, erhob sich und ging diesen Typen entgegen. Einige von ihnen kamen mir bekannt vor. Ich wusste aber nicht so recht woher. Vielleicht hatte ich sie auch nur hier und da mal auf einer Party gesehen.

»Hi Jungs!« Nick begrüßte jeden mit Handschlag und erntete hier und da einen wohlgemeinten Fausthieb gegen die Schulter. Es war interessant zu beobachten, wie gut Nick bei wirklich jedem ankam. Warum war das so? War es sein Aussehen? Seine coole Art? War es sein Talent beim Fußball oder die Tatsache, dass ihn die Mädels anhimmelten? War es eine Mischung aus alldem?

»Was treibst du denn hier?«, fragte nun einer der Kerle, ein etwas untersetzter blonder Typ.

»Was macht man wohl vor einer Pizzeria?«, konterte Nick und lachte auf.

»Bist du mit der Schwuchtel hier?«, fragte nun ein anderer. Und plötzlich fiel mir zumindest ein, woher ich den kannte. Denn genau dieser hässliche, picklige Vollidiot, hatte mich schon mal als Schwuchtel beschimpft. Auf einer Party im Keller von Party-Chris. Da hatte ich mich schon gewundert, wie er dazu kam, mich so zu nennen. Ich war weder mit nem Typen knutschend aufgefunden worden, noch sah ich besonders tuckig aus. Also, das hoffte ich zumindest. Da ich aber nie einen Hehl aus meiner Homosexualität machte, hatte sich das wohl einfach rumgesprochen. Und diesem Typ schien meine sexuelle Orientierung ein Dorn im Auge zu sein. Warum auch immer. An ihm hatte ich mit Sicherheit kein Interesse. Gespannt sah ich zu den Typen rüber und wartete. Wartete auf irgendwas. Auf Nick, dass er dem Kerl die Meinung geigte, mich vor ihnen verteidigte oder zumindest irgendetwas entgegnete, aber es blieb still. Ohrenbetäubend still.

»Seid ihr auch hier um Pizza zu essen?«, fragte nun Nick und ignorierte den Typen, der mich immer noch angewidert musterte. Als wäre Schwulsein ansteckend oder als würde ich ihn jede Minute anfallen und für meine sexuellen Zwecke ausnutzen. Die Vorstellung war genauso lächerlich wie sie ekelhaft war. Unter normalen

Umständen würde ich darüber lachen. Ich würde ihnen einen sarkastischen Kommentar entgegenschmettern, abdampfen und keinen zweiten Gedanken an diesen homophoben Ekel verschwenden. Aber mir war gerade nicht danach zumute. Immer mehr kam ein anderes Gefühl in mir hoch. Enttäuschung. Ich hatte nicht erwartet, dass Nick hier als Partner zu mir stand, oder was weiß ich, was wir eigentlich waren. Aber dass er mich verteidigte, als Freund, das war eigentlich das Mindeste. Aber nicht mal das war ich ihm scheinbar wert. Er ignorierte nicht nur den dummen Kommentar, sondern auch mich vollkommen.

»Was ist mit ihm?«, fragte der Kerl ein weiteres Mal und nickte abfällig in meine Richtung.

»Was soll mit ihm sein?« Nick zuckte mit den Achseln. Ich brauchte genau eine Sekunde, um einen Entschluss zu fassen.

»Boah, sowas hab ich echt nicht nötig!« Ich nahm meinen Pizzakarton und warf ihn in den Mülleimer. Scheißegal, dass da noch mindestens drei Stücke drin waren. Mir war der Appetit vergangen. Was für feige Arschkrampen. Die konnten mich alle mal. Besonders Nick. Ich hatte mehr von ihm erwartet. Mehr Charakter.

»Ich dachte, du bekommst nur bei mir dein Maul nicht auf, aber anscheinend ist das ein generelles Problem«, zischte ich Nick im Vorbeigehen zu. »Kannst ja dann in Zukunft mit den Spackos hier Pizza essen. Klingt nach Spaß!«, fügte ich mit deutlichem Unterton hinzu. Dann drehte ich mich um und lief zurück zum Schulgebäude, ohne mich auch nur einmal umzudrehen. Aber im Vergleich zum letzten Mal spürte ich keinen stechenden Blick in meinem Rücken. Ich war mir sicher, dass mir Nick keine Beachtung schenkte und wahrscheinlich froh war, dass ich ihm jede weitere Peinlichkeit erspart hatte und abgezischt war.

16

Ein Haufen Sarkasmus

Donnerstag, 27. September

Aus dem WhatsApp-Chat von gestern Abend zwischen Karla, Freddy und mir könnte man glatt ein Buch drucken. Es wäre ein Buch mit vielen Schimpfwörtern und man müsste sich überlegen, wie man die ganzen hässlichen GIFs abbilden würde, aber es wäre definitiv spannend und mega dick. Ich hatte meinen beiden besten Freunden natürlich die Story haargenau erzählt. Hatte dabei nicht an Flüchen gespart und war insgeheim einfach froh gewesen, dass ich momentan mehr zur Wut neigte als zur Trauer. Irgendwas kaputtschlagen, danach hatte mir gestern der Sinn gestanden. Nicht nach Selbstmitleid und Tränen.

Nun saß ich wieder hier im Schulbus und ich spürte nichts. Nur Karlas Hand, die meine hielt. Manchmal tat sie das. Einfach Händchen mit mir halten. Ich glaube, das beruhigte sie und mich hielt es irgendwie im Hier und Jetzt. Sonst würden meine Gedanken abschweifen. Eventuell zu einem herzlosen Idioten, der mal wieder nicht in den Bus einstieg. Ich seufzte, lehnte mich zurück und schloss die Augen.

»Lass dich von diesem Arsch nicht unterkriegen«, flüsterte mir Karla von der Seite zu und drückte meine Hand. Ich drückte zurück als Zeichen dafür, dass ich sie gehört hatte.

»Aber echt. Wer so ne Scheiße abzieht, kann dir echt gestohlen bleiben.« Wow. So deutliche Worte vom eher wortkargen Freddy. Zu was Nick alles fähig war.

»Und das alles, nachdem ihr letztes Wochenende …« Karla beendete ihren Satz nicht. Ich öffnete mein rechtes Auge einen Spalt und sah zu ihr herüber. Sie sah wütend aus.

»Ein Gutes hat es, ich bin keine Jungfrau mehr.« Ich jubelte aufgesetzt und seufzte dann wieder. Ich hatte definitiv keinen Grund zur Freude.

»Lass in Zukunft bloß die Finger von ihm. Auch wenn er angekrochen kommt oder dich noch mal ins Bett kriegen will. Nix da. Der hat dich nicht verdient«, wütete Karla weiter leise neben mir, so dass es zwar kein anderer hier im Bus hören konnte, ihre Worte bei mir aber umso deutlicher ankamen und Spuren hinterließen.

Finger von ihm lassen. Das war alles nicht so einfach. Eigentlich musste ich mir darüber ja momentan eh keine Gedanken machen, denn es machte nicht den Anschein, als ob Nick mich noch einmal so nah an sich heranlassen würde. Im Gegensatz zu Karla glaubte ich nicht daran, dass er plötzlich wieder angekrochen kommen würde. Nick war zu stolz. Er würde sich so eine Blöße nicht geben. Egal was er empfand oder wie er über uns dachte. Gestern hatte er die Wahl gehabt. Er hätte sich für mich oder gegen mich entscheiden können. Es war eindeutig ein Schlussstrich gewesen. Zumindest für ihn. Für mich war es einfach nur scheiße.

Ich hatte bereits zu lange für ihn geschwärmt, dass ich mich kaum mehr daran erinnern konnte, wie es war, nicht für ihn zu schwärmen. Lenard ist lustig, kleidete sich wie ein Emo, hatte immer einen doofen Spruch auf Lager und war in diesen Sportler aus der Gesamtschule verknallt. So konnte man mein Wesen in wenigen Worten zusammenfassen. Was blieb denn noch von mir, wenn man mir diese Schwärmerei nahm?

Außer einem dunkel gekleideten Haufen Sarkasmus?

17

Freddy hat einen Plan

Freitag, 5. Oktober

Es war nun eine Woche vergangen, die mehr oder weniger ereignislos an mir vorbeigezogen war.

Okay, der 3. Oktober war ein Feiertag gewesen und ich war mit Freddy ins Kino gegangen. In einen Actionstreifen mit Bruce Willis. Das war echt cool gewesen und ich hatte dort so viel Popcorn gefuttert, dass mir danach total schlecht geworden war. Aber es hatte mich auch nur kurz von meinen düsteren Gedanken ablenken können. Gestern Abend hatte ich mein Zimmer so satt gehabt, dass ich mir mit meinen Eltern eine Wiederholung vom Tatort aus Münster angesehen hatte. Wie lahm konnte ich noch werden? Ich war 17 Jahre alt. Fast 18 sogar und wusste momentan nicht wirklich viel mit mir anzufangen. Gern würde ich wie andere in meinem Alter einfach von einem One-Night-Stand zum anderen springen. Aber irgendwie hatte ich mich an Nick festgebissen und ich wusste nicht, wie ich von ihm loskommen sollte. Vielleicht brauchte ich einfach Abstand und Zeit.

Freddy und ich saßen im Schulbus. Karla hatte sich ausnahmsweise zwei Reihen hinter uns niedergelassen und unterhielt sich mit einer Freundin. Anscheinend gab es auch Dinge, die sie lieber mit einem anderen Mädchen besprach als mit uns. Was auch immer das für Dinge waren. Wahrscheinlich wollte ich das gar nicht so genau wissen. Wie schon die letzten Tage, versuchte ich zu ignorieren, dass er gleich einsteigen würde. Krampfhaft scrollte ich mich durch meine Instagram-Timeline und postete ein Foto von einer besprayten Wand, die ich gestern fotografiert hatte. In großen Lettern hatte jemand einen genialen Satz an die Wand gepinselt ›Meine Mama kann gut Brot backen‹. Ich fand das so lustig, dass ich es direkt für die Nachwelt festhalten musste. War bestimmt ein übler Bad Boy. Aber die Message fand ich um einiges sinnvoller als die vielen absurden Wörter und Initialen, die wahrscheinlich nur Insidern etwas sagten. Wenn überhaupt. Tom schickte ich das Bild auch. Immerhin bestand mein Leben ja nicht nur aus Liebeskummer. Tom durfte ruhig wissen, dass es für mich auch noch anderes gab außer Nick. Und sei es nur eine bunte Wand.

»Der Typ ist echt ein Freak«, hörte ich Freddy neben mir wispern und die Verachtung, die er dabei an den Tag legte, war ziemlich eindeutig. Ich wusste sofort, von wem er sprach.

»Kann sein, ich ignoriere ihn einfach weiter für den Rest meines Lebens. Ich fahre damit, glaube ich, ziemlich gut.«

»Er scheint da eine andere Strategie zu haben« Freddy schnaubte und ich war geneigt aufzuschauen, um nachzusehen, was er meinte. Zum Glück konnte ich dem Drang noch widerstehen. Ich wollte vermeiden, dass mein Herz sich wieder so schmerzhaft zusammenzog.

»Ich hab eine Idee.« Freddy kicherte ziemlich doof vor sich hin und ich blickte mit hochgezogener Augenbraue misstrauisch in seine Richtung.

»Bitte?«

»Entspann dich und mach einfach mal so, als wäre ich der tollste Typ auf Erden.« Er ließ die Augenbrauen hüpfen und wartete auf eine Reaktion von mir.

»Boah Freddy, das ist ziemlich schwer. Du bist nämlich in Wirklichkeit ein riesiger Vollidiot!« Er schnaubte und legte dann den Arm um meine Schulter. Ich verkrampfte mich und sah ihn weiter fragend an.

»Tatsächlich. Dabei mag ich dich eigentlich sehr.« Er sah mit einem dicken Grinsen im Gesicht an und ich konnte tatsächlich nicht verhindern, dass meine Ohren anfingen zu glühen. Das geschah ganz automatisch. Ich konnte das kein bisschen steuern.

»Okaaay …« Ich sah verlegen an ihm vorbei aus dem Fenster. »Und was genau tun wir hier?« Freddy grinste sich einen ab und lehnte sich lässig zurück.

»Genieß es einfach mal für ein paar Minuten in meinen starken Armen zu liegen.«

»Du bist ein echter Depp. Kommst du bei den Weibern nicht mehr an, dass du mal das andere Ufer testen willst oder was?« Ich lachte auf.

»Nicht wirklich. Aber es ist höchst interessant, Nicks Gesicht zu beobachten. Er versucht ja seine Gesichtszüge zu bändigen aber …« Freddy kicherte wieder und hielt sich die Hand vor den Mund. »Der sieht echt total lächerlich und etwas verzweifelt aus.« Nun musste auch ich lachen und begann mich noch etwas näher an Freddy zu schmiegen. Freddy war ja wirklich ein ziemlich ansehnlicher Kerl. Ich verglich ihn in Gedanken immer gerne mit Justin Timberlake. Auch Freddy hatte von Natur aus diese blonden Löckchen und seine Haut war immer leicht gebräunt. Ja, unter anderen Umständen, würde ich vielleicht sogar auf ihn stehen. Aber in der Realität waren Freddy und ich wie Brüder.

Mein Handy vibrierte und ich erkannte, dass Karla in unseren WhatsApp-Gruppenchat geschrieben hatte.

Alter, was geht bei euch? Kaum bin ich weg, wird gekuschelt?

Freddy hatte auch schon sein Smartphone in der Hand und tippte.

Achte auf Nick!

Es vergingen ein paar Sekunden, dann ging die nächste Nachricht von Karla ein.

Ihr seid fies und mega genial! Freddy, pass auf, dass er dir nicht irgendwo auflauert!

Soll er ruhig, mein Lover Lenard wird mich verteidigen!

Ich las die letzte Nachricht von Fred in unserem Chat und kniff ihm in die Seite.

»Lover nennst du mich du kleiner ...« Wir kabbelten uns etwas und lachten uns dabei kaputt. Nur am Rande bemerkte ich, dass Nick ausstieg und uns anglotzte, was ich natürlich ignorierte. Als die Bustür zufiel, atmete ich durch. Ignoranz vorzutäuschen war anstrengender als es den Anschein machte. Erst als wir langsam losfuhren, wagte ich einen Blick nach draußen und sah Nick genau in die Augen. Seine waren weit aufgerissen und wurden noch eine Spur größer, als er bemerke, dass ich ihn ansah. Es waren wohl nur ein paar wenige Sekunden, die mir aber wie eine Ewigkeit vorkamen. Dann rückte sich Freddy in unser Blickfeld und verdeckte somit die Sicht nach draußen.

»So, das sollte erst mal genügen«, kommentierte er sein Tun und zog nun auch weder seinen Arm zurück.

»Schade, war eigentlich recht gemütlich«, neckte ich ihn und rieb mir den verspannten Nacken. »Kannst du mich nächstes Mal nicht massieren, während Nick zuguckt?«

»Fordere dein Glück nicht heraus«, drohte mir Freddy und brachte mich erneut zum Lachen.

»Echt Freddy, was würde ich ohne euch tun?« Freddy klopfte mir wohlwollend auf die Schulter und das war schon alles, was ich brauchte. Wir verstanden uns. Dafür musste er mich nicht groß in den Arm nehmen. Wir brauchten nicht viele Worte. Das überließen wir Karla.

»Könnt ihr solche Aktionen bitte nächstes Mal mit mir absprechen?« Sie stand neben uns und hatte schon ihren Rucksack geschultert. Ihre Fäuste hatte sie vorwurfsvoll in ihre Seiten gestemmt. »Ich wusste echt für einen kurzen Moment nicht, wie mir geschieht.«

»Was dachtest du denn?«, fragte ich sie und nahm nun auch meinen Rucksack wieder vom Boden auf.

»Naja, dass du ihn umgepolt hast oder so.«

»Hey«, beschwerte sich nun Freddy und ich musste laut lachen. »Mich polt so schnell keiner um. Höchstens vielleicht Jensen Ackles oder der junge Harrison Ford. Der aus *Star Wars!*«

»Ja«, seufzten Karla und ich synchron, was uns wieder zum Lachen brachte.

»Dann lass uns mal hoffen, dass uns niemals der junge Harrison Ford über den Weg laufen wird. Sonst müssten wir uns noch um ihn prügeln.«

»Müssten wir nicht. Ich denke, dass Lenard trotzdem bei Nick bleiben würde«, stellte Freddy seufzend fest, woraufhin sich mein Blick verfinsterte. Wir stiegen aus dem Bus aus und liefen Richtung Schulgebäude.

»Er will mich ja nicht. Oder er hat irgendwelche Probleme damit, dass er eventuell nicht zu hundert Prozent hetero ist. Was weiß ich.«

»Das, was ich da vorhin gesehen habe, sprach aber eine deutlich andere Sprache«, sagte Freddy. »Dem Typ sind fast die Augen aus dem Gesicht gefallen.«

»Was hab ich jetzt davon?« Ich zuckte mit den Achseln.

»Vielleicht sowas Ähnliches wie Gewissheit?«, überlegte Karla und tippte gedankenverloren mit dem Zeigefinger gegen die Lippen. »Ich glaube, du kannst dir sicher sein, dass er dich mag.«

»Der steht auf dich. Total!«, bestätigte nun auch Freddy. »Vielleicht hat er das selbst erst jetzt richtig bemerkt. Die Erkenntnis hat ihn bestimmt schockiert.«

»Wir hatten Sex«, sagte ich etwas lauter als beabsichtigt und erntete ein paar dumme Kommentare und Kichern von vorbeilaufenden Leuten. »Wenn er da noch nicht bemerkt haben sollte, dass er mich vielleicht ein wenig mag, wann denn dann?«

Freddy grinste teuflisch. »Warte einfach mal ab ... vielleicht kommt er schneller angekrochen, als du denkst.«

18

Uns trennen Universen

Samstag, 6. Oktober

Zumindest stand nun fest, dass er gestern und heute nicht angekrochen gekommen war. Nicht dass ich auf irgendeine Reaktion gewartet hätte. Es war ja auch nicht so, als ob ich ständig mein Handy checken würde.

Okay, es war genau so.

***

»Komm halt mit. Wird schon lustig!« Ich telefonierte nun schon seit einer Viertelstunde mit Karla und sie ließ einfach nicht locker.

»Ich hab kein Bock auf Party. Muss doch echt nicht ständig sein. Die Partys im Jugendzentrum sind eh immer grenzwertig. Man kann ja das Wochenende auch mal für anderes nutzen.«

»Für was bitteschön? Was hast du denn so mega Wichtiges vor an diesem Samstagabend?«, fragte Karla und brachte mich damit kurz aus dem Konzept.

»Ausspannen, meditieren, lernen, einen Kuchen backen, ein Bad nehmen ... normalen Kram eben.« Karla lachte sich auf der anderen Seite der Leitung kaputt.

»Na klar. Ich kauf dir sogar eher noch das Lernen als das Meditieren oder das Backen ab. Echt jetzt, Lenard, krieg dich ein. Du bist jung und Single.« Den Zusatz hätte sie sich sparen können. Immerhin war ich nicht stolz drauf. »Da draußen ist das Leben. Da gibt es so viele hübsche, schwule Kerle, die nur auf dich heißen Stecher warten!«

»Is klar.«

»Nein im Ernst jetzt. Los. Freddy hat keine Zeit, irgendeine Tante ist übers Wochenende zu Besuch.«

»Die mit den brüllenden Zwillingen?«

»Wahrscheinlich. Und deshalb musst du mit mir hingehen.«

»Du kannst auch einfach zu mir kommen und wir schauen nen Film oder so.«

»Meditieren, backen, nen Kuchen oder zusammen ein Bad nehmen?«

»Igitt!«

»Danke!« Sie kicherte und ich konnte mir ein Grinsen nicht verkneifen.

»Ich hab keine Lust und außerdem ...« Ich seufzte und ließ meinen Kopf auf meinen Schreibtisch sinken. »Ich hab Angst auf ihn zu treffen«, flüsterte ich kaum hörbar ins Telefon.

»Nix da! Wenn dann soll er gefälligst zittern vor Angst und nicht du. Du wirst ihm nicht ewig aus dem Weg gehen können. Ihr wohnt in ein und derselben Stadt.«

»Ich weiß!«

»Außerdem wollte Pablo auch kommen und ich will ihn unbedingt sehen.«

»Da liegt der Hase also begraben! Seid ihr jetzt ein Paar oder was?«

»Entweder ›da liegt der Hase im Pfeffer‹ oder ›da liegt der Hund begraben‹, du Sprachbanause.«

»Du gehst meiner Frage aus dem Weg!«

»Nein, wir sind nicht so wirklich zusammen, aber vielleicht könnte sich das ja heute ändern.« Ich konnte quasi ihr Wimpernklimpern durchs Telefon hören. So versuchte sie mich immer rumzukriegen. »Oder muss ich dich an die Sache im Freibad erinnern?«

»O Mann, ich wusste, dass du mir das jetzt ewig vorhalten wirst.«

»Du hast mir eine obszöne Zeichnung mit Sonnenmilch auf den Rücken gemalt! Ich konnte tagelang kein Top mit Rückenausschnitt anziehen, weil dann immer eine Penisspitze oben rausgeschaut hat.« Ich versuchte, mir mein Lachen zu verkneifen. Es gelang mir nicht wirklich. »Ich finde schon, dass du mir was schuldig bist.«

»Ihr habt irgendwie viel zu viel gegen mich in der Hand.«

»Du bist ja auch total der Chaot und treibst uns in den Wahnsinn!«

»Ich hab dich auch lieb!«

»Kommst du jetzt heute Abend mit?«

»Ja!«, brummte ich und rollte mit den Augen.

»Juchuuuh. Um 20:30 Uhr treffen wir uns in der Bahn, okay?« Sie erntete ein weiteres Grummeln von mir und dann legten wir auf. Und bei mir begann sofort wieder, der Bauch zu schmerzen. Einerseits wollte ich Nick sehen. Andererseits hatte ich Schiss davor. Es war echt eine verzwickte Situation. Es war nun genau zwei Wochen her, dass Nick und ich miteinander geschlafen hatten. Verdammte zwei Wochen. Das war keine lange Zeit, verglichen mit einer Schwangerschaft oder dem Dreißigjährigen Krieg, und trotzdem waren wir so weit voneinander entfernt wie am Anfang. Ich wollte nicht, dass wir uns ignorierten und wieder alles auf Anfang zurückspulten. Aber ich hatte auch Angst davor, ihn zu bedrängen. Ich seufzte und lief zu meinem Kleiderschrank. Es brachte ja nichts, Trübsal zu blasen. Ich kramte ein schwarzes Hemd hervor, und zog es mir über. Ein Blick auf die Uhr verriet, dass ich noch zwei Stunden hatte, bevor ich mich mit Karla traf. Genug Zeit, um vollkommen am Rad zu drehen und in Panik zu geraten. Perfekt!

***

Um halb neun stieg ich in die Straßenbahn ein. Karla saß weiter hinten und hielt mir einen Platz frei. Um uns herum waren einige Jugendliche und ziemlich viele aufgebrezelte Weiber. Anscheinend hatten alle das gleiche Ziel wie wir.

»Wie viel kostet der Scheiß eigentlich an Eintritt?« begrüßte ich Karla und ließ mich neben ihr nieder.

»Sechs Euro Eintritt, hier.« Sie reichte mir ein Ticket »Das geht aufs Haus.«

»Yes!«

»Dafür geht die erste Runde auf dich!« Ich zuckte mit den Achseln.

»Meinetwegen.« Es war ja Anfang des Monats. Ich war also noch recht flüssig. »Was ist das jetzt eigentlich genau für ne Party?«

»Motto ist Oktoberfest. Mal schauen, was das bedeutet«

»Naja, zumindest werden sie Bier haben.«

»Und Dirndl.«

»Und Weißwürste.«

»Boah wird das schlimm!« Karla schlug sich die flache Hand an dir Stirn.

»Du wolltest hin, ich hab dich nicht gezwungen!«

»Ich entschuldige mich jetzt schon vorab, okay?«

»Naja, zumindest wird dein Pablo vielleicht sogar schicke Lederhosen tragen.« Ich zwinkerte ihr zu.

»Mir wäre es lieber, er würde gar keine Hosen tragen.« Ich lachte auf und stieß sie mit dem Ellenbogen in die Seite.

»So sehr schon? Echt jetzt? Der hat's dir ja echt angetan!«

»Gott! Fußballer sind so heiß! Warum hat mich niemand vor diesem muskulösen Beinen gewarnt?«, lamentierte sie gestellt übertrieben. Ich liebte ihre kleine Dramaqueen.

»Da sagst du was. Ich bin genau so ein Opfer wie du!«

»Vielleicht sollten wir eine Selbsthilfegruppe gründen. Sowas wie die anonymen Wadenglotzer, die AWG«, schlug Karla erstaunlich ernst vor. Ich rechnete fest damit, dass sie mir gleich einen Anmeldebogen in die Hand drücken würde.

»Hört sich an wie ein Stromanbieter. Oder eine echt fragwürdige Partei.«

»Wir treffen uns anfangs bei mir in der Garage und, ähm, schauen Fußballspiele. Als Konfrontationstherapie.«

Ich seufzte.

»Das bringt nichts. Hab ich schon versucht.« Ich winkte ab. »Aber wir können uns trotzdem zum Gaffen treffen.« Ich lachte auf.

»Oder« Sie hob den Zeigefinger in die Luft wie Wickie der Wikinger. »Oder wir schnappen uns jetzt einfach jeder unseren eigenen Fußballer, verbieten ihm sich zu Hause anzuziehen und haben somit eigenes Glotzmaterial!« Sie rieb sich diabolisch die Hände und grinste.

»Abgemacht. Versuchen kann man es ja!« Auch wenn ich mir in meinem Fall keine Chancen ausrechnete. Ich würde einfach Karla in ihrem Vorhaben unterstützen.

***

Wir stiegen aus der Bahn aus und liefen die paar wenigen Meter Richtung Jugendzentrum. Schon einige Straßen davor standen ziemlich fragwürdige Gestalten, die etwas rauchten. Gingen wir einfach mal von Zigaretten aus. Auch wenn die Typen aussahen, als ob sie normalerweise an brennenden Mülltonnen standen und Obdachlose verprügelten. Sympathisch hier. Langsam verstand ich, warum Karla nicht alleine her wollte. Wir betraten das Zentrum und wurden sofort von warmer, alkoholgeschwängerter Luft, lauten Bässen und einigen jubelnden Menschen begrüßt. Der Jubel galt nicht uns. Sondern irgendeinem Mädel, das gerade begonnen hatte, auf einem Tisch ihr Oberteil auszuziehen.

Ich brauchte definitiv Alkohol. Und zwar schnell.

Karla war wohl ganz meiner Meinung, denn ohne miteinander gesprochen zu haben, hielten wir direkt auf die Bar zu. Dort schenkten zwei Kerle, die beide irgendwie auch echt stoned aussahen, Getränke aus. Wir kamen gar nicht dazu, etwas zu bestellen. Uns wurden einfach zwei Bier hingestellt und sechs Euro verlangt.

Okay. Zu viel Auswahl war ja auch verwirrend. Wir waren hier ja nicht bei Starbucks, nix da mit Venti Soja Iced Caffé Mocha mit extra Sahne und Kokosflocken.

Ich warf Karla einen fragenden Blick zu und sie zuckte nur überfordert mit den Achseln. Wir wussten, dass die Partys hier einen gewissen Ruf hatten, aber das war alles schon ziemlich skurril. Wir liefen langsam durch die Räumlichkeiten und tranken ab und an von unserem Bier. Wir wussten beide, was wir hier taten. Wir lauerten und spähten. Sie hielt Ausschau nach ihrem Pablo und ich hatte Angst vor einer Begegnung mit Nick. Wir waren beiden also sehr entspannt.

Plötzlich stellte sich Karla auf Zehenspitzen und rief mir ein ›Da ist er‹ ins Ohr. Eine Sekunde später machte sie große Augen und ergänzte »Oh, da sind sie gleich beide«. Und tatsächlich. Da standen Pablo, Nick und noch zwei andere Kerle in einer Ecke. Jeder ein Bier in der Hand. Zwei Typen rauchten. Sie sahen alle ziemlich cool aus, das musste man ihnen lassen. Das dachten wohl auch die Mädels, die bei ihnen standen. Denn die machten keinen Hehl daraus, dass sie mit ihnen direkt auf die dritte Base gehen würden. So standen wir nun hier in der Ecke. Zwei verschüchterte 17-Jährige, die nicht so recht wussten, was sie nun tun sollten. Karla wollte bestimmt gerne zu Pablo rübergehen und war sich nun unschlüssig, wie sie wegen der anderen Mädels vorgehen sollte. Und ich? Ich würde eigentlich gerne unsichtbar werden oder schnell das Weite suchen. Bevor ich mir aber ernsthaft über Flucht Gedanken machen konnte, wandten sich Pablo und Nick in unsere Richtung. Warum auch immer. Wahrscheinlich konnte man mein Herz bis da drüben klopfen hören. Karla winkte neben mir zaghaft, ich versteifte mich nur und musterte meine Schuhe. Trotzdem spürte ich Nicks Blicke mehr als deutlich. Ich wusste nur nicht, was ich mit ihnen anfangen sollte. Was bedeuteten seine Blicke? Vielleicht würde ich es herausfinden, wenn ich sie erwiderte. Immerhin hatten wir diese Momente schon öfter. Diese langen Blickkontakte, in denen wir versuchten, uns ohne Worte etwas mitzuteilen. Dinge, die wir uns nicht auszusprechen wagten. Aber vielleicht hatte ich mir das auch nur eingebildet.

»Hey, schön, dass du da bist. Also dass ihr da seid.« Pablo stand plötzlich vor uns und begrüßte Karla überschwänglich. Er schien sich tatsächlich zu freuen. Und Karla schien sehr happy über seine Reaktion zu sein. Ich wagte einen schnellen Blick auf die gegenüberliegende Seite und sah Nick, der sich mit einem blonden, sehr kleinen und echt zierlichen Mädchen unterhielt. Sie hatte ihr langes Haar zu einem hohen Pferdeschwanz zusammengebunden. Sie trug eine engsitzende Bluejeans und ein weißes Top ohne Träger. Sie war echt hübsch und so weit von mir entfernt, dass es schon fast lächerlich wirkte. Jetzt mal im Ernst. Von mir, dem immer schwarz gekleideten Typen, der knapp 1,80m groß war, zu dieser höchstens 1,60m großen Blondine? Zwischen uns lagen Welten, nein, ganze Universen. Wenn mir nicht so elend gewesen wäre, hätte ich darüber lachen können. Irgendwann vielleicht.

»Geil, du bist auch da. Dachte schon, ich wäre der Einzige aus unserer Stufe hier!« rief Party-Chris. Ich hätte nie gedacht, dass ich mich mal so sehr über diesen Hirni freuen würde.

»Hey!« Wir klatschten uns zur Begrüßung ab. »Ich wollte mir gerade noch was zu trinken holen. Kommst du mit?«, fragte ich ihn und nutzte so die Gelegenheit, Abstand zu schaffen.

»Klar. Bin dabei«, erwiderte Chris.

»Karla, alles klar? Ich geh an die Bar. Du hast ja ihn erst mal. Okay? Wenn was ist, ich hab mein Handy eingesteckt.« Karla nickte und lächelte dabei sehr breit. Sie schien nicht unglücklich darüber zu sein, ein paar Minuten mit ihrem Fußballer zu haben. Ich nutzte die Gelegenheit, schnappte mir Party-Chris und verließ den Raum, um in dem daneben die Bar aufzusuchen. Wieder reichte man uns ungefragt zwei Bier. Irgendeine andere Billigmarke. Wieder verlangte man sechs Euro von uns. Jeder legte drei Euro auf den Tresen und dann gingen wir eine Runde von Raum zu Raum. Chris schien auch nicht wirklich begeistert zu sein von der Party. Er hatte mehr Freunde erwartet. Wir kannten hier beide kaum jemanden und die Musik war irgendwie auch ziemlich scheiße. Hauptsächlich Gangster-Rap mit hirnlosen Texten. Wir blieben vor dem Stripperinnen-Tisch stehen. Zwei Mädels tanzten darauf und knutschten miteinander. Einige Typen johlten ihnen anfeuernd zu. Auch Chris neben mir bekam Stielaugen. Ich fragte mich unweigerlich in diesem Moment, wer bitteschön mir zujubeln würde, wenn ich hier mit Nick rumknutschen würde. Wahrscheinlich würden sie uns eher mit brennenden Fackeln und Mistgabeln aus der Stadt jagen. Das war alles so scheinheilig und keiner raffte es hier.

Die Show war dann auch relativ schnell vorbei, als die beiden Mädels volltrunken wie sie waren, vom Tisch fielen und auf dem Schoß eines dicken Kerls auf der Couch landeten. Der konnte sein Glück kaum fassen. Und die beiden Mädels waren wohl zu zugedröhnt, um zu merken, dass sie nicht mehr standen. Wir gingen weiter und trafen zwei Kerle aus der Parallelklasse. Mit Tim und Jens hatte ich so gut wie keine Kurse zusammen. Nur Religion und Sport. Trotzdem war es irgendwie beruhigend, zwei bekannte Gesichter zu sehen. Und so unterhielten wir uns zu viert, tranken das eine oder andere Bier und versuchten irgendwie das Beste aus der beschissenen Party zu machen. Wenn Karla wieder hätte gehen wollen, wäre ich nicht traurig gewesen. Ich bereute es um ehrlich zu sein fast, dass ich nicht einfach zu Hause geblieben war. Eine Runde zocken, oder irgendeine Serie in der Glotze wäre heute um einiges netter gewesen. Aber ich war nun mal ein verdammt guter Freund und leider erpressbar. Ich trank mein mittlerweile fünftes Billigbier und langsam schmeckte es mir sogar. Was wohl hauptsächlich daran lag, dass meine Geschmacksnerven einfach den Kampf aufgegeben hatten.

»Leute, ich geh pissen«, sagte ich in die Runde und trank aus. Im Vorbeigehen knallte ich die leere Flasche auf einen Stehtisch und machte mich auf die Suche nach den Toiletten.

»Alter, Lenard, geh doch einfach vor die Tür schiffen«, rief mir Chris hinterher.

»Bin ich ein verdammter Hund oder was?«, brüllte ich zurück und erntete ein paar Lacher.

Ich lief durch seltsame, dunkle Räume, in denen sich Menschen betranken, auszogen, tanzten oder wer weiß was taten. Hier waren definitiv Drogen im Spiel. Ständig lief ich durch Rauchschwaden, die geradezu aufdringlich nach Gras rochen. Ich war sehr erleichtert, als ich endlich die Toilettentür erspähte, und stellte erfreut fest, dass sich keine Schlange davor befand. Ich öffnete die Herrentoilette und blieb direkt schockiert stehen. Ich war der größte Pechvogel, der auf dieser Erde herumlief.

Da stand Nick, eng umschlungen mit Blondie. Die Universen, die zwischen uns lagen, wurden mir von Sekunde zu Sekunde bewusster und wurden mir gerade um die Ohren gehauen. So fühlte es sich zumindest an. Je länger ich die beiden wie ein verrücktgewordener Stalker anglotzte, desto mehr begann ich mich, mein Aussehen, meine Größe, meine dunklen Haare mein Geschlecht, einfach alles zu hassen. Doch dann schlug der Selbsthass um und kanalisierte sich komplett auf Nick. Dieses Gefühl war so heftig, dass ich ein angeekeltes Schnauben nicht unterdrücken konnte. Die beiden sprangen erschrocken auseinander und glotzten mich an.

»Was denn? Hab ich euch erschreckt? Lasst euch nicht stören.« Nick fixierte mich, aber ich konnte seinen Blick nicht deuten. Er meinen garantiert auch nicht, denn ich hatte mir eine Maske aufgesetzt, die eine Mischung aus Verachtung, Ekel und Enttäuschung zeigte.

»Lenard, ich …« Ich ließ ihn nicht ausreden. Wieder schnaubte ich verächtlich, drehte mich um und ging. Ich wollte nichts hören. Keine fragwürdigen Erklärungen, keine Entschuldigungen. Und den Korb, den er mir schon vor Wochen hätte geben können, den konnte er nun auch gerne behalten und sich in den Arsch schieben. Ich schnappte mir meine Jacke, die auf einem Haufen in der Ecke neben dem Eingang lag, und verabschiedete mich bei Karla, die eh von Pablo heimgebracht werden würde. Für sie lief alles nach Plan. Ich würde mich ein anderes Mal darüber freuen.

Beim Hinausgehen trat ich noch gegen irgendeine Mülltonne, die daraufhin ihren Inhalt auf dem kompletten Fußboden verteilte, und schlug mit der Faust gegen ein paar Hauswände. Gott ich war so zornig und so betrunken und so voller Abscheu und Hass und noch so vielen anderen Emotionen, die ich in dem Moment nicht deuten wollte. Ich wusste, dass da auch irgendwo Trauer war. Aber das Gefühl wollte ich erst zulassen, wenn ich zu Hause war, alleine in meinem Zimmer. Dann würde ich mir Kopfhörer aufsetzen, mein Lieblingsalbum von Linkin Park auflegen, und *Numb* so laut aufdrehen, bis ich mein eigenes Schluchzen nicht mehr hören konnte. Aber bis das so weit war, würde ich weiter sauer sein und toben und wüten wie ein verdammter Hurrikan.

19

Komm klar!

Montag, 8. Oktober

Montage waren ja grundlegend scheiße. Immer. Vor dem heutigen hatte ich allerdings panische Angst. Ich konnte nicht mal genau sagen, wovor es mir so graute. Die ganze Situation war einfach so bescheiden. Dabei hatte ich gar nichts Falsches getan. Ich war ausnahmsweise vollkommen unschuldig. Schon beim Erwachen, und nachdem mich die Erinnerungen an das Wochenende wieder eingeholt hatten, krümmte ich mich mit Magenkrämpfen im Bett. Mir schlug einfach alles zu schnell auf den Magen. Ich hatte versucht bei Mum zu jammern, um eventuell zu Hause bleiben zu können. Aber sie hatte nur wenig Mitleid gezeigt, hatte mir ein paar ihrer homöopathischen Kügelchen in die Hand gedrückt und mich mit einem zerquetschen Brötchen in Alufolie zum Schulbus geschickt. Rabenmutter!

Wie schon die vergangenen Wochen saß ich im Bus und war so nervös, dass ich mich am liebsten übergeben würde. Aber Nick stieg nicht ein. Ich atmete einmal durch und versuchte mich dann wieder auf das Gespräch von Karla und Freddy zu konzentrieren. Sie redeten über sein morgiges Fußballspiel und darüber, sich danach zum Lernen zu treffen. Erst einige Minuten später realisierte ich, dass sie mich mit eingeplant hatten. Ablenkung war gut. Lernen ziemlich notwendig. Also sollte es mir recht sein.

»Was bist'n so schnell abgehauen?«, fragte mich Chris direkt, als ich das Klassenzimmer betrat.

»Mir war schlecht«, antwortete ich und es war nicht mal so richtig gelogen.

»Verständlich. Das Bier war scheiße. Ich hab nachts auch noch kotzen müssen. Will nicht wissen, wie viel das im Einkauf gekostet hat. Wahrscheinlich zwanzig Cent pro Flasche.«

»Ja, aber inklusive Pfand«. Wir lachten und der Kloß in meinem Hals wurde für einen kurzen Moment etwas kleiner. Ablenkung war wohl wirklich die beste Medizin.

In der letzten Stunde hatte ich Deutsch und konnte mich recht wenig auf *Die Leiden des jungen Werther* konzentrieren. Heute war einer der wenigen Tage, an denen ich nicht wollte, dass der Unterricht endete. Ich hatte danach Schicht in der Drogerie und Angst, dort auf ihn zu treffen. Ich wusste nicht, wie ich reagieren würde, wenn er plötzlich vor mir stehen sollte. Dabei war meine Angst womöglich vollkommen unbegründet, weil mich Nick eh nicht sehen wollte. Und wie gefühlskalt musste man eigentlich sein, jemanden komplett links liegen zu lassen, mit dem man vor etwas mehr als zwei Wochen eine Nacht verbracht hatte? Eigentlich schätzte ich Nick nicht so ein. Dafür hatte ich ihn auch schon anders erlebt. Aber andererseits hatte er am Samstag mit dieser Tussi rumgemacht, obwohl er damit hätte rechnen können, dass ich sie dabei erwische. Oder hatte er es womöglich genau darauf angelegt. War Nick einfach nur zu feige mir klipp und klar zu sagen, dass er Frauen bevorzugte, und wollte es mir so zeigen? Das setzte doch schon eine gewisse Gefühlskälte voraus. Oh Mann, alleine die Tatsache, dass ich mir schon wieder den Kopf darüber zerbrach, machte mich gelinde gesagt rasend. Er hatte das gar nicht verdient. Aber Gedanken ließen sich nun mal nicht abschalten oder kontrollieren. Sie waren einfach da und rotierten in meinem Kopf.

Es klingelte und ich hatte keinen blassen Schimmer, um was es in

Goethes *Werther* eigentlich ging. Irgendwas mit einem Wahnsinnigen, der ... ach, ich hatte tatsächlich keinen Plan. Verdammt. Nächste Woche würden wir eine Kursarbeit darüber schreiben. Ich musste mein Leben so langsam echt mal wieder in Griff bekommen, sonst war ich am Arsch.

***

Ich schlurfte Richtung Drogerie und kickte dabei ein paar Steinchen lustlos vor mir her. Mein Handy zeigte zwei Nachrichten von Tom an. Ich hatte ihm ungewohnt lange nicht mehr geschrieben und er schien sich Sorgen zu machen. Ich hatte aber gerade keine Lust mich seiner ungeschönten Worte zu stellen. Ich hasste mich auch ohne sein Zutun schon genug. Ich würde am liebsten krankmachen und mich verkriechen. Ich wusste aber, dass es nichts an meiner Situation verbessern würde. Im Gegenteil. Zusätzlich würde mir dann auch noch das Taschengeld ausgehen. Also tat ich eben das, was ich tun musste und trat meine Schicht an. Glücklicherweise gab es nicht allzu viel zu tun. Ich etikettierte einige Produkte neu und sortierte sie in die Regale ein. Keine zwei Stunden später war ich damit durch und durfte Feierabend machen. Ich legte meinen Arbeitskittel im hinteren Bereich ab, nahm meine Lederjacke und schulterte meinen Rucksack.

»Tschau«, rief ich Doris zu, die gerade an der Kasse saß, und hob zum Abschied die Hand.

»Bis Donnerstag?«, fragte sie. Ich nickte und verließ die Drogerie, nur um direkt davor wie vom Blitz getroffen, stehenzubleiben.

Verdammt! Damit hätte ich nun wirklich nicht rechnen können. Da lehnte Nick lässig an der Bushaltestelle und sah direkt zu mir. Für einen winzigen Bruchteil einer Sekunde war mir nach weglaufen. Dann wurde mir klar, wie unglaublich lächerlich das wäre. Also blieb ich einfach stehen und sah ihn an. Regungslos. So gut es ging emotionslos. Zumindest von außen. Innerlich tobte ein Sturm.

»Was machst du hier?« Ich war dann doch derjenige, der das Schweigen durchbrach. War ja klar. Nick bekam selten sein Maul auf.

»Ich hab hier auf dich gewartet«, sagte er daraufhin und auch er setzte auf eine emotionslose Maske.

»Aha. Und warum?«

»Weil ich mit dir reden wollte.« Ich nickte und zuckte dann mit den Schultern. Eigentlich war die Zeit zu reden um. Ich hatte ihm genug Möglichkeiten gegeben, alles zu klären.

»Und was gibt es deiner Meinung nach zu reden?« Einfach wollte ich es ihm garantiert nicht machen. Ich stellte mich einfach mal dumm.

»Und das fragst du noch? Hast du nen Knall?« Mir klappte der Mund auf und ich sah ihn fassungslos an. Warum genau wurde ich nun so angegangen? Ich verstand nur noch Bahnhof.

»Ähm, anscheinend nicht mehr als du. Kannst du mir mal sagen, was dein verdammtes Problem ist und warum du mich hier mitten auf der Straße so anfährst?«

»Was mein Problem ist? Das fragst du noch?« Nick war richtig wütend. Und das machte mich einerseits total durcheinander und andererseits auch rasend vor Wut! »Hast du jetzt was mit ihm?« Seine Frage brachte mich etwas vom Kurs und mir entglitten meine gerade noch so wunderbar gleichgültigen Gesichtszüge.

»Hä?«

»Mit Freddy? Bist du schwer von Begriff oder was? Hast du was mit ihm?« Nick sah ehrlich gekränkt aus und das brachte mich wiederum zum Lachen. Der Typ hatte echt nicht mehr alle Latten am Zaun.

»Was?« Ich lachte laut auf und schüttelte den Kopf. »Ernsthaft? Das ist dein Problem? Darum geht es hier?« Nick sah mich wütend an. Ich konnte sehen, wie sich seine Kiefermuskeln anspannten und er fest die Zähne zusammenbiss.

»Oder mit dem Typen, mit dem du ständig schreibst. Ich hab das nämlich genau gesehen, auch wenn du es versucht hast zu vertuschen! Genau wie diese schwule Dating-App! Ich bin nicht doof. Die hab ich auch auf deinem Handy gesehen!« Er schien es tatsächlich ernst zu meinen. Er war so ein verdammter Idiot. Ich konnte es nicht fassen. Gerade ich, der seit Wochen und Monaten einzig und alleine Augen für ihn hatte, warf er nun was vor? Untreue? Wir waren doch noch nicht mal ein Paar! Es war lachhaft. Als ich aber weiter seinen todernsten Gesichtsausdruck sah, blieb mir das Lachen im Halse stecken. »Hör mir mal zu!« Ich zeigte mit dem Finger drohend auf ihn und ging einen Schritt auf ihn zu, bis ich genau vor ihm stand. »Du hast kein Recht, nicht mal ein kleines bisschen das Recht eifersüchtig zu sein.«

»Ich bin doch nicht eifer…«

»Halt dein verdammtes Maul. Ich kann schreiben mit wem ich möchte, ich kann zusammen sein mit wem ich möchte. Männlein, Weiblein, Freddy, mit mehreren Kerlen gleichzeitig. Es hat dich nicht zu interessieren. Das ist meine Sache. Du hast deine Chance gehabt und mich wie Dreck behandelt! Du hast keinen Moment daran gedacht, ob du meine Gefühle verletzt, als du mit dieser Tussi rumgemacht hast. Dir war es vollkommen egal, dass ich von deinen Kumpels beschimpft wurde. Da war ich dir nicht mal ein Wort wert. Also sage mir, warum sollte ich auf dich Rücksicht nehmen? Beantworte mir diese eine Frage.« Schweigen. Ich hatte nicht wirklich mit einer Antwort gerechnet. Immerhin hatte ich auch die letzten Wochen keine bekommen. Ich hatte nur immer mehr und mehr Fragen, mit denen ich irgendwie alleine klarkommen musste. Daran würde sich wohl auch jetzt nichts ändern. »Alter, merkst du nicht, dass hier irgendetwas extrem verkehrt läuft? Komm mal klar! Ich kann verstehen, dass das alles nicht einfach ist, okay? Aber du kannst doch jetzt mir keine Vorwürfe machen. Ich hab im Gegensatz zu dir immer mit offenen Karten gespielt. Du bist der

Arsch, der nicht weiß, was er will. Also lass mich am besten in Zukunft einfach in Ruhe und treib's weiter mit deinen Blondinen. Ach warte. Wie war das? Du stehst ja gar nicht so auf blond, sondern eher auf brünett.« Ich schüttelte den Kopf und strich mir einige Haarsträhnen aus der Stirn, die mir bei meiner Rede wild ins Gesicht gefallen waren. »War eigentlich irgendwas wahr, oder waren es nur Lügen?« Nick holte Luft, öffnete den Mund ... und sagte nichts. Das war das letzte Fünkchen Hoffnung, das sich nun verflüchtigt hatte. Keine Antworten, keine Erklärungen. Er ließ mich wieder alleine mit meinen wirren Gedanken und meinem schmerzenden Herzen. Genug! Ich seufzte, straffte die Schultern und sah ihm noch einmal tief in die Augen. »Irgendwann wirst du vielleicht feststellen, dass du einen gewaltigen Fehler gemacht hast, aber dann ist es zu spät.« Ich schüttelte den Kopf, hob die Hand zum Abschied und ging. Ich lief eine Weile total orientierungslos durch die Straßen. Eigentlich hätte ich den Bus ja nehmen wollen, aber da Nick an der Haltestelle war, konnte ich schlecht einfach da stehenbleiben und warten. Also lief ich fast eine Stunde nach Hause. Als ich zu Hause ankam, war ich nicht mehr wütend, ich war auch nicht traurig. Ich war vielmehr stolz darauf, ihm meine Meinung gegeigt zu haben und endlich einen Schlussstrich gezogen zu haben.

Die Traurigkeit stellte sich erst ein paar Stunden später wieder ein. Aber dann traf sie mich wie ein Vorschlaghammer.

20

Traurig

Dienstag, 9. Oktober

»Wundert euch nicht, ich nehm heute nen anderen Bus«, schrieb ich in unsere WhatsApp-Gruppe und packte bereits alles Nötige in meine Schultasche. Es war heute richtig beschissenes Wetter gemeldet. Also griff ich leider nicht nach meiner heißgeliebten schwarzen Lederjacke, sondern nach meinem khakifarbenen Parker. Ich musste mich wohl oder übel damit abfinden, dass die Lederjacken-Zeit für dieses Jahr vorüber war. Dabei stand sie mir so verdammt gut. Mein Handy vibrierte und ich las die Nachricht, die eingegangen war.

»Alter, das ist voll der Umweg, da bist du locker zwanzig Minuten länger unterwegs«, hatte Freddy geschrieben. Als ob ich das nicht wüsste.

»Ist schon okay, bin quasi schon unterwegs.«

Ich ging nach unten ins Esszimmer und war tatsächlich zum ersten Mal in meinem Leben als Erster hier. Ich war wirklich verdammt früh, aber was nahm man nicht alles auf sich, nur um einem Typen aus dem Weg zu gehen, den man nicht mehr sehen wollte.

Ich kramte zwei Bananen aus dem Obstkorb und fand noch einen Schokoriegel im Kühlschrank. Das sollte genügen. Ein Frühstück, wie es sonst nur Götter auf dem Olymp speisten. Dann schrieb ich einen Zettel, dass ich bereits aus dem Haus war.

***

Ich ging die Straße entlang und wurde von einem ekelhaften Nieselregen begrüßt. Ich zog mir meine Kapuze über den Kopf und dachte mir, dass mein Gesichtsausdruck garantiert zum Wetter passte. Kühl, mies und angepisst. Oh ja, ich fühlte mich so richtig angepisst und verarscht. Von allem und jedem. Aber hauptsächlich vom Wetter und von Nick. Ich stellte mich an der Bushaltestelle unter das kleine Vordach und war auch hier tatsächlich der Erste. Ich stieg in den nächsten Bus, in dem ich erstaunlicherweise eine große Auswahl an freien Sitzplätzen hatte. Es war fast zum Lachen. Vielleicht hätte ich schon eher diesen Bus nehmen sollen. Es war ziemlich entspannt, nicht um jeden Sitzplatz zu kämpfen. Außerdem wäre ich in diesem Bus wohl niemals Nick begegnet. Ich nahm meine Kopfhörer aus dem Rucksack und hörte Linkin Park auf voller Lautstärke. Möge dieser Tag einfach schnell an mir vorüberziehen. Genau wie die folgenden Wochen. Ich wollte einfach vergessen und alle Erinnerungen überspielen. Am besten mit Hilfe eines anderen Kerls mit Bauchmuskeln und schönen Lippen, die ausnahmsweise auch mal nette Worte zu mir sagen würden und nicht nur unangebrachte Vorwürfe. Ich seufzte, anscheinend ziemlich laut, da sich ein älterer Kerl vor mir umdrehte und mich missbilligend musterte. Was auch immer. Immer tiefer rutschte ich in den Sitz und gab mich voll der Musik hin. Alles würde schon irgendwie gut werden. Ich brauchte nur Zeit, und die würde ich mir nun einfach nehmen.

***

Abends traf ich mich mit Karla und Freddy. Sie kamen zu mir, da ich gesagt hatte, dass ich keine Lust verspürte, die Jogginghose noch mal gegen ein anständiges Outfit zu tauschen und das Haus zu verlassen. Sie hatten dafür Verständnis. Es stand mir zu, schlecht gelaunt zu sein und Depri-Stimmung zu verbreiten. Auch wenn

Karla ihr Bestes gab, um mich aufzumuntern. Sie kam mit einer riesigen Packung Essigchips an und mit Bergen an Marzipanschokolade. Normalerweise wäre das ein Grund zu feiern. Das Problem war nur, dass mir momentan nicht nach Essen zumute war. Sobald ich an Nick dachte, wurde mir schlecht und die Bauchschmerzen setzten wieder ein. Und ich dachte eigentlich nonstop an ihn.

Ich wollte schon die ganze Zeit wissen, ob Nick vielleicht im Schulbus gewesen war, ob er vielleicht sogar etwas gesagt oder nach mir gefragt hatte. Aber ich traute mich nicht. Ich hatte einfach Angst vor noch mehr Enttäuschungen. Und da die beiden das Thema von sich aus nicht ansprachen, würde wohl auch nichts Weltbewegendes geschehen sein. Sollte mich das erleichtern oder deprimieren? Ich wusste echt schon nicht mehr, was ich fühlen sollte.

Wir paukten zwei Stunden lang Bio zusammen. Ich war nicht wirklich bei der Sache und Karla blickte mich alle zehn Minuten mitleidig an. Als sich die beiden dann von mir verabschiedeten, nahm sie mich besonders lange in die Arme und sogar Freddy, klopfte mir mit einem aufmunternden Gesichtsausdruck auf die Schulter.

Jaja.

Ich wusste ja schon, was die beiden mir sagen wollten.

Kopf hoch

Auch andere Mütter haben schöne Söhne.

Alles wird gut.

Der hat dich gar nicht verdient.

Du kannst was Besseres haben.

Hak das Thema ab.

Aber wie sollte ich das tun? Momentan wusste ich mir nicht zu helfen und verspürte nicht mal mehr Wut, wenn ich an ihn dachte. Ich war einfach nur so unsagbar traurig.

21
Beendet

Mittwoch, 10. Oktober

Auch heute hatte ich einen früheren Bus genommen und dafür, dass ich eigentlich ein feiger Sack war, der einem Konflikt aus dem Weg ging, war meine Mutter ziemlich stolz auf mich. Aus ihrem faulen, immer müden Spätaufsteher, war ein munterer Kerl geworden, der das Haus noch vor allen anderen Leuten verließ. Ich hatte die ganze Sache mit einer Lerngruppe in der 0. Stunde begründet. Eine kleine Notlüge und immer noch besser als von einem One-Night-Stand zu sprechen, dem ich nicht begegnen wollte. Denn anscheinend waren wir ja rückblickend nicht mehr als das gewesen. Ich hatte das aber anscheinend falsch verstanden und direkt Gefühle damit in Verbindung gebracht. Das würde ich in Zukunft zu verhindern wissen. Sex und Gefühle würden ab sofort strikt getrennt!

Ich saß vor dem Schulgebäude und wartete darauf, dass es endlich acht Uhr wurde. Dabei aß ich mein Frühstück. Heute hatte ich mir beim Bäcker ein Croissant gegönnt. Noch mal würde ich den Tag nicht mit nur etwas Obst und nem Schokoriegel überstehen. Mein Handy vibrierte und als ich den Namen auf dem Display aufleuchten sah, verschluckte ich mich prompt an dem trockenen Blätterteig. Ich hustete und klopfte mir gegen die Brust. O Mann. Das wäre kein schönes Ableben gewesen.

›Erstickt an einem Croissant. Er mochte Französisch ja nie‹ würde auf meinem Grabstein stehen. Oder sowas in der Art.

Wieder nahm ich mein Handy in Augenschein und sah auf dem Display lediglich Nicks Namen sowie den Anfang seiner Nachricht.

Es tut mir l

Wenn ich die ganze Nachricht lesen wollen würde, müsste ich sie anklicken. Ich wippte nervös mit dem Bein auf und ab und knabberte an meiner Nagelhaut. Dann traf ich eine Entscheidung. Ich wischte nach links und klickte auf ›Entfernen‹. Eigentlich hatte ich wirklich keinen Bock auf irgendwelche Entschuldigungsfloskeln. Nick konnte mich mal gepflegt am Allerwertesten lecken und das meinte ich ausnahmsweise nur im übertragenen Sinne. Die Zeit, in der ich bei jeder Nachricht hechelnd zu ihm gerannt war, erklärte ich nunmehr für beendet. Ich steckte das Handy wieder in die Hosentasche und biss ein weiteres Mal in mein Croissant. Noch ein bisschen mehr Zeit. Ich brauchte nur noch ein wenig mehr Zeit, um über ihn hinwegzukommen. Ich würde es schaffen!

22

Bauchschmerzen

Donnerstag, 11. Oktober

Meine Chefin Doris war eine unglaublich angenehme Person. Ich hatte sie mit den Worten begrüßt, dass ich bitte, bitte im Lager arbeiten wollte. Dass ich dort auch notfalls den Dreck mit einer Zahnbürste aus den Fugen kratze, wenn ich bloß heute keinen Menschen zu Gesicht bekommen brauchte. Sie hatte mich, wie sie es so oft tat, einen kurzen Moment lang skeptisch gemustert. Dann hatte sie genickt und mich ins Lager geschickt. Dort sortierte ich nun neu angekommene Ware in deckenhohe Regale. Und das Beste war, ich konnte dabei mit meinen Kopfhörern laute Musik hören und musste keine Angst haben, dass plötzlich ein gewisser Jemand hinter mir stand. Ich spürte richtig, dass langsam die Anspannung von mir fiel, weil ich hier in einem geschützten Raum war und mich ablenken konnte.

Doch leider kamen die Bauchschmerzen wieder zurück, sobald ich den Laden verließ, und mich daran erinnerte, dass er vor wenigen Tagen genau hier gestanden hatte. Die Bauchschmerzen wurden jedoch schier unerträglich, als ich kurz bevor ich ins Bett gehen wollte, eine Nachricht von ihm erhielt. Ich ignorierte auch diese, so gut es eben möglich war und lag trotzdem ewig lange wach im Bett. Unfähig meine Gedanken abzuschalten.

***

Auch am darauffolgenden Tag war erstaunlicherweise wieder eine Nachricht von Nick eingegangen, die ich ignorierte. Auch wenn mich meine Neugierde schier umbrachte. Aber mein Trotz war irgendwie ein klein wenig größer. Karla und Freddy wollten abends mit mir was trinken gehen, aber ich lehnte ab und ging früh ins Bett. Alkohol hätte mich nur sensibel und viel zu gesprächig gemacht. Ich hatte keinen Bock darauf, allen die Ohren vollzuheulen und mich dafür am nächsten Tag in Grund und Boden zu schämen.

23
Finito

Samstag, 13. Oktober
Ich hatte mich heute freiwillig gemeldet, mit meinen Eltern Großeinkauf zu machen. Ja, weil ich ein guter und äußerst wohlerzogener Sohn war. Und weil ich drohte, verrückt zu werden, wenn ich weiterhin an meine Decke starrte. Also diskutierte ich brav mit meiner Mutter über die Vorzüge und Nachteile von Nudeln mit und ohne Ei. Einigte mich mit meinem Papa auf Klopapier ohne Einhörner, dafür aber mit Sternchenmuster und erreichte sogar, dass eine Maxipackung Butterkekse mit Zartbitterüberzug in den Einkaufswagen wanderte. Außerdem öffnete ich sie bereits im Auto und aß die Hälfte auf der Rückfahrt.

Ich würde jetzt also nicht nur einsam, sondern auch noch fett ins Gras beißen. Denn anscheinend war die Zeit der Appetitlosigkeit vorbei und hatte übermenschlichen Schokoladen-Gelüsten Platz gemacht.

Erst abends fiel mir auf, dass ich heute keine Nachricht von Nick bekommen hatte.

Das war's dann also.

Finito.

Die Erkenntnis versetzte mir einen unerwarteten Stich und machte mich unsäglich traurig. Wie lange würde es denn noch dauern, bis er mir nicht mehr wehtun konnte? Selbst wenn er nicht da war, schmerzte seine Abwesenheit.

24

Tränen

Sonntag, 14. Oktober

Ich würde heute das Haus verlassen. Und ich würde es gerne tun. Das hatte mir zumindest Karla angedroht. Ich war mir da nicht so sicher. Ich würde zu ihr gehen. Das war abgemacht und ich hielt mein Wort. Ja. Außerdem hatte sie mich mit heißer Schokolade und selbstgemachtem Käsekuchen geködert. Was ziemlich unfair war, da sie meine Schwäche kannte und schamlos ausnutzte. Käsekuchen war quasi mein Kryptonit.

Wir schauten uns ein paar Folgen *Game of Thrones* an, aßen Kuchen, tranken süßen, heißen Kakao und saßen dabei aneinandergekuschelt auf ihrem Bett.

»Sag mal«, eröffnete sie irgendwann das Gespräch, vor dem ich ein wenig Angst gehabt hatte, von dem ich aber wusste, dass es unausweichlich war. Karla würde nicht einfach schweigend hier sitzen, bis ich wieder ging. Das war nicht ihr Ding. »Wie wirst du das jetzt in Zukunft machen?« Ich sah sie an.

»Auf was genau spielst du an?«

»Wirst du jetzt für immer einen anderen Bus nehmen, deine üblichen Wege meiden, dich bevorzugt in dunklen Kellern aufhalten?«

»Bin noch am Überlegen. Einsiedlerleben oder vielleicht auch eine krasse Verbrecherlaufbahn. Mit Mafia und allem drum und dran. Dann traut sich niemand mehr, es sich mit mir zu verscherzen.« Ich grinste teuflisch und zwinkerte ihr zu.

»Du bist doof!« Sie schlug mir auf den Oberarm und brachte mich mit der Aktion zum Lachen. Sie war im Vergleich zu mir so klein und putzig, dass sie mich gerade an eine wütende Spitzmaus erinnerte.

»Ne, jetzt mal ohne Spaß. Macht euch nicht so nen Kopf. Liebeskummer ist kacke, aber man kommt drüber hinweg, so ist es doch, oder?«

»Ich weiß nicht«, antwortete Karla ehrlich. »Ich hing noch nie so drin, wie du.« Ich zuckte mit den Achseln.

»Ist bestimmt nur eine Phase.« Wir schwiegen und sahen einigen Leuten im Fernseher zu, wie sie sich abschlachteten.

»Und was wenn nicht?« Sie richtete den Blick nicht von der Glotze, schmiegte sich aber noch etwas enger an mich. »Was, wenn es nicht nur eine Phase ist? Was ist, wenn dir das mit ihm irgendwie ...« Ich schüttelte den Kopf und wischte mir fahrig ein paar Tränen aus dem Augenwinkel. Wo kamen die denn auf einmal her?

»Verdammt, hör auf, sonst heul ich und das wäre mir jetzt echt peinlich.« Ich schluchzte einmal extrem unmännlich und griff dann über sie hinweg, um mir noch mehr Kuchen zu nehmen. Wahrscheinlich wäre etwas Alkohol oder eine Kopfnuss besser, um mich wieder auf Kurs zu bekommen. Aber notfalls tat es auch Käsekuchen.

Karla war wie eine Schwester für mich und sie kannte mich verdammt gut. Bei ihr konnte ich ich selbst sein. Deshalb war es okay, dass ich während der nächsten drei Stunden bei ihr immer mal wieder seltsame Aussetzer hatte, bei denen mir einfach so Tränen das Gesicht hinunterliefen. Vor Freddy wäre mir das unangenehmer gewesen. Bei Karla ging das klar. Sie schenkte dem Ganzen nicht besonders viel Aufmerksamkeit. Nur ab und zu schmiegte sie sich noch etwas enger an mich und gab mir somit irgendwie Halt. Ohne viele Worte, einfach nur, weil sie da war. Es war ein schöner Nachmittag und Abend gewesen. Die paar Tränen zwischendurch hätte ich Karla und mir gerne erspart. Aber was soll's. Sie fand mich auch vorher schon nicht besonders cool. Ich grinste, als ich zu Hause in meinem Bett lag und an sie dachte. Dann seufzte ich und kuschelte mich in mein Kissen.

Es würde besser werden. Irgendwann würde alles wieder okay sein. Ich wusste, dass es langsam bergauf ging.

25

Kälte

Montag, 15. Oktober

Heute hatte ich todesmutig wieder den üblichen Schulbus genommen. Okay. Ich hatte ganz einfach verschlafen, weil ich die halbe Nacht mal wieder wach gelegen war und die Decke angeglotzt hatte. Dieses frühe Aufstehen war einfach nichts für mich. Das ging total gegen meine Natur. Ich sollte mich echt mal informieren, welche Berufe man ausüben konnte, bei denen man morgens ausschlafen konnte. Türsteher in nem Club oder DJ wären Optionen. Oder irgendwas, was man von zu Hause aus tun konnte. Vor der Webcam strippen oder so.

Freddy hatte gar nicht mit mir an der Haltestelle gerechnet und sah mich mit großen Augen an, als ich auf ihn zugelaufen kam.

»Du? Hier? Was verschafft mir die Ehre?« Er lachte und nahm die Kopfhörer dabei aus seinen Ohren.

»Hab den Wecker nicht gehört. Mir blieb also nichts anderes übrig.«

»Sieh es als einen Wink des Schicksals.« Er grinste mich aufmunternd an, was mich aber nur ein wenig aufheiterte. Wir stiegen in den Bus ein, setzten uns und eine Haltestelle später gesellte sich noch Karla dazu, die mich mit einem dicken Knutscher auf die Wange begrüßte.

»Wow, wofür war das denn?«

»Einfach weil du da bist!« Sie lächelte mich an und ich konnte nicht anders als zurückzulächeln.

»Hey, ich bin auch da«, beschwerte sich Freddy übertrieben beleidigt.

»Das bist du immer, also nix Besonderes«, antwortete Karla und erntete ein Schnauben von ihm.

Und dann war es so weit.

Die Haltestelle, an der er einsteigen würde.

Und natürlich erblickte ich den dunkelbraunen Haarschopf sofort.

Ich atmete einmal durch und überlegte, wo ich hinschauen sollte. Zu ihm? Absichtlich ganz wo anders hin? Ich hatte das ungute Gefühl, dass ich so oder so nur verlieren konnte. Der Bus hielt und öffnete zischend seine Türen. Ein Schwarm von Schülern stieg ein und mitten unter ihnen war Nick. Er sah zu uns und erblickte mich. Er blieb abrupt stehen, was zur Folge hatte, dass ein kleines Mädchen ihm in den Rücken lief und sich die schmerzende Nase rieb. Doch selbst, als sie hinter ihm anfing zu schimpfen, zeigte er keine Reaktion. In seinem Gesicht war nicht zu lesen, was er dachte, oder was er empfand. Er sah mich einfach nur an, bevor er plötzlich den Blick abwandte und sich mit zwei Kerlen neben ihm unterhielt.

Das war's.

Das war also der Moment, vor dem ich die letzten Tage so gefürchtet hatte.

Ein kurzer Blick, mehr nicht.

Er hatte keine Emotion gezeigt.

Ich hingegen saß hier und war für heute bedient.

Seine Kälte tat so unsagbar weh, dass ich kaum atmen konnte.

26

Unhappy End

Dienstag, 16. Oktober
Heute Abend hatte ich auf Ida aufpassen müssen, während meine Eltern ein Musical besuchten. Wir haben uns zu Hause Pocahontas angeschaut und ich war am Ende des Films zu einem emotionalen Wrack mutiert. Verdammt. Was war nur mit mir los? Erst die Heulerei bei Karla und nun das. Zum Glück hatte mich nur Ida gesehen und die hatte vollstes Verständnis dafür, dass man, wenn John Smith wieder verletzt die Heimreise antrat, ein paar Tränen verdrücken durfte. Aber ich hatte kein Verständnis mehr für mich.

Das sollte endlich ein Ende nehmen, ich hasste mich, wenn ich so war. Ich wollte meine Lebensfreude wiederhaben. Ich wollte endlich wieder der alte Lenard sein.

27

Nie wieder Pizza

Mittwoch, 17. Oktober

Obwohl Mittwoch war, hatte ich mittags keine Lust auf Pizza. Womöglich nie mehr. Ich würde sie wohl mein Leben lang unweigerlich mit Nick in Verbindung bringen. Stattdessen kaufte ich mir eine Brezel beim Bäcker um die Ecke. Ich hasste jeden Bissen davon und drohte fast daran zu ersticken. Nicht nur weil der Fraß viel zu trocken und wahrscheinlich noch vom Vortag war, sondern weil ich einen riesigen Kloß im Hals hatte. Der Kloß und meine Bauchschmerzen beim Gedanken an diesen Typen, machten es mir nicht gerade leicht, Freude am Essen zu empfinden. Ich würgte jedes kleine Stück hinunter und spülte mit Kamillentee aus dem To-go-Becher nach. Ja! So weit war es schon mit mir gekommen. Kamillentee!

28

Langeweile

Donnerstag, 18. Oktober

Der heutige Donnerstag war einer der ereignislosesten aller Zeiten. Schule, Drogerie, zu Hause ein Käsebrot, Bett. Das war wohl ab jetzt mein Leben.

29

Langeweile 2

Freitag, 19. Oktober
Der langweiligste und belangloseste aller Donnerstage wurde nur noch durch den darauffolgenden Freitag getoppt. Mein Leben war zu einer Endlosschleife mutiert. Und der einzige kleine Lichtblick am Horizont? Ich hatte Nick im Schulbus nur einmal ganz kurz von der Seite angeschaut und hatte den Eindruck, dass es langsam besser wurde. Mir war nur noch halb so übel dabei gewesen.

30

Alles nur Stromschläge im Hirn

Samstag, 20. Oktober

Samstag, 21 Uhr. Genau die richtige Uhrzeit um sich langsam mal die karierte Pyjamahose anzuziehen und sich mit Netflix den Abend zu versüßen. Dafür brauchte ich mich auch kein bisschen zu schämen. Das war doch heutzutage nichts Erbärmliches mehr. So verbrachten doch fast alle ihre Wochenenden. Ich schaute zwei Folgen *The Walking Dead* und postete gerade meine Tüte Chips mit unglaublich vielen unnötigen Hashtags auf Instagram, als mir eine Nachricht von Karla in unseren Gruppenchat angezeigt wurde.

Lenard? Bist du on?

Klar war ich on. Ich war verdammt noch mal so gut wie immer online!

Da. Was geht?

Totales Chaos ist hier ausgebrochen! Ich bin gerade mit Pablo im Irish Pub und Nick rastet hier aus.

Bitte?

Jetzt klinkte sich auch Freddy ein. Ich setzte mich aufrecht hin und bugsierte meine Knabbereien auf meinen Nachttisch.

Lenard, bitte komm her! Ich glaub echt, du wirst hier gebraucht!

Warum denn bitteschön ich?

Was sollte meine Anwesenheit dort bringen? Ich starrte weiter tatenlos auf ihre Nachricht und versuchte den tieferen Sinn dahinter zu verstehen. Was verdammt noch mal sollte ich denn tun? Gerade auf meine Anwesenheit würde Nick ja wohl besonders verzichten können. Ich öffnete kurzerhand das Chatfenster von Tom. Die letzte Nachricht, die ich von ihm bekommen hatte, war ein Selfie von ihm und seinem Freund in einem Science-Fiction-Museum. Im Hintergrund waren ein paar Sturmtruppler zu erkennen.

Tom, ein Notfall! Bist du da?

Ja, was ist los?

Zum Glück war Tom so gut wie immer online. Genau wie ich. Ich machte einen Screenshot aus dem Chat mit Karla und Freddy und schickte es ihm.

Was soll ich tun?

Ich wartete auf seine Antwort und kaute dabei nervös an meiner Nagelhaut.

Was geht da denn ab?

Ich weiß es nicht. Karla sagt, ich soll hingehen. Aber ich weiß nicht, ob ich damit nicht einen Fehler mache.

Tom begann zu tippen und ich wartete.

Okay Lenny, unter normalen Umständen würde ich dir davon abraten. Nick tut dir nicht gut. Kein bisschen. Er wusste dich von Anfang an nicht zu schätzen und hat dich ja, wie es scheint, nur verarscht und ausgenutzt.

Ich las die Nachricht und erkannte dann, dass eine weitere eingegangen war.

Andererseits ist Karla deine beste Freundin und weiß, wie sehr du in letzter Zeit gelitten hast. Sie würde dich nicht darum bitten zu kommen, wenn es nicht wirklich dringend wäre. Ich bin zu weit weg, um dir einen verlässlichen Tipp zu geben. Ist es doof zu sagen: Hör auf dein Herz?

Ich lachte kurz auf und fuhr mir mit beiden Händen durch mein Haar. Auf mein Herz sollte ich also hören. Meinte er das schmerzende, ganz wild pochende Teil in meiner Brust? Auf dessen Meinung konnte ich doch schon seit Monaten nichts mehr geben.

Bitte Lenard, er hat dich erwähnt und das war auch wirklich das Einzige, was ich verstanden habe. Der Typ ist vollkommen durch.

Die neue Nachricht von Karla bewirkte, dass mein Herz noch schneller raste und noch mehr schmerzte.

Ich hol dich ab Lenard, okay? Dann fahren wir hin.

Das war nun wiederum Freddy, der seine Dienste als Fahrer anbot. Ich seufzte.

Okay. Aber wir gehen sofort wieder, wenn alles dort in Ordnung ist, okay?

Danke Leute. Ich warte auf euch.

Schnell zog ich mein gemütliches Serienmarathon-Outfit aus und warf mich wieder in meine schwarze Jeans und mein schwarzes Longsleeve. Dann noch einen schwarzen Beany über die zotteligen am Hinterkopf vollkommen plattgedrückten Fusseln und fertig.

Ich schlich mich nach unten und war froh niemandem zu begegnen. Was hätte ich meinen Eltern denn bitteschön sagen sollen, warum ich jetzt noch das Haus verließ? Ich wusste ja selbst nicht warum. An der Garderobe neben der Tür schnappte ich mir meinen Parker und ging dann raus. Freddy war schon da. Schnell sprang ich auf den Beifahrersitz und wir fuhren los.

»Was da wohl los ist?«, fragte Freddy in die Stille hinein. Ich verschränkte die Arme vor der Brust. Mir war kalt und ich hatte ein verdammt ungutes Gefühl bei der Sache.

»Ich hab keine Ahnung. Keinen blassen Schimmer.«

»Hattet ihr noch mal Kontakt?« Ich schüttelte den Kopf und sah seufzend nach rechts aus der Fensterscheibe. Bei dem Gedanken daran was mich gleich erwarten würde, meldeten sich auch direkt meine Bauchschmerzen wieder zurück. Dabei hatten die sich in den letzten Tagen langsam etwas gebessert. Verdammter Nick.

Freddy parkte nur einige Meter vom Irish Pub entfernt. Ich atmete noch mal durch und stieg dann aus. Freddy war sofort neben mir. Ich war wahrlich kein schwacher oder zierlicher Typ. Trotzdem war ich froh, dass Freddy neben mir stand. Alleine durch seine Statur strahlte er Sicherheit aus. Egal, was jetzt geschehen würde, Freddy war da und notfalls würden wir einfach sofort kehrtmachen und wieder zurückfahren. Der Gedanke gab mir Kraft und ließ mich wieder etwas aufrechter gehen und weiter einen Schritt vor den anderen setzen. Auch mein cooler, immer leicht desinteressierter Gesichtsausdruck war nun wieder da. Ich spürte es. Langsam kam er wieder zurück, der alte Lenard. Ich öffnete die Tür und riss die Augen auf.

Was zur Hölle?

Nick stand auf einem Stuhl. Er war sturzbetrunken. Das sah man auf den ersten Blick. Nicht nur aufgrund seines ramponierten Erscheinungsbildes. Sein Shirt war am Kragen gerissen, steckte auf einer Seite in seiner Jeans und hing ihm auf der anderen Seite zerknittert heraus. Seine Haare waren ein einziges Durcheinander und ich hoffte inständig, dass der nasse Fleck in seinem Schritt von der Flasche Bier herrührte, die er in der Hand hielt und nicht etwa …

»Ihr seid verloren!«, rief er und schwenkte sein Bier vor sich. Er zeigte auf ein Pärchen, das etwas eingeschüchtert in einer Ecke des Pubs saß, und sich alle Mühe gab nicht weiter aufzufallen. »Glaubt ihr denn wirklich, dass das echt ist? Liebe ist doch nur Einbildung. Habt Spaß miteinander und das war's. Glaubt mir!« Er schwankte gefährlich und sah in die Runde als wartete er auf Applaus. Tatsächlich saß ein wahrscheinlich genau so betrunkener Typ etwas weiter rechts auf einem Barhocker und rief ihm ein ›Hört, hört‹ zu. Er prostete ihm zu, wodurch sich Nick gleich wieder bestätigt fühlte.

»Verschwendet doch nicht eure Zeit, nur weil euch eure Symptamsen …« Er schluckte und sammelte sich neu. »Weil euch eure Synapsen …« Er tippte sich an die Schläfe. »Einen Streich spielen. Denn mehr ist es nicht. Stromschläge irgendwo da drin!« Er hielt sich den Schädel und drohte plötzlich vom Stuhl zu rutschen. Nun fiel mir auch Karla auf, die mit Pablo sofort zur Stelle war und Nick stützte. Er kletterte mit ihrer Hilfe vom Stuhl und nahm das nächste Bier dankend entgegen, das ihm irgendjemand reichte.

»Denkst du nicht, dass du genug hast?«, hörte ich Pablo zu Nick sagen.

»Vergiss es. Ich hab genug, wenn ich genug habe!« Er trank und in dem Moment bemerkte Karla mich. Ich stand immer noch erstarrt im Eingangsbereich und sah dem Schauspiel verwirrt zu.

»Lenard, endlich. Da bist du ja«, rief mir Karla zu und sah mich hoffnungsvoll an. Nicks Kopf ruckte zur Seite und er sah zu mir. Sein Blick war unergründlich und spiegelte unzählige Emotionen wider. All das, was ich im Schulbus vermisst hatte. Doch urplötzlich war da nur noch eine Emotion, und zwar Wut. Nick sah unglaublich wütend aus. Mit zornigen Schritten stampfte er auf mich zu. Ich ging einen Schritt rückwärts, weil ich echt nicht wusste, was er vorhatte, und knallte gegen die Tür, die sich noch immer in meinem Rücken befand. Doch hatte es Nick gar nicht auf mich abgesehen. Ehe ich mich versah, stand er plötzlich vor uns und rammte Freddy seine Faust ins Gesicht. Ich riss die Augen entsetzt auf und stützte Freddy, der neben mir zu Boden ging. Freddy, der eigentlich als mein Beistand hier war. Na toll. Der zweite Hieb, den Nick verteilen wollte, ging ins Leere. Er schwankte und knallte mit der Faust gegen die Wand.

»Verfickte Scheiße!« Er wedelte mit der Hand hin und her und versuchte wohl den Schmerz damit zu vertreiben. Als Freddy sich nun endlich wieder erhob und seine Nase hielt, holte Nick noch mal aus, aber Freddy war im Gegensatz zu ihm nüchtern und trotz Nasenbluten in deutlich besserer Verfassung. Er parierte und gab ihm eine Kopfnuss.

Ich stand wie ein Depp neben den beiden und wusste nichts mit mir anzufangen. Zum Glück reagierten nun auch ein paar andere Leute hier im Pub und schnappten sich Nick. Der brüllte Unverständliches und strampelte wild um sich herum, als er nun Schluss endlich einfach vor die Tür gesetzt wurde.

»Du hast Hausverbot. Lass dich hier nicht mehr blicken«, hörte ich noch einen hinausrufen, der wohl hier irgendwas zu sagen hatte. Ich sah nach rechts und bemerkte, dass Karla genauso schockiert aussah, wie ich mich fühlte. Sie reichte Freddy ein Taschentuch, das er dankend annahm und sich damit die Nase betupfte.

Was zur Hölle war das denn gewesen?

War er nun vollkommen übergeschnappt?

Hatte Nick den Verstand verloren?

»Bist du okay?«, fragte ich Freddy und er nickte, während er das Taschentuch begutachtete. »Ich verstehe gerade nur Bahnhof.« Hilflos sah ich zu Karla, Pablo und dann wieder zu Freddy. Aber keiner von ihnen schien mir auf die Sprünge helfen zu wollen. Dann kamen die Typen, die Nick gerade rausgeschmissen hatten, wieder in die Bar und klopften sich den Staub von den Händen.

»Die können den doch nicht so besoffen alleine lassen«, sagte ich zu niemand bestimmten. Aber vor meinem inneren Auge sah ich Nick schon schwankend auf eine vielbefahrene Straße kippen. Ich seufzte und ging hinaus, um nach ihm zu sehen. Ich war ein Idiot. Aber leider war mir Nick nicht so egal, als dass ich ihm seinem Schicksal einfach so überlassen konnte.

Ich trat nach draußen und registrierte, dass es zu allem Überfluss auch noch angefangen hatte zu nieseln. Scheiße. Er hatte doch nicht mal eine Jacke an. Ich sah mich nach allen Seiten um und stellte erleichtert fest, dass Nick einige Meter weiter auf dem Gehweg saß. Sein Rücken lehnte an der Hauswand. Er war nach vorne gebeugt und versteckte sein Gesicht zwischen seinen Beinen. Als ich zu ihm lief, bemerkte ich, dass er schwer atmete. Er war jetzt schon vollkommen durchnässt.

»Du holst dir hier noch den Tod. Soll ich dir ein Taxi rufen?« Er schreckte auf und sah mich von unten an. Ich bemühte mich, wieder eine Maske der Gleichgültigkeit zu tragen. Es gelang mir nicht wirklich. Ich spürte, dass sie an den Rändern bröckelte.

»Was machst du hier?«, rief Nick wenig angriffslustig. Sein Zorn schien verraucht. Geblieben war ein nasses Häufchen Elend, das hier im Dreck saß.

»Komm schon.« Ich reichte ihm meine Hand und er sah für eine unglaublich lange Zeit einfach nur zu mir auf, ohne nach meiner Hand zu greifen. Ich kam mir schon wie der absolute Depp vor, der ich ja auch augenscheinlich war, als er endlich mein Angebot annahm und sich von mir aufhelfen ließ. Wieder schwankte er und fiel gegen mich. Mehr aus einem schieren Automatismus hielt ich ihn fest. Ich hatte keine Hintergedanken dabei. Wirklich nicht. Ich wollte nur verhindern, dass er stürzte und sich vielleicht wehtat. Doch nun lag er in meiner Umarmung und zitterte am ganzen Leib. Ich strich ihm zaghaft über den Rücken.

»Ist deine Jacke noch drin?«, fragte ich ihn leise und bekam ein Schluchzen als Antwort. Was zur Hölle? »Nick?«, fragte ich und bemerkte nun, dass er weinte. Ich war komplett überfordert von der Situation. Für sowas war ich nun wirklich nicht geschaffen. Also stand ich einfach weiter reglos da, hielt ihn fest an mich gedrückt und wartete. Als er sich langsam erholte und seine Atmung auch wieder etwas ruhiger ging, schob ich ihn einige Zentimeter von mir weg und sah ihm ins Gesicht.

»Hey, was ist denn los?« Er rollte mit den Augen und schüttelte dann den Kopf.

»Was los ist?« Er schnaubte und fuhr sich mit der Hand durch sein mittlerweile ziemlich nasses Haar. »Er fragt tatsächlich, was los ist …«, kommentierte er sarkastisch in die Nacht hinein.

»Ja! Okay, du bist immer ganz vorne mit dabei wenn gesoffen wird. Und ich hab dich selten bei nem Drink mal Neinsagen hören. Das ist deine Sache. Aber was genau kann bitteschön Freddy dazu? Du kannst dir ja den Kopf zuballern, aber lass doch bitte Freddy aus dem Spiel.« Nick stand vor mir und sah mich einfach nur an. Wir waren nahezu gleich groß. Wenn überhaupt, war meine Nasenspitze vielleicht einen kleinen Zentimeter unter seiner. Nicht viel mehr. Kurz huschte der Gedanke durch meinen Kopf, wie angenehm es wäre mit jemandem zusammen zu sein, der genau so groß war wie man selbst. Wie viel einfacher das Küssen war, wenn sich niemand bücken oder besonders strecken musste. Nick schien ähnliche Gedanken zu haben, denn sein Blick huschte für den Bruchteil einer Sekunde zu meinen Lippen, bevor er mir wieder tief in die Augen sah. Und plötzlich, ohne Vorankündigung, küsste er mich. Ich war so perplex, dass ich beinahe rückwärts auf die Straße gestolpert wäre. Aber er hatte seine Hand geistesgegenwärtig in meinen Nacken gelegt und somit verhindert, dass ich fiel oder floh. Meine Augen waren noch immer weit aufgerissen. Aus Schock oder vielleicht auch einfach, weil ich mich aus erster Hand versichern musste, dass das gerade wirklich geschah. Es war zu unwirklich. Zu surreal. Im Gegensatz zu mir hatte Nick die Augen geschlossen. Ein perfekter Bogen dunkler, langer Wimpern. Erst als ich seine Zunge spürte, die den Kuss vertiefen wollte, schloss ich genießerisch meine Augen. O mein Gott! Dieser Kuss war alles! So perfekt. Zart und wild zugleich. Ich konnte locker darüber hinwegsehen, dass Nick nach allen Sorten Alkohol schmeckte. Denn obwohl er betrunken war, küsste er unvergleichlich wunderbar. Als er den Kuss beendete, verkniff ich mir ein enttäuschtes Aufstöhnen. Ich wollte nicht, dass es aufhörte. Ich wurde aber direkt dadurch entschädigt, dass er sein Gesicht in meiner Halsbeuge regelrecht vergrub und mir einen zärtlichen Kuss auf den Kiefer hauchte.

»Ich hab dich so vermisst.« Er zog geräuschvoll die Nase hoch. »Ich weiß nicht, was ich sagen soll.« Es wurde ruhig zwischen uns, aber Nick blieb bei mir. Eng an mich geschmiegt.

»Einfach alles. Sag mir, was geht in deinem Kopf vor? Ich verstehe es einfach nicht«, gab ich zu. Nick atmete zitternd ein und aus. Er schien sich zu sammeln und die richtigen Worte zu suchen.

»Ich hasse mich dafür. Ich hasse mich dafür, dass ich nicht zu dir stehen kann. Und zu mir selbst. Zu dem, was ich bin. Ich will es. Ich will es wirklich. Aber es ist so schwer. So verdammt schwer.«

»Ich weiß, dass es nicht einfach ist. Ich sitze im gleichen Boot. Schon vergessen?« Er sah zu mir auf und zum ersten Mal konnte ich ein kleines Lächeln erkennen.

»Nein, das habe ich nicht. Aber du bist so verdammt selbstbewusst und es ist dir vollkommen egal, was andere denken. Du bist einfach so ... du.« Ich lachte auf und grinste ihn an.

»Ich hoffe, das ist gut?«

»Es ist gut, und verwirrend und manchmal nervig ohne Ende«, gab Nick zu und lachte nun auch. Da war er wieder. Dieser besondere Moment zwischen uns, wenn wir uns einfach nur tief in die Augen sahen und alles um uns herum ausblendeten.

»Okay Leute, ihr seid jetzt beide klatschnass und werdet mit Sicherheit krank. Sollen wir jetzt gehen?« Freddy stand mit einigen anderen am Straßenrand und auch Karla und Pablo waren dabei. Alle lächelten.

»Alles okay?«, fragte ein Typ, dessen Namen ich nicht wusste, der aber, wenn mich nicht alles täuscht, auch zu den Fußballern aus Nicks Team gehörte. Nick legte daraufhin überschwänglich den Arm um mich und drehte mich in Richtung der mittlerweile ansehnlichen Zuschauer.

»Alles ist super Leute, ich liebe diesen Kerl«. Alle sahen sich etwas irritiert an, zuckten dann aber mit den Schultern und verzogen sich entweder wieder ins Pub oder verstreuten sich in alle Richtungen. Was hatte ich gerade vernommen? Ich sah zu Karla und Freddy und strahlte die beiden an. Ich konnte es noch nicht so wirklich glauben, um ehrlich zu sein, aber sein ›Ich liebe diesen Kerl‹ ließ mich gerade euphorisch grinsen.

»Du willst das also ernsthaft mit mir probieren?«, hakte ich noch mal nach, da ich mir nicht sicher war, ob das alles nur ein Hirngespinst war. Oder, wie es Nick vorhin so treffend formuliert hatte:

eine Illusion, ein paar fehlgeleitete Stromstöße im Hirn. Er nickte daraufhin und nahm meine Hand.

»Aber ich habe wirklich Schiss davor. Ich hab keine Ahnung, was auf uns zukommen wird, aber ich befürchte, es wird nicht leicht werden«, gab Nick zu und sah mir unsicher in die Augen.

»Was ist schon leicht?« Ich zuckte mit den Achseln und lächelte ihn zaghaft an. »Wir packen das. Du musst nur daran glauben. Ich denke, dass es sich lohnt.« Nicks Augen wurden groß. »Du musst mir nur einen kleinen Gefallen tun.« Er nickte und wartete darauf, dass ich fortfuhr. »All das, was du mir eben gesagt hast, bitte wiederhole es morgen noch mal, wenn du nüchtern bist.« Er zog die Augenbrauen eng zusammen. »Ich möchte nur sichergehen, dass du auch morgen noch genau so denkst. Wie wäre es, wenn du morgen vor meiner Tür stehst und mir eine mega Liebeserklärung machst? Vielleicht sogar mit auf die Knie fallen und so. Blumen kannst du dir sparen. Steh ich nicht drauf. Dafür könntest du aber etwas vom Chinesen mitbringen.« Nick lachte auf und gab mir einen schnellen Kuss auf die Lippen.

»Was auch immer du willst.«

31

Machen wir es offiziell

Donnerstag, 15. November

»Du siehst aus wie Flynn Rider aus Rapunzel«, nuschelte Ida in Nicks Richtung, während sie die Sahne von ihrem Kuchen kratzte.

»Ist das gut?«, hakte meine Mum nach und sah fragend zwischen Ida, mir und Nick hin und her. Ich machte ein nachdenkliches Gesicht.

»Meines Erachtens ist er der hübscheste Disney-Prinz, nicht so ein Lackaffe wie die anderen.«

»Dann ist es ja gut. Möchtest du noch ein Stück Kuchen?«, fragte Mum an Nick gewandt, der schon jetzt aussah als würde er demnächst platzen. Er hatte auch schon relativ lange nichts mehr gesagt.

»Nein, danke.« Nick war gerade gezwungen worden ganze drei Stück Apfelkuchen zu futtern, und meine Mum hatte jedes einzelne Stück auch noch mit ausreichend Sahne serviert. Nick war wirklich sehr höflich, denn unter normalen Umständen, war er ja nicht so der Esser. Bestimmt rechnete er jetzt schon nach, wie viele Stunden er dafür aufs Laufband musste.

»Wusstest du eigentlich, dass man beim Sex mehr Kalorien verbrennt als beim Joggen?«, flüsterte ich ihm hinter vorgehaltener Hand zu.

»Das hast du doch gerade erfunden«, konterte er und sah mich misstrauisch an.

»Vielleicht, vielleicht auch nicht«, antworte ich mit geheimnisvollem Unterton und zuckte mit den Achseln.

»Nick, wie lange bis du jetzt schon mit meinem Bruder zusammen?«, fragte Ida nach und pickte dabei etwas angeekelt in den Apfelstückchen auf ihrem Teller herum.

»Fast einen Monat«, antwortete Nick und lächelte sie an. Ich glaube, er war froh, dass meine Schwester mit am Tisch saß. Dieses Vorstellungs-Ding war dadurch nicht so gezwungen und Ida lockerte die Runde etwas auf.

»Sooo lange!« Ida schien beeindruckt, was zeigte, dass sie keinen Plan hatte, wie lange genau ein Monat war.

»Papa und Mama sind fast 20 Jahre zusammen, Ida. Das ist lang. Das müssen die beiden erst mal erreichen«, kommentierte Mum.

»Ja aber Mama, ihr seid ja auch alt.« Ich lachte laut los und Nick verschluckte sich an seinem Kaffee, hielt sich aber ansonsten zurück. Was für ein anständiger junger Mann.

»Und ihr geht jetzt gleich noch mal weg«, fragte meine Mum nach und lenkte so vom Thema ab.

»Jap, haben noch was Wichtiges vor.« Nick neben mir atmete einmal durch und war sofort angespannt. Ich sah ihn besorgt an.

»Ich hab dir gesagt, dass es nicht nötig ist. Wir können auch noch warten.«

»Worauf denn? Dass meine Eltern plötzlich offen und tolerant werden? Da können wir lange warten.«

Es wurde ruhig am Tisch. Nick hatte es sich in den Kopf gesetzt, mit offenen Karten zu spielen und mich heute seinen Eltern vorzustellen. Sein Dad war oft geschäftlich unterwegs, hatte aber diese Woche Urlaub. Daher dachte er, dass das ein guter Zeitpunkt wäre. Wenn ich ihn mir aber nun so ansah, war er wohl nicht mehr davon überzeugt. Er war sehr blass und hatte einige Sorgenfalten auf der Stirn, die ich so nicht an ihm kannte.

»Was ist tolerant, Mama?«, fragte Ida und nahm sich noch einen

Löffel Sahne. Vom Kuchen hatte sie, glaube ich, noch keinen Bissen gegessen, ihn dafür aber bis auf seine Moleküle zerlegt. Auf und neben ihrem Teller türmten sich die Krümel.

»Mmmh.« Mum überlegte, wie sie das Wort der kleinen Ida am besten erklären konnte. »Weißt du, alle Menschen sind anders. Manche haben dunkle Haare wie dein Bruder, manche hellere, so wie du. Und dann gibt es noch Menschen, die haben eine dunklere Hautfarbe …«

»So wie Jason?«, fragte Ida nach.

»Genau, so wie Jason aus deiner Klasse. Und dann gibt es noch Jungs, so wie deinen Bruder. Er möchte lieber einmal einen Mann heiraten und keine Frau. Verstehst du? Jeder ist anders. Und wenn du das toll findest, und es dir egal ist, wie Jason aussieht oder wen dein Bruder einmal heiraten wird, dann bist du tolerant.« Ich nickte meiner Mum anerkennend zu. Gar nicht mal so übel erklärt. Ida grübelte über Mums Worte nach und rührte dabei in dem Krümel-Sahne-Cocktail auf ihrem Teller herum.

»Werden Lenard und Nick jetzt heiraten?«

Wieder wurde es still am Tisch. Meine Mum sah uns entschuldigend an und Nick war eh schon von der Gesamtsituation überfordert.

»Weißt du Ida, dafür muss Nick mir erst mal einen Heiratsantrag machen und mir einen Ring schenken.« Sie nickte und verstand. War ja auch ganz logisch. Mein Blick nach links verriet mir, dass Nick sich eindeutig amüsierte. Meine Antwort war wohl für ihn okay. Und vielleicht ja auch ein kleiner Wink mit dem Zaunpfahl, den er sich mal für die Zukunft merken durfte.

»Sollen wir dann mal so langsam los?«, fragte ich und griff bereits nach meinem Geldbeutel und meinem Handy.

»Bringen wir es einfach hinter uns!«

Wir erhoben uns und Nick strich meiner Schwester zum Abschied über ihr Haar und gab meiner Mum die Hand. Ich wurde von Mum in eine feste Umarmung gezogen.

»Wenn es schlimm wird, dann schnapp ihn dir und bring ihn wieder hier her. Er kann gerne im Notfall für ein paar Tage hierbleiben«, flüsterte mir meine Mum zu, so dass nur ich es hören konnte. Ich hatte verdammt viel Glück mit dieser Familie. Aber das wusste ich schon immer. Mir gingen sie zwar manchmal auch gehörig auf den Keks, aber ich bezweifelte, dass ich es besser hätte treffen können.

»Mach ich.« Ich nickte ihr zu und gab ihr noch ein Bussi auf die Wange.

Dann verließen Nick und ich das Haus und liefen Richtung Bushaltestelle.

»Hast du Schiss?«, fragte ich und wusste die Antwort eigentlich schon.

»Jap. Sehr!« Aber er griff trotzdem nach meiner Hand und lief händchenhaltend mit mir weiter. Nick konnte mutig sein, wenn er wollte. Das liebte ich an ihm.

Wir fuhren drei Haltestellen, stiegen dann aus und liefen zwei Straßen weiter, bis wir vor dem großen Haus mit den Säulen standen.

»Ich bin ja immer noch beeindruckt, wenn ich das so sehe. Das Haus, den Garten, alleine schon das hier.« Ich klopfte gegen sie Steinsäulen, die die Eingangstür umrahmten. »Das ist schon fast ein wenig zu protzig!«

»Ist es!« Nick kramte seinen Schlüssel aus der Hosentasche und schloss ohne einen weiteren Kommentar auf.

»Warte mal, soll ich irgendwas beachten?« Nun wurde ich auch so langsam nervös.

»Ich glaube, es ist egal, was du tust. Du bist ein Kerl und mit mir zusammen. Du bist quasi schon unten durch.« Genial. Das munterte mich so gar nicht auf. Und Nicks düsterer Gesichtsausdruck machte mir etwas Angst. Wir betraten den riesigen Hausflur und ich sah mich unsicher um. Ich wusste nicht, was ich befürchtet hatte. Eventuell Nicks Eltern, die mit gezogener Waffe auf uns warten. Von wem kam eigentlich diese Schnapsidee? Warum musste man den Partner überhaupt den Eltern vorstellen, das war sowas von altmodisch.

»Mum, Dad, ich bin da«, rief Nick in das große Haus hinein.

»Wir sind im Esszimmer«, schallte es von irgendwo her. Eindeutig eine Frauenstimme. Seine Mum?

»Bereit?«, fragte Nick und sah mich besorgt an.

»Nein. Kein bisschen. Aber ich glaube, daran wird sich nichts so schnell ändern. Also ziehen wir es einfach durch.«

Wir liefen einen Flur entlang und an zwei Zimmern vorbei. Das eine schien das Wohnzimmer zu sein und das andere die Küche. Aber meine Aufmerksamkeit galt Nicks Rücken, auf den ich starrte und meiner Atmung, die ich versuchte zu kontrollieren. O mein Gott. Ich war wirklich sehr aufgeregt.

Plötzlich bog Nick rechts ab und wir befanden uns allem Anschein nach in besagtem Esszimmer. Zumindest stand in der Mitte des Raumes ein langer Tisch aus dunkelbraunem Holz. Bestimmt irgendein besonders teures Holz. Die linke Wand bestand nur aus einem riesigen Bücherregal. Auch dieses Regal war aus dem gleichen dunklen Holz und die Bücher darin, sahen aus wie Lehrbücher oder Enzyklopädien. Da würde ich mit Sicherheit keinen *Harry Potter* drin finden, dessen war ich mir sicher. Passend zum Inhalt des Regals waren auch die beiden Herrschaften, die am Tisch saßen und gerade einen Kaffee zu sich nahmen. Sie saßen sich gegenüber und zwischen ihnen stand ein Teller mit drei Keksen. Wirklich! Es waren drei Kekse. Wenn ich daran dachte, wie viel Kuchen vorhin alleine auf Nicks Teller war, empfand ich das gerade als ziemlich lächerlich. Passte aber zum Gesamtbild und erklärte auch ein wenig, warum Nick nichts vom Schlemmen hielt. Er hatte es schlichtweg nie beigebracht bekommen.

Nicks Eltern sahen uns an. Neugierig und freundlich. Seine Mutter hatte sich ihre blonden Locken hochgesteckt und lächelte uns herzlich an. Sie trug eine weiße Bluse und einen grauen Rock. Sein Vater sah nicht ganz so freundlich aus. Aber das lag glaube ich nicht an uns. Das dürfte wahrscheinlich einfach sein normaler Gesichtsausdruck sein. Er sah etwas älter aus als seine Frau. Aber er hatte sich definitiv gut gehalten. Er hatte volles Haar, das gräulich schimmerte. Mit dem Poloshirt und der Stoffhose konnte ich ihn mir so richtig auf einem Golfplatz vorstellen, und zwar spielte er damit Sicherheit nicht Minigolf.

»Wen hast du uns denn da mitgebracht?« Seine Mum lächelte in meine Richtung und ich gab mir daraufhin einen Ruck.

»Guten Tag.« Ich ging einen Schritt auf sie zu und reichte ihr meine Hand. »Ich bin Lenard, schön Sie kennenzulernen, Frau Bosch.« Sie nickte mir anerkennend zu und ohne gefragt worden zu sein, reichte ich auch seinem Vater zur Begrüßung die Hand. Er erhob sich dafür und drückte beim Händeschütteln so fest zu, dass ich mir schwor, in Zukunft lieber aus der Ferne zu winken.

»Wollt ihr auch einen Kaffee?« Seine Mum schien nett zu sein. Oder zumindest eine gute Gastgeberin.

»Nein, Mum, muss nicht sein. Wir hatten gerade, also eigentlich, also wir sind hier, weil ...« Nick sammelte sich und schnaufte einmal durch. »Ich wollte euch etwas sagen.« Seine Eltern blieben ganz ruhig sitzen, waren aber eindeutig alarmiert. Wenn ein Satz schon so anfing, konnte ja nichts Gutes dabei rauskommen. Das war wie der glorreiche Satz ›Wir müssen reden‹.

»Was ist denn? Ist etwas in der Schule passiert?«

»Hast du Ärger, Sohn? Müssen wir uns Sorgen machen?« Sein Vater sah wohl in seinem Kopf schon die Polizei demnächst vor der Tür stehen, weil wir gemeinsam eine Tankstelle überfallen hatten, oder so.

»Nein, nein, es ist eigentlich alles okay. Es hat sich nur etwas Neues ergeben.« Plötzlich war es so still in diesem Raum, dass ich es kaum ertragen konnte. Das Rauschen in meinen Ohren war so laut, dass ich der festen Überzeugung war, dass es auch alle anderen hören mussten.

»Bitte seid nicht wütend und hört mir einfach nur zu, okay?« Erst gab es keine Reaktion, dann nickte seine Mutter zaghaft und krallte sich dabei an der Tischkante fest. »Okay, Mum, Dad, Lenard und ich, wir sind ein Paar. Und ja, ich habe mir das gut überlegt. Und nein, das ist jetzt nicht nur eine Phase. Ich erwarte jetzt nicht, dass ihr uns euren Segen gebt und ihn in die Arme schließt. Ich möchte einfach nur darum bitten, dass ihr der Sache, so gut es geht, offen gegenübersteht.« Er atmete tief ein und bebend wieder aus. »Ja, fertig, das war's auch schon.« Dann griff er nach meiner Hand. Ich stand immer noch schweigend neben ihm und wartete darauf, dass etwas geschah. Doch es blieb weitere sehr lange Sekunden ruhig. Der Erste, der reagierte, war sein Vater, der die Faust auf den Tisch knallen ließ und mit einem gebrummten ›Verdammt‹ das Zimmer verließ. Seine Mutter blieb sitzen. Sie knetete eine Serviette auf ihrem Schoß und schien tief in Gedanken versunken zu sein. Dann stand sie auch auf und folgte ihrem Mann. Beide hatten ihren Sohn weder angesprochen oder auch nur einmal angesehen. Nun standen wir hier alleine. Keiner von uns regte sich.

»Nick?« Ich sah ihn von der Seite an. »Ist alles okay?« Er nickte.

»So in etwa hatte ich es mir vorgestellt.«

»Willst du wieder mit zu mir kommen? Du kannst auch über Nacht bleiben, Mum hat es uns angeboten.« Er schüttelte den Kopf.

»Ich weiß nicht, ob das eine gute Idee wäre. Wobei ich ehrlich sein muss, dass ich keine Ahnung hab, was jetzt das Beste wäre.« Er seufzte. »Aber jetzt mit zu dir zu gehen und die Nacht bei dir zu verbringen, wäre wohl der Tropfen, der das Fass zum Überlaufen bringen würde.«

»Okay, dann gehe ich jetzt am besten und du meldest dich, wenn etwas ist? Okay?« Wir liefen gemeinsam wieder zurück zur Eingangstür. Auf dem Weg dorthin hörten und sahen wir niemanden. Wo seine Eltern jetzt wohl waren?

»Klar. Und wir sehen uns morgen im Schulbus. Du hältst mir einen Platz frei?«

»Klar. Mach ich doch immer!« Zumindest seit wir offiziell zusammen waren. Wir konnten ja schlecht zu viert auf den kleinen Zweierbänken sitzen. Und Nick hatte sich partout geweigert, auf meinem Schoß Platz zu nehmen, obwohl ich es ihm mehrfach angeboten hatte. Ich öffnete die Eingangstür und beugte mich reflexartig zu ihm, nur um dann zu stoppen.

»Vielleicht lieber keinen Kuss?«, flüsterte ich. »Ich möchte deine Eltern nicht provozieren.«

»Quatsch.« Er überbrückte die Distanz zwischen uns und küsste mich kurz auf den Mund. Dann strich er mir einmal liebevoll durchs Haar. »Das wird schon werden. Ich bin froh, dass es raus ist. Ich hasse es, zu lügen.« Ich lächelte ihn an.

»Und ich bin froh, dass du es gesagt hast. Ich wäre dir nicht böse gewesen, wenn du noch hättest warten wollen, aber dass du es getan hast, bedeutet mir viel.« Denn es bedeutete, dass ich ihm wichtig war. Dass unsere Beziehung nicht nur ein kleiner Wochenendflirt war, sondern etwas von Dauer und Bedeutung. Wir sahen uns lange an. Wie immer war es wie Magie, wenn sich unsere Blicke trafen und ich fühlte mich in seiner Nähe einfach wohl und spürte, dass ich angekommen war.

»Ich schreib dir später noch mal«, sagte ich und wollte mich gerade abwenden, als ich Nicks Mutter wahrnahm.

»Warte.« Ihre Stimme war leise und unsicher. Ich hielt in meiner Bewegung inne und wandte mich zu ihr um.

»Es ist nicht leicht, das zu verstehen«, sagte sie zu ihrem Sohn und sah dann wieder zu mir. »Du hattest doch so viele hübsche Freundinnen und nun ...«

»Einen hübschen Freund«, komplettierte er ihren Satz. Ich konnte nicht anders als ihn anlächeln. Seine Mutter hatte bestimmt etwas anderes auf der Zunge gelegen.

»Ja.« Sie musterte mich und sah dann wieder zu ihrem Sohn. »Dein Vater ... er wird Zeit brauchen.«

»Und du?«, fragte er. Sie überlegte und sah wieder kurz zu mir.

»Ich vermutlich auch. Kommst du mit ins Esszimmer, ich mach uns noch einen Kaffee und dann, dann sollten wir reden.« Sie strich ihm einmal über den Oberarm und verschwand dann wieder in den Tiefen dieses riesigen Hauses.

»Okay, Mum«, rief Nick ihr hinterher und lächelte dann in meine Richtung. »Das hatte ich nicht erwartet.«

»Unterschätze mal deine Mama nicht. Du musst sie auf deine Seite bringen, damit sie bei deinem Vater ein gutes Wort für uns einlegen kann.«

»Ich bin schon froh, wenn er dir keine reinhaut. Ansonsten erwarte ich nicht viel.«

»Lass deine Mum nicht warten.« Ich nickte in Richtung Esszimmer und beugte mich noch mal nach vorne, um ihn zum Abschied zu küssen. »Ich liebe dich. Schreib mir später, wie das Gespräch so gelaufen ist.«

»Mach ich.«

Ich wandte mich um und ging die Straße entlang.

»Ach Lenard?«, rief mir Nick hinterher.

»Ja?« Ich drehte mich noch mal um und sah zurück.

»Ich dich auch.«

Da stand er nun. Mein Traummann. Beide Hände lässig in den Taschen seiner Jeans. Ein großes, sexy Lächeln auf den Lippen. Ich grinste über das gesamte Gesicht und lief ein paar Schritte rückwärts, um ihn länger betrachten zu können.

Dann winkte ich ein letztes Mal, drehte mich um, und rannte los. Warum ich rannte? Einfach weil meine Energie irgendwohin musste. Plötzlich war ich voll davon. Ich war so unglaublich glücklich und grinste, wie nach einem Lottogewinn. Ich lief und lief und lief, ohne auch nur einmal zu stoppen.

Im Takt meiner Schritte ertönte in meinem Kopf immer wieder der gleiche Satz.

»Er liebt mich! Er liebt mich! Er liebt mich!«

Es war so weit. Gleich würde ich vor Glück platzen!

32

Von Träumen und der Realität

Freitag, 16. November

Langsam wanderte Nicks Hand unter mein T-Shirt und verschaffte mir eine Gänsehaut am ganzen Körper. Ich hielt meine Augen weiter geschlossen und genoss das Gefühl kühler Finger auf meiner erhitzten Haut. Es dauerte nicht lange, bis er mir mein Shirt ungeduldig über den Kopf zog und kurz darauf spürte ich auch schon seine Lippen, die sich neckend über meinen Brustkorb bewegten. Mein Körper erzitterte und meine Atmung ging schnell, und als er mit den Zähnen über einen meine Nippel glitt, entfuhr mir ein heiseres Stöhnen.

»Was willst du? Was soll ich tun?«, hörte ich seine raue, dunkle Stimme, in der sich auch deutlich Erregung widerspiegelte. Ich seufzte und rekelte mich verführerisch in den Laken.

»Du könntest dich ja darum kümmern«, sagte ich und fuhr mir mit dem Zeigefinger über den Schritt. Ich trug nur noch eine enge, schwarze Shorts, die definitiv nicht verbergen konnte, dass ich bretthart war. Nick grinste mich an und wanderte dann mit seinen Lippen weiter gen Süden. Als er beim Bund meiner Shorts ankam und wie aus Versehen über den Stoff fuhr und somit indirekt über meine Härte, konnte ich ein Aufstöhnen nicht mehr zurückhalten.

»Was wünschst du dir?«, fragte Nick und sah mich dabei neugierig aber auch aufreizend von unten an. »Willst du es mit der Hand?« Demonstrierend hob er seine Rechte. »Oder mit dem Mund?« Dabei fuhr er sich einmal mit der Zunge über die Oberlippe. Alleine bei diesem Anblick wäre ich fast in meine Shorts gekommen. O Mann, das wäre peinlich gewesen.

»Wenn du mich so fragst …« ich grinste nach unten, fuhr ihm mit dem Daumen über seine geschwungenen Lippen und erschrak schier zu Tode als plötzlich von irgendwoher laute Musik ertönte.

»I kissed a girl and I liked it …« Blitzschnell richtete ich mich auf und rammte meine Faust auf meinen Radiowecker, so dass einige Plastikteile wild umherflogen.

»Das ist doch wohl ein schlechter Scherz, oder?« Ich sah an mir herunter und machte meiner Enttäuschung brummend Luft. Kein Nick, dafür hatte ich aber ein monströses Zelt mit meiner Pyjamahose gebaut. »Na toll! Echt!« Ich ließ mich wieder zurück in die Kissen fallen und konzentrierte mich auf Hundebabys, schmutzige Unterhosen, Babykotze, Rosenkohl … es half nichts. Also erhob ich mich schwerfällig und schlurfte ins Bad. Wenn man den Tag mit einer kalten Dusche beginnen musste, war schlechte Laune vorprogrammiert. Aber so konnte ich ja schlecht das Haus verlassen, ohne wegen Erregung öffentlichen Ärgernisses ins Gefängnis zu wandern.

***

Und tatsächlich. Ich fühlte mich nach einer langen Dusche gleich wie neu geboren. Was Nick wohl später dazu sagen würde, wenn ich ihm von meinem versauten Traum erzählen würde. Ich grinste bei dem Gedanken daran. Nick konnte sehr leidenschaftlich sein und wir hatten wirklich viel Spaß gemeinsam. Aber wenn ich mit ihm außerhalb des Betts über Sex sprach, war er schnell verlegen und bekam dann ganz rote Ohren. Ich liebte es, ihn so zu sehen, und ärgerte ihn deshalb regelmäßig damit.

***

»Guten Morgen miteinander.« Ich betrat die Küche und erblickte drei Augenpaare, die mich skeptisch anstarrten. »Was ist?«

»Du sprichst am Morgen?« Ich sah etwas verwirrt in die Runde.

»Habt ihr damit ein Problem?«

»Du redest morgens nie«, wiederholte nun auch Ida mit Marmelade verschmiertem Mund. Also ich hoffte einfach mal, dass es Erdbeermarmelade war, und sie nicht unter die Vampire gegangen war.

»Das ist doch gar nicht wahr«, versuchte ich mich zu rechtfertigen.

»Naja, sie hat schon Recht. Du beschränkst dich meistens auf das Nötigste: ja, nein, Kaffee. Also woher kommt die gute Laune und diese Redseligkeit?« Ich zuckte mit den Schultern.

»Keine Ahnung. War duschen und bin wach.«

»Das freut uns, solltest du öfter tun«, sagte mein Dad und schenkte mir Kaffee ein. Dann hielt er in der Bewegung inne. »Also nicht, dass du nicht oft genug duschst. Aber irgendwas scheinst du ja heute richtig gemacht zu haben.« Ich nickte einfach nur und behielt die Tatsache für mich, dass ich eiskalt geduscht hatte, um meine Latte zu beruhigen. Dieses Geständnis hatte am morgendlichen Frühstückstisch wahrscheinlich nichts zu suchen.

»Sag mal, Lenard«, fing meine Mum das Gespräch an. »Wie ist es gestern denn noch so gelaufen?« Ich atmete einmal durch.

»Nicht so schlimm wie ich befürchtet hatte aber auch nicht gut.« Ich sah in die Runde und bemerkte, dass mir alle gebannt zuhörten. »Naja, seine Mutter scheint ganz okay zu sein. Mit der lässt sich wohl reden. Sein Vater ist, naja, ich glaube das wird nicht einfach.«

»War es sehr schlimm?« War es das? Ich legte den Kopf schräg und wusste nicht, wie ich antworten sollte. Nick hatte es echt gut weggesteckt. Er hatte wohl schon mit so einer Reaktion gerechnet. »Ich bin ziemlich erschrocken, muss ich gestehen. Sein Vater ist einfach aufgesprungen und fluchend verschwunden. Ich fand das fast schlimmer, als wenn er uns direkt angegangen wäre.«

»Warum hast du Nick nicht wieder mitgebracht. Wir hätten wirklich nichts dagegen gehabt«, sagte Mum und sah mich dabei sogar etwas vorwurfsvoll an. Dad nickte nur zustimmend.

»Ja, er hätte bei mir im Bett schlafen können«, schlug nun auch noch Ida vor, was mich zum Lachen brachte.

»Ich hatte es ihm vorgeschlagen, aber er wollte seine Eltern nicht noch mehr provozieren.« Mum und Dad nickten beide und dann schwiegen wir alle. Jeder hing seinen Gedanken nach. Ich für meinen Teil dachte an mein Outing vor zwei Jahren. Es war eine ähnliche Situation gewesen wie jetzt gerade hier. Wir hatten alle am Esstisch gesessen, jedoch war es das Abendessen, nicht das Frühstück gewesen. Ich hatte den ganzen Tag mit mir gehadert. Ich hatte es mir fest vorgenommen, das Gespräch in genau diese Richtung zu lenken, um dann im richtigen Moment die Bombe platzen zu lassen. Ich wollte es loswerden. Endlich ganz offen dazu stehen, wer ich war, ohne Angst zu haben, dass jemand meine Magazine unterm Bett entdeckte oder beim Durchforsten meines Internetbrowsers auf die Chronik stieß. Ich war jung und bestimmt erwartete jeder von mir, dass ich heimlich Pornos sah. Dass darin nur Männer vorkamen, ahnte wohl niemand. Die ganze Zeit saß ich angespannt auf meinem Stuhl und konnte dem Gespräch meiner Eltern kaum folgen. Es ging glaube ich hauptsächlich um Papas Job und irgendwas mit Idas Kinderarzt. Keine Ahnung, ich war so aufgeregt, dass ich im Sekundentakt meine verschwitzten Hände an meinen Jeans abwischte.

»Und wie war es bei dir heute?«, fragte dann plötzlich mein Dad und ich sah von meinem Löffel Tomatensuppe auf, ich erhob mich und legte meine Papierserviette neben dem halbvollen Suppenteller ab. Ich wusste noch heute genau, wie die Serviette aussah. Es waren gelbe Kornblumen darauf. Ich sah die Serviette gebannt an und dann wieder zu meinen Eltern, die mich fragend ansahen, weil ich einfach nur dastand und ausgesehen haben musste, als müsste ich mich gleich auf den Tisch übergeben.

»Mum, Dad …« Es gab kein Zurück mehr. Ich hatte den Satz angefangen und nun musste es ganz raus. »Ich bin schwul.«

Ich hatte es einfach so gesagt, und erst als die Worte komplett aus mir heraus waren, bemerkte ich, dass ich weinte. Dass mir einfach stumm die Tränen übers Gesicht liefen. Meine Eltern sahen mich an. Ich hörte noch wie Ida ganz leise Dad fragte, was schwul denn bedeutet. Da hatte mich meine Mum auch schon in den Arm genommen und mich wie ein Baby hin und her gewiegt.

»Mäuschen, das ist doch nicht schlimm.« Hatte sie gesagt. »Du musst nicht weinen. Es ist okay.« Und trotzdem konnte ich nicht aufhören, unkontrolliert zu schluchzen und ihre Bluse vollzuheulen. Am Rande nahm ich wahr, dass mein Dad Ida erklärte, dass Schwulsein nichts Schlimmes war, und dass ich einfach Jungs toller fand als Mädchen. Ida sagte daraufhin, dass sie die meisten Mädchen auch nicht mochte.

Es war so nervenaufreibend gewesen. Der ganze Tag war so schlimm für mich gewesen und trotzdem war es auch ein tolles Erlebnis. Zumindest im Nachhinein, wenn ich daran zurückdachte. Es hatte uns als Familie näher zusammengebracht. Zumindest liebte ich sie alle nun noch mehr als vorher. Wenn das überhaupt möglich war. Wenn ich mir jetzt vorstellte, dass mein Dad so reagiert hätte wie Nicks Vater gestern. Ich wäre total traumatisiert gewesen. Hoffentlich ging es Nick besser.

***

Nachdem ich meinen Kaffee getrunken hatte, krallte ich mir noch eine Banane aus dem Obstkorb und stopfte sie in meinen Schulrucksack. Ich zog mir meinen Parker an und meinen schwarzen Beanie. Es war zwar noch nicht allzu kalt, aber er stand mir und ich hatte heute Morgen keine Lust gehabt, mich allzu sehr um meine Haare zu kümmern.

Ich schlenderte gemütlich zur Schulbus-Haltestelle und begrüßte Freddy mit Handschlag.

»Was geht?«, fragte er mich.

»Nicht viel bis auf die Tatsache, dass er mich gestern seinen Eltern vorgestellt hat.« Freddys Augen wurden groß. »Und zwar offiziell!«

»Nein. Das ist krass.« Das Erstaunen fiel ihm quasi aus dem Gesicht. »Das hätte ich ihm nicht zugetraut. Also zumindest nicht so schnell.«

»Ich hatte ihm gesagt, dass er sich ruhig Zeit lassen kann. Aber er wollte unbedingt.« Ich grinste selbstzufrieden vor mich hin und Freddy legte daraufhin freundschaftlich den Arm um meine Schulter.

»Lenard, ohne Witz, das freut mich für sich. Das ist echt klasse. Wie haben es seine Eltern aufgenommen?«

»Frag nicht. Es war nicht schön.« Freddy sah nun nicht mehr so begeistert aus. »Aber ich bin jetzt vor allem gespannt, wie es gestern noch weiterlief und ob sie noch geredet haben, nachdem ich gegangen bin.« Nick hatte mir gestern Abend zwar noch eine Gute-Nacht-Nachricht geschrieben, auf meine Frage hin, wie es ihm ging, aber lediglich mit »Ist schon okay« geantwortet, was mich irgendwie nur wenig beruhigt hatte.

Wir stiegen in den Schulbus und setzten uns nicht nebeneinander, sondern hintereinander. Freddy hielt von nun an für Karla einen Platz frei und ich für Nick. Das war eine neue Tradition, die ich sehr begrüßte, denn ich war jeden Morgen voll Vorfreude und sehnte die Haltestelle herbei, wenn endlich mein Freund einsteigen würde.

Karla stieg ein, umarmte mich und Freddy und schnell waren die beiden in einem Gespräch vertieft, in dem es um Mathehausaufgaben ging. Eine Haltestelle später sah ich Nick, der sich bis zu mir durchkämpfte und dann atemlos neben mir niederließ. Er legte zur Begrüßung eine Hand auf meinen Oberschenkel und lächelte mich an.

»Hey.«

»Hey.« Ich hatte so einen übermenschlichen Drang, ihn zu küssen, hatte mir aber geschworen damit zu warten, bis er es von sich aus in der Öffentlichkeit tat. Ich durfte ihn nicht überfordern und es war mit Sicherheit nicht meine Aufgabe ihn zu outen. Es war seine Entscheidung, wann und wo er das tun wollte. Er hatte mich gestern immerhin mit zu seinen Eltern genommen, das war mehr als ich je erwartet hatte.

»Wie lief es gestern noch?«, fragte ich und beobachtete, wie sich Nicks Mimik verfinsterte. Er seufzte und fuhr sich durchs Haar.

»Kurzzusammenfassung: Meine Mum hat lange mit mir geredet und mehrfach versucht mich davon zu überzeugen, dass das eine Phase ist und ich mich nur finden muss. Sowas wäre in der Pubertät wohl normal.« Er zuckte mit den Achseln. »Und nachdem ich sie irgendwann so weit hatte, dass sie mir zu glauben schien, dass ich mir der Sache mit dir eigentlich sehr sicher bin, kam plötzlich mein Vater ins Esszimmer gestürmt und hat rumgebrüllt, dass er das nicht duldet und ich mich nicht wagen soll, hier noch einmal mit einer Tucke aufzutauchen.«

»Er hat mich nicht wirklich Tucke genannt.«

»Ich gehe davon aus, dass er dich gemeint hat.« Ich sah ihn mit offenem Mund vollkommen fassungslos an.

»Ich seh doch nicht wie eine Tucke aus. Karla, Freddy …« Ich tippte den beiden vor uns auf die Schulter. »Seh ich wie ne Tucke aus? Jetzt mal im Ernst?«

»Nein, Mann. Du siehst aus wie ein verdammter Emo. Wie oft denn noch?«, sagte Freddy genervt.

»Aber du verhältst dich manchmal wie eine Pussy, gilt das auch?«, gab Karla noch ihren unangebrachten Senf dazu.

»Boa, ich liebe euch auch. Dreht euch besser wieder um.« Sie lachten und widmeten sich dann wieder ihren Hausaufgaben. Kurz schwiegen wir, doch eine Sache musste ich dann doch noch klären.

»Und was ist, wenn deine Eltern Recht haben?«

»Was genau meinst du jetzt damit?« Nicks Augenbrauen schnellten in die Höhe.

»Was ist, bist du bi oder einfach gerade ein wenig verwirrt? Vielleicht ist es eine Phase und du ...«

»Was soll das denn jetzt?« Nick wirkte fast schon erzürnt wegen meiner Worte.

»Es ist noch nicht so lange her, da hab ich dich fummelnd mit einer blonden Tussi auf dem Klo erwischt. Ich meine ...« Ich sah etwas verunsichert an ihm vorbei aus dem Fenster. »Was sollte das überhaupt?«

»Das war kacke. Wie oft soll ich mich denn noch dafür entschuldigen?«

»Darum geht es nicht. Du musst dich auch nicht entschuldigen. Ich verstehe es eben nur nicht.«

»Ich war total durcheinander. Ich dachte mein Leben lang, ich wäre hetero und dann kommst plötzlich du um die Ecke und verdrehst mir den Kopf mit deinen viel zu engen schwarzen Jeans und deinem Gesicht mit diesen großen Augen. Ich wollte doch nur sichergehen. Ich wollte nur noch einmal testen, ob ich ...«

Ich musste einen ziemlich traurigen und skeptischen Eindruck auf ihn machen. Aber ich konnte nicht leugnen, dass ich dieses Bild immer noch in meinem Kopf hatte. Wahrscheinlich würde es sehr, sehr lange dauern, bis ich nicht mehr an ihm zweifeln würde, bis ich mir wirklich sicher war, dass er mir gehörte und nicht demnächst mit irgendeiner Tussi abhauen würde. Nick griff nach meiner Hand und lenkte so wieder meine Aufmerksamkeit auf ihn.

»Lenard, das war wirklich einfach nur dumm von mir und hatte keine tiefere Bedeutung«, flüsterte er mir nun zu und streichelte über meine Finger. »Gerade weil du so einen unglaublichen Einfluss auf mich hast und ich dich von Anfang an nicht nur interessant, sondern wirklich ziemlich heiß fand, war ich einfach unglaublich verwirrt und verunsichert. Das bin ich jetzt nicht mehr!«

»Nicht?«

»Nein!« Er lächelte.

»Nicht mal ein bisschen?«

Er schüttelte nur den Kopf und schnappte sich dann seine Tasche.

»Verdammt, ich muss aussteigen.« Er erhob sich und zwinkerte mir zu. Dann räusperte er sich lautstark.

»Darf ich um eure ungeteilte Aufmerksamkeit bitten?« Nick brüllte einmal durch den kompletten Schulbus und alle, wirklich ausnahmslos alle Augen richteten sich auf ihn. Ich meinte sogar, dass der Busfahrer durch den Rückspiegel zu uns sah, wahrscheinlich schon mit einem Finger am Panikknopf. Nur vorsichtshalber.

»Was zur Hölle?« Ich kam nicht dazu, meinen Satz zu Ende zu sagen.

»Einige von euch kennen mich wahrscheinlich aus dem Bus, der Schule oder vom Fußballverein. Für alle anderen. Ich bin Nikolas Bosch und wollte euch nur alle wissen lassen, dass ich total Hals über Kopf in diesen ...« Er zeigte auf mich. »In diesen Kerl verliebt bin. Okay? Also Finger weg. Der ist mir!« Er lachte auf, beugte sich zu mir nach unten, gab mir einen Kuss auf die Lippen und stieg dann aus. Draußen sah er durch die Scheibe noch mal zu mir und zwinkerte mir ein weiteres Mal zu. Mein Gesicht war indes so heiß, dass ich wie eine Leuchtreklame aussehen musste.

Ich saß da, wie vom Blitz getroffen und war sprachlos.

Karla und Freddy hatten sich beide zu mir umgedreht, und erst als der Bus wieder losfuhr, begannen alle anwesenden um mich herum wieder langsam miteinander zu reden. Davor hatte hier absolute Stille geherrscht. Nur mein Herz, das hatte so laut geschlagen, dass ich schon Sorge hatte, ich würde gleich kollabieren.

»Was war das denn?« Karla sah mich mit einem fetten Grinsen im Gesicht an.

»Das war wohl Liebeserklärung und Outing in einem. Jackpot würde ich sagen«, war Freddys nüchterne Zusammenfassung.

In dem Moment vibrierte mein Handy und ich bekam eine Nachricht von Nick. Ich klickte sie an, und als ich die Zeilen las, begannen meine Wangen gleich wieder zu glühen.

»Es ist wahr. Ich bin so sehr in dich verliebt. Und ich will dich wirklich immer sehen, ständig. Heute Nacht hab ich sogar etwas Versautes geträumt und du warst der nackte Hauptdarsteller in meiner Fantasie.«

Ich lachte auf.

»Du auch? Der Wecker hat mich kurz vorm buchstäblichen Höhepunkt geweckt.«

»Gemein, wir sollten heute Abend einfach da weiter machen, wo dein Traum aufgehört hat.«

Ich grinste wie verrückt und hatte schon die wildesten Bilder in meinem Kopf.

»Lenard, wir müssen aussteigen«, erinnerte mich Karla daran, dass es auch noch eine Welt außerhalb dieser rosaroten Liebes-Blase gab.

Ich erhob mich und spürte die Blicke kaum, die mir meine Mitschüler zuwarfen. Wenn man so glücklich war wie ich, konnte einem tatsächlich so schnell nichts den Tag vermiesen.

Epilog

Einige Zeit später
Mir knurrte der Magen und ich war irrsinnig froh, dass der nette Japaner nun endlich das Essen rüberwachsen ließ. Ich nahm die große Papiertüte mit den vielen Leckereien entgegen und reichte dem Typ das Geld. Er bedankte sich und ich griff neben der Kasse noch schnell nach Stäbchen und Servietten, die ich zu den Pappschachteln in die Tüte steckte. So wie ich mich kannte, würde ich nicht allzu lange mit dem Essen warten können. Es war viel wahrscheinlicher, dass ich irgendwo ein nettes Fleckchen fand, auf dem ich mein Essen gierig zu mir nahm. Da war ein wenig Besteck sehr hilfreich. Vor allem bei den gebratenen Nudeln. Die aßen sich wirklich ziemlich schlecht mit Fingern. Im Gegensatz zu diesen duftenden, echt lecker aussehenden Frühlingsrollen. Beim Hinausgehen kramte ich bereits umständlich in der Tüte herum und jubelte auf, als ich endlich eine Frühlingsrolle zu fassen bekam und sie mir sofort in den Mund steckte.

»Verdammt isch dasch heisch!« Ich fächerte mir Luft zu und überlegte gerade, ob ich mir die Blöße geben sollte, den Bissen wieder in die Tüte zu spucken oder einfach die Verbrennungen zweiten bis dritten Grades in Kauf nahm und runterschluckte.

»Du bist echt zum Schießen!« Ich versuchte meine vor Schmerz zusammengekniffenen Augen einen Spalt weit zu öffnen und sah Nick, der sich vor Lachen den Bauch hielt. »Konntest du mal wieder nicht warten. Nicht mal, bis wir uns auf eine Parkbank oder sonst wohin gesetzt haben?«

»Parkbank? Als ob wir hier im Schwarzwald wären. Ich bin mal gespannt, wo du hier in den nächsten Metern einen Platz zum Essen finden willst.«

»Wir haben bislang immer ein Plätzchen für ein schnelles Picknick gefunden. Hier, trink!« Dankbar nahm ich die Flasche Wasser an mich, die mir Nick reichte, und löschte den Brand in meinem Mund.

»Danke. Und wohin nun?« Nick sah sich um. Es war bereits dunkel, aber die Lichter der Stadt leuchteten hell und die unzähligen Menschen, die auf dem Weg in den nächsten Club oder in eine Bar waren, ließen keine Müdigkeit aufkommen. Ich liebte dieses hektische Hin und Her der Stadt. Auf dem Land würde ich eingehen. Ich brauchte diesen Trubel, die Lautstärke, die Lichter, die Schaufenster, das Hupen der Autos. Ich war eindeutig ein Stadtkind.

»Lass uns mal in die Richtung gehen«, schlug Nick vor und ich folgte ihm. Wir liefen nebeneinander her und ich erwischte mich ständig dabei, dass ich andere Leute begaffte, was irgendwie total seltsam war, da ich eigentlich immer der war, der angeglotzt wurde. Sei es, weil ich gerade irgendwas Doofes anstellte, weil ich mal wieder etwas trug, das mit besonders vielen Nieten und Stacheln besetzt war, oder weil ich mit einem anderen Mann Händchen hielt. Schnell griff ich nach seiner Hand und grinste ihn an.

»Was gibt's denn da so zu grinsen?«, fragte er und lächelte zurück.

»Nichts, einfach so. Bin happy!«

»Trotz verbrannter Schnauze?«

»Jap!«

So liefen wir noch einige Zeit nebeneinander her, bis wir doch tatsächlich an einer Straßenecke einen kleinen Mauervorsprung fanden, auf dem wir uns niederlassen konnten. Obwohl Winter war, war es nicht wirklich kalt hier. Ich konnte sogar noch meine Lederjacke tragen, was ziemlich cool war. So saßen wir nun hier, wie in alten Zeiten. Nur gab es jetzt keine Pizza, sondern gebratenes Zeug mit ziemlich viel Sojasprossen und Glutamat und wir waren eben nicht in unserem kleinen Heimatstädtchen, sondern im lauten und äußerst bunten Tokyo. Als ich gerade nach einem Schälchen Sojasoße greifen wollte, fiel mir etwas ein.

»Kannst du dich noch an unser erstes Date erinnern?«, fragte ich ihn und blickte neugierig zu Nick. Der gerade mit einer Nudel kämpfte, die ihm im Mundwinkel hing.

»Welches meinst du, als wir zusammen mit Karla und Pablo Billard spielen waren und du uns alle fertiggemacht hast?«

»Quatsch, da waren wir doch schon längst zusammen. Ich meine, als ich dich im *Asia Wok* eingeladen habe.«

»Das war ein Date?« Ich rollte mit den Augen.

»Gott bist du schwer von Begriff. Immerhin hab ich dich doch eingeladen.«

»Sorry, ich wusste nichts von den internationalen Date-Regeln. Also wenn der eine für den anderen bezahlt, ist es automatisch ein Date?« Was ist dann mit dem Schwarzbier, das ich dir auf dieser seltsamen Party ausgegeben hatte? Da haben wir sogar geknutscht.«

»Das war ja eindeutig kein Date, da wir uns nicht dort verabredet hatten, sondern uns zufällig über den Weg gelaufen sind. Außerdem waren die Getränke auf der Party kostenlos. Du hattest lediglich für uns beide bestellt, nicht bezahlt! Das ist ein Unterschied. Für ein Date müssen also mehrere Faktoren passen. Aber das beim Asiaten …« Ich zeigte mit dem Finger auf ihn und dann auf mich, nur um noch mal zu verdeutlichen, um wen es hier genau ging. »Das war eins!« Nick lachte auf.

»Okay, dann weiß ich das nun wenigstens im Nachhinein.«

»Auf jeden Fall hatten wir da beide einen Glückskeks und du wolltest mir nicht verraten, was in deinem stand.« Nicks Wangen verfärben sich etwas rot, was ziemlich untypisch für ihn war und mich gleich noch neugieriger machte. »Du hattest gesagt, dass es doof ist und den Zettel direkt in die Tasche gesteckt. Aber was stand denn nun wirklich drauf?« Nick sah mich nicht an, sondern aß weiter seine Nudeln, die wie immer mit ultra viel Gemüse bespickt waren.

»Ach komm schon, das muss doch was extrem Peinliches gewesen sein, oder? Oder irgendwas Doofes wie »Phantasie ist das Auge zur Seele« oder »Was du heute kannst besorgen bla bla bla«. Nick sagte nichts. Selbst als ich bereits mit Essen fertig war und den ganzen Müll wieder in der Tüte verstaute, schwieg er und grinste einfach nur geheimnisvoll vor sich hin. Erst als auch er fertiggegessen hatte, kramte er seinen Geldbeutel aus seiner hinteren Hosentasche. Aus einem der hintersten Fächer zog er doch tatsächlich einen kleinen, ziemlich maltrătierten Zettel hervor. Er war an den Seiten grau und etwas ausgefranst. Er reichte ihn mir und nahm mir daraufhin die Tüte mit dem Müll ab, um sie ein paar Meter weiter in eine große Mülltonne zu werfen.

»Hier, lies. Aber ich will nichts hören!«

Ich tat wie mir geheißen und konnte mir ein Grinsen dennoch nicht verkneifen. Ich lachte auf, lief zu Nick und gab ihm kurzerhand einen Kuss auf die Wange. Er sah mich etwas perplex an und lächelte dann zurück.

»Dafür, dass der weise Zettel es von Anfang an wusste, hast du mich aber noch ziemlich lange zappeln lasse.«

»Ich bin ein eigensinniger Mensch und lasse mir von einem Zettel in trockenem Süßgebäck garantiert nichts sagen!«

»Hätte uns aber einiges an Ärger erspart.«

»Vielleicht wollte ich ja umworben werden.« Er ließ seine Augenbrauen hüpfen und brachte mich damit noch mehr zum Lachen.

»Du bist echt ...« Ich sah ihn an und blieb stehen. Sein Blick war warm und strahlte so viel Liebe aus, dass mir ganz warm ums Herz wurde. Dieser Mann war so hübsch, so nett, feinfühlig, ehrgeizig, leidenschaftlich und spannend, dass er mir Tag für Tag aufs Neue den Atem raubte. Und er war tatsächlich meiner. Mein Freund. Mein fester Freund.

»Was bin ich?, fragte er und sah mich herausfordernd an.

»Ein Idiot, und eventuell meine große Liebe.« Er schnaubte.

»Na toll. Du hast ja einen schrägen Geschmack, wenn du dir einen so großen Idioten ausgesucht hast.«

»Ich bin bekannt für meinen schrägen Geschmack.« Wir schmunzelten beide und gingen dann weiter.

»Und jetzt kaufen wir dir irgendwo noch einen Geburtstagskuchen.« Nick griff nach meiner Hand und drückte sie fest. »Das dürfte kein Problem sein, immerhin haben ja alle Geschäfte auf.«

»Ist ja auch kein Feiertag hier.«

»Für uns schon.« Er küsste mich und zog mich in den nächsten Konbini, in dem wir tatsächlich einen Kuchen kauften und später in unserem Hotel gemütlich im Bett verspeisten.

Ich konnte mit Fug und Recht behaupten, dass das der schönste Geburtstag war, den ich je feierte. Ich aß Schokoladenkuchen und lag dabei mit dem Mann im Bett, den ich liebte.

Wir waren jung und hatten noch so viel vor. Studium, Job, Wohnungssuche, so viele Abenteuer, Erwachsen werden. All das lag noch vor uns und ich sah wirklich positiv in die Zukunft, denn ich wusste, dass ich sie nicht alleine bestreiten musste. Wir waren zu zweit und würden es auch bleiben.

Liebe überwindet alles – das wusste sogar ein doofer Zettel in trockenem Süßgebäck. Und genau diesen Zettel hatte ich mir unbemerkt von ihm in die Brusttasche gesteckt und würde ihn in Ehren halten. Eingerahmt, vielleicht für unsere erste gemeinsame Wohnung. Es würde mich immer daran erinnern, dass es sich lohnte, um die Liebe zu kämpfen.

Und wie es sich lohnte.

Danksagung

Mein großer Dank gilt der Jury des Schreibwettbewerbs von Impress und Tolino. Ich bin noch heute total baff und gerührt, wenn ich an die Siegerehrung auf der Frankfurter Buchmesse zurückdenke.

Vielen, vielen Dank!

Mein Dank geht zudem an meine Testleser. Jeder einzelne war für die Entstehung der Geschichte sehr wichtig. Namentlich erwähnen möchte ich Diana, Julia, Fred, Saskia, Damian und Liam, die mir immer Mut gemacht haben.

Danke an Kim und Sina, ich weiß schon gar nicht mehr genau, vom wem der Link zum Wettbewerb kam, aber wegen euch habe ich angefangen die Geschichte von Lenny und Nick zu schreiben!

Danke Patrick und Emil für Eure Unterstützung.

Danke an Jan und Carmen fürs Brainstormen ;-)

Danke an meine Eltern und meine Schwester fürs Daumendrücken.

Danke an meine Lieblings-Blogger! Ohne euch würde gar nichts gehen!

Danke an meine Lektorin für die unkomplizierte und nette Zusammenarbeit.

Danke an Impress und Tolino für diese Chance.

Und natürlich DANKE an euch Leser!

Ihr seid am wichtigsten, denn ohne eure Unterstützung, würde es diese Geschichte garantiert nicht geben.

Falls euch nach dem Lesen von *Die Sache mit der Motte und dem Licht* etwas auf dem Herzen liegen sollte, oder ihr mir einfach Feedback geben wollt: Tut es!

Ich freue mich über jede Rezension und über eure Meinung! Ihr findet mich auch auf Facebook und Instagram (@irishkadda). Schreibt mich an und lasst mich an euren Gedanken teilhaben. Ihr könnt euch nicht vorstellen, wie sehr ich mich darüber freue.

Lies dich rein!

Leseprobe aus »Academy of Arts. Herzensmelodie« von Sina Müller

300 Seiten

E-Book 3,99 €

ISBN 978-3-646-60544-0

Softcover 12,99 €

ISBN 978-3-551-30255-7

Bist du bereit, dein Herz zu verlieren?

Nach einer missglückten Aufnahmeprüfung scheint Tonis Traum vom Leben einer Violinistin unerreichbar. Bis sie vom charmanten Talentscout Vincent angesprochen wird, der ausgerechnet sie für die Academy of Arts gewinnen will – eine Hochschule, für die nur die begabtesten Künstler ausgewählt werden. Ihrem Musiker-Traum endlich ein Stück näher hofft sie auf ein Wiedersehen mit Vincent, dessen faszinierend grüne Augen ihr nicht mehr aus dem Kopf gehen. Doch sein Ruf als Bad Boy der Akademie eilt ihm voraus und Toni muss sich entscheiden, ob sie den Gerüchten glaubt oder auf ihr eigenes Herz hört …

Toni

Hoppla! Was war das denn? Ungläubig starrte ich auf das Schloss, das mein schwarzes Leih-Fahrrad an das Gitter der Herengracht gegenüber dem Hostel kettete. *Verdammt.* Ich kickte gegen den Reifen und stemmte die Hände in die Hüften. Ratlos schaute ich mich um. Irgendjemand musste beim Abschließen seines Fahrrades nicht ganz bei Sinnen gewesen sein und die Kette auch noch um meinen Rahmen geschlungen haben. Bei der Masse an Rädern kein Wunder. Trotzdem: *Vollidiot!*

Vielleicht sollte ich zu Fuß laufen? Es war ein herrlich warmer Herbstabend und den kurzen Spaziergang ins pulsierende Zentrum Amsterdams könnte ich nutzen, um meine durchdrehenden Nerven zu beruhigen.

Ich atmete tief ein, zählte in Gedanken bis zehn und atmete wieder aus. Nach dem Vorspiel am Konservatorium sollte es mir doch eigentlich besser gehen. Ging es aber nicht. Die Prüfungskommission hatte undurchdringlich gewirkt. Nichts in ihren Gesichtern ließ darauf schließen, ob ich die Aufnahmeprüfung geschafft hatte und ab dem Sommersemester in Amsterdam Musik studieren durfte. Ich würde benachrichtigt werden, hatte mir eine steife, knochige Dame gesagt, deren streng zurückgebundenes Haar die Haut im Gesicht glatt zog. Ihr verkniffenes Lächeln werde ich wohl nie vergessen.

War es so, wie mir meine Geigenlehrer vorhergesagt hatten? War mein Spiel wirklich zu unkonventionell, meine Stückauswahl zu gewagt gewesen?

Tief in meinem Inneren wusste ich, dass ich stolz auf mich sein sollte. Schließlich hatte ich mein Bestes gegeben und konnte nichts dafür, wenn die Leute hier zu konservativ waren, um Neuem eine Chance zu geben. Dennoch nagten die Selbstzweifel an mir.

Heute Abend hatte ich feiern wollen. Ein ausgiebiger Stadtbummel, ein oder zwei Cocktails und ein Nachtspaziergang über den

Museumplein waren mir als passende Belohnung vorgeschwebt, schließlich war ich über meinen Schatten gesprungen und hatte an diesem Vorspiel teilgenommen. Gar keine so leichte Sache für mich. Ein letztes Mal wollte ich die vor Kreativität pulsierende Atmosphäre Amsterdams schnuppern, bevor es morgen in aller Frühe wieder nach Hause ging. Zurück in die erstickende Enge meines Heimatkaffs – wobei die Ansammlung von drei Höfen in dem dunklen Tal im Schwarzwald nicht einmal die Bezeichnung *Kaff* verdiente.

Nun hatte mir jemand mit seinem unachtsam angeketteten Fahrradschloss einen Strich durch die Rechnung gemacht. Trotzig wie ein kleines Kind stampfte ich auf und schnaubte verärgert. Ein paar Gäste kamen aus dem Hostel. Lachend zogen sie an mir vorüber und beachteten mich nicht weiter. *Fünf Minuten*. So lange würde ich noch warten. Vielleicht kam ja derjenige zufällig raus, um mein Rad freizugeben.

Ich zog mein Handy aus der Hosentasche und setzte mich auf die Stufen, die zur schweren Eingangstür des Jugendhotels führten. Den Geigenkoffer legte ich auf meinen Schoß und stützte darauf meine Ellenbogen ab. Meine Eltern waren sicher schon ganz gespannt, wie es gelaufen war. Sie verstanden zwar nicht viel von Musik und taten meine Leidenschaft für die Geige anfangs als Kleinmädchenspinnerei ab. Inzwischen hatten sie aber dank meiner Beharrlichkeit und der vielen Stunden, die ich mit dem Üben verbrachte, eingesehen, dass die Musik mir verdammt wichtig war. Bei meiner Studienplatzwahl fieberten sie jedenfalls intensiv mit.

Eines der unzähligen Rundfahrtboote, die in Amsterdams Grachten Menschenmassen umherschipperten, trieb in der Herengracht vorüber. Die Zeit war leider zu kurz gewesen, um eine Sightseeingtour zu unternehmen. Dabei wollte ich diese prachtvolle Stadt so gerne näher kennenlernen. Wehmut breitete sich in mir aus, vermischte sich mit den traurigen Tönen, die in meinem Inneren hallten und mich zu überschwemmen drohten. Etwas in mir wusste bereits, dass ich hier nicht studieren würde.

Ein Rempler in meinen Rücken holte mich unsanft aus meinen Gedanken. »Autsch«, empörte ich mich und konnte gerade noch mein Handy davor retten auf den Boden zu prallen und in tausend Einzelteile zu zerspringen. Als ich hochblickte, um zu schauen, wer über mich gestolpert war, hüpfte mein Herz aus einem unerklärlichen Grund für einen kleinen Augenblick.

»Whaaa, verdammt ... was ... Warum sitzt du auch hier mitten im Weg?«, polterte ein Typ Mitte zwanzig sogleich los und versuchte sich händeringend auf den Beinen zu halten.

Geschickt klammerte sich der Kerl am gegenüberliegenden Geländer fest und fand sein Gleichgewicht wieder. »Gott, das hat mir heute echt noch gefehlt ... wie doof hier einfach im Weg rumzusitzen.«

Ohne mich weiter zu beachten oder sich gar zu entschuldigen, quetschte er sich an mir vorbei und lief zielstrebig auf die Fahrräder zu. Ich sah ihm nach und stellte dabei erstaunt fest, dass er derjenige war, der mein Fahrrad versehentlich angekettet hatte. *Auch das noch.* Ich atmete tief ein.

»Ich würde sagen, wir sind quitt«, gab ich betont ruhig zurück, nahm den Geigenkoffer in die Hand und stand auf. Meinen Gymbag schulterte ich und ergötzte mich einen Moment lang an seinem schockierten Gesichtsausdruck. *Idiot. Süßer Idiot!*

Er hielt in seiner Bewegung inne, riss den Kopf herum und schaute mich zerknirscht aus seinen faszinierend grünen Augen an.

»Oh Gott, du sprichst deutsch?«

Das Fahrradschloss glitt ihm aus den Händen und schepperte anklagend an den Metallrahmen der Räder. Eindringlich musterte er mich. Sein Blick wanderte ungeniert von meinem Gesicht über meinen Körper, scannte mich förmlich und automatisch schlang ich meine Arme um den Oberkörper, damit ich mich nicht mehr so nackt fühlte. »Hey, ich kenne dich! Du warst doch heute im Konservatorium«, rief er schließlich.

Augenblicklich beschleunigte sich mein Herzschlag. Nach der ersten Verwunderung machte sich Freude in mir breit.

»Du warst da? Hast du auch vorgespielt?«

Vielleicht konnte ich mich ja mit ihm über die Kommission austauschen.

»Nein. Mir war nach etwas Entspannung. Die Aufnahmeprüfungen sind öffentlich«, erklärte er, als sei es eine gewöhnliche Nachmittagsbeschäftigung, sich im Konservatorium herumzutreiben und Prüflingen beim Musizieren zu lauschen. Wäre er ein weißhaariger Greis, könnte ich die Begründung ja glauben, aber der Kerl war nur wenige Jahre älter als ich. Er war gutaussehend, smart und ganz offensichtlich ähnlich durchgeknallt wie ich, wenn er auf Klassik stand.

»Du warst echt gut. Glückwunsch!« Der Blick aus seinen grünen Augen war durchdringend. Ich erschauderte.

»Ah, ich glaube eher, ich habe das Vorspielen verkackt«, kam es mir unwillkürlich über die Lippen. Warum vertraute ich ausgerechnet einem Fremden meine Zweifel an? »Vielleicht hätte ich Beethoven spielen sollen. Oder Mozart. Oder –« Im Orchester suchte man keine Menschen, die nur schwer in Schubladen passten. Man musste sich anpassen, sich akkurat einfügen und dem großen Ganzen unterordnen. Und fehlerfrei vom Blatt spielen können.

»Quatsch. Du warst fantastisch!«, versicherte mir der Unbekannte mit einem breiten Grinsen auf den Lippen und einem Strahlen in den Augen, angesichts dessen die Sonne blass vor Neid werden könnte. Und obwohl mir klar war, dass er mir nur schmeicheln wollte, freute ich mich, dass ich ihm offensichtlich gut genug gefiel, um mir Komplimente zu machen. Ich verzog meinen Mund zu einem zaghaften Lächeln.

»Von wem war das Stück? Ich kenne es nicht«, hakte er neugierig nach.

»Na, selbst wenn du dich mit Musik auskennst, wirst du wohl schwerlich alle Stücke dieser Welt gehört haben«, wich ich aus. Ich versuchte mich auf den Trubel in der nahegelegenen Gracht zu konzentrieren. Aber alles, was ich wahrnahm, war das viel zu laute Pochen meines Herzens. Das Dröhnen in meinen Ohren, das so scheppernd war, dass ich selbst zusammenzuckte. Ob er es wohl hören konnte?

»Komm, trau dich. Ich weiß ohnehin, dass du es selbst komponiert hast.«

Ein Touristenboot hupte, Wellen schwappten an die steinernen Mauern des Kanals. Aber das interessierte mich nicht. Die Worte des Kerls hallten in Dauerschleife in meinem Kopf. *Ich weiß ohnehin, dass du es selbst komponiert hast …*

Abwartend legte er den Kopf schief, als wollte er meine Reaktion ganz genau einfangen. Mir klappte der Mund auf, mein Herz galoppierte und ich spürte, wie Hitze in mir aufstieg. Sicher gaben meine Wangen inzwischen preis, wie unangenehm mir die Situation war. Automatisch senkte ich den Blick.

»Woher …? Oh Gott … du fandest es so schlecht, dass …« Ich legte meine Hände über die Augen, schüttelte den Kopf und lief los. Weg. Nur weg von dieser Blamage. *Argh!* Ich wollte im Erdboden versinken. Zu Staub zerfallen. Mich in Luft auflösen.

»Weil es brillant war.«

Diese Worte trafen mich unvorbereitet und ließen mich wie angewurzelt stehenbleiben. Unfähig mich zu bewegen, brachen sie mit der Kraft eines Tsunamis über mir zusammen. Ich schaute erstaunt hoch, als ich die Bedeutung greifen konnte. Flüchtig nur, aber es war ein Lob, das ich zuvor noch nie gehört hatte. Der Unbekannte war zu mir aufgeschlossen. Der Blick aus seinen grünen Augen bohrte sich in mich, nahm mich gefangen und ließ mich nicht mehr los. Als wollte er die Ernsthaftigkeit seiner Worte unterstreichen, lächelte er nicht. Sekunden verharrten wir. *Brillant* – welch großes Wort. Zu groß, als dass ich damit umgehen konnte. Zu mächtig.

»Ich würde dich gerne zu einem Kaffee einladen, ein bisschen mehr von dir erfahren. Hast du Zeit?«

»Ich ...« Ich war es nicht gewohnt eingeladen zu werden und fühlte mich überrumpelt. Normalerweise machten die Leute einen Bogen um mich. Sie beachteten mich trotz meiner roten Haare kaum. Zugegeben, mit meinen schwarzen Klamotten versuchte ich auch nicht allzu sehr aufzufallen. Dennoch war ich den meisten einfach suspekt. Menschen spürten, wenn man anders war.

»Oder: Ich wollte gerade noch einen Abstecher ins Reichsmuseum machen. Vielleicht hast du ja Lust da mitzukommen, wenn Kaffee nicht so dein Fall ist«, setzte der Unbekannte nach, da ich noch immer nicht auf seine Einladung reagiert hatte. Mein Sprachzentrum war wie betäubt und dem Blick aus seinen unverschämt hübschen Augen nach zu urteilen, schaute ich ziemlich verwirrt aus der Wäsche.

Museum? Verführerischer Gedanke. Aber ich konnte doch unmöglich mit einem wildfremden Kerl ...

»Komm schon. Da ist nichts dabei«, bohrte er weiter und nickte einladend in die Richtung, in der die Innenstadt und somit die Museen lagen. Ich haderte noch einen Moment. Oft genug verbrachte ich besondere Momente alleine. Warum sollte ich den Abend meiner ersten Aufnahmeprüfung nicht mit einem Mann verbringen? Er war nett, er wollte sich mit mir über Musik unterhalten – meine Musik. Das konnte doch nicht schlecht sein.

»Okay, warum nicht?« Ich zuckte unsicher mit den Schultern und spürte ein unbekanntes Kribbeln in meiner Mitte. Spontan mit einem Fremden etwas zu unternehmen war nicht meine Art. Aber vielleicht würde es mich von diesem fiesen Gefühl in meiner Magengegend, dass mein Traum hier zu studieren durch meine Performance zu platzen drohte, ablenken.

»Prima. Weißt du was? Lass uns laufen. Durch die Stadt ist immer so megamäßig viel los.«

»Gibt es da, wo du herkommst, keine Fahrräder?«, neckte ich ihn und konnte mir ein Grinsen nicht verkneifen. Auch mir war die Fahrweise der Holländer zu wild und wenn ich mit meiner Geige unterwegs war, bangte ich ohnehin immer, ob ich heil ankam. Das wertvolle Instrument konnte ich allerdings keinesfalls in dem Hostel zurücklassen. Nicht auszudenken, wenn es geklaut würde.

»Da, wo ich herkomme, geht es zumindest nicht so kriminell zu«, entgegnete er belustigt, schloss wieder sein Fahrrad an und achtete diesmal offensichtlich darauf, kein anderes Rad in Gefangenschaft zu nehmen. Sein Tun unterstrich er mit einer zirkusreifen Geste auf sein Ergebnis und einem schiefen Grinsen. Dann lief er, ohne auf meine Zustimmung, tatsächlich mitzukommen, zu warten, los. Kurz schaute ich ihm hinterher, kämpfte meine Unentschlossenheit nieder und schloss zu ihm auf.

***

Ein bisschen seltsam war es schon mit einem wildfremden Typen durch Amsterdam zu schlendern. Ich lachte ungläubig auf und wusste einfach nicht, wohin mit meinen Armen. Schließlich umklammerte ich mit einer Hand meinen Geigenkoffer, die andere steckte ich in eine Hosentasche meiner Jeans und wagte einen unauffälligen Blick in die Richtung des Unbekannten. Er war einen halben Kopf größer als ich und somit kein Riese. Seine Gestalt war schlank und durchtrainiert, seine Finger waren lang und gepflegt. Ich schaute bei Menschen immer auf die Hände. Vielleicht lag es daran, dass ich selbst durch das Geigespielen sehr darauf achtete, dass sie ordentlich waren.

»Ich bin übrigens Toni. Eigentlich heiße ich Antonia, aber …«, stellte ich mich aus einem inneren Drang heraus vor. Tat man das bei Fremden nicht so?

»Toni …«, wiederholte er nachdenklich und ließ dabei meinen Namen auf seiner Zunge zergehen. Seine Stimme war warm und freundlich, ein bisschen rau vielleicht, was ihr einen interessanten Klang verlieh. »Das … ich finde, das passt zu dir.« Er grinste vielsagend und zu gerne hätte ich gewusst, was er über mich dachte. »Meine Leute nennen mich … Vincent.«

»Und wie heißt du wirklich?«, fragte ich neugierig nach.

»Vincent.«

Ich blickte ihn verwirrt an und lachte laut auf, als mir klar wurde, dass er mich drangekriegt hatte.

»Sehr kreativ, deine Leute!«, flachste ich, doch noch immer klebte dieses Lächeln auf meinen Lippen. Vincent. Der Name gefiel mir. Genauso wie der ganze Kerl. Schnell wandte ich meinen Blick ab.

Vincent lotste mich über eine Brücke, die mit unzähligen Blumenkübeln verziert war, in denen die buntesten Blüten um die Wette strahlten, und bedeutete mir in eine kleine Gasse abzubiegen. Er lief durch Amsterdam, als wäre er hier heimisch und kein Tourist. Aber vielleicht kam mir das nur so vor, weil ich mich selbst schon in einem Haus verirrte, das mehr als drei Zimmer hatte.

»Und? Wo kommst du her?«, fragte ich neugierig nach und versuchte damit den Smalltalk, in dem ich zugegebenermaßen nicht sonderlich geübt war, am Laufen zu halten.

»Aus Deutschland«, kam prompt seine Antwort, die mir ein amüsiertes Lächeln entlockte.

»Ach?«, spottete ich. »Aber woher genau?«

Es dauerte einen Moment, bis er antwortete.

»Von überall und nirgends«, druckste er schließlich herum und mied meinen Blick.

»Du magst es wohl geheimnisvoll, oder?«, neckte ich ihn, um die seltsame Stimmung, die plötzlich über uns hing, aufzulockern. Und doch erschauderte ich, denn ich vermutete mehr hinter seinen scheinbar dahergesagten Worten. Nur, was war es? Meine Neugier hatte er damit jedenfalls geweckt.

»Nein, nein! Es ist nur ... Meine Mutter ist gestorben, als ich vier war und mein Vater war viel unterwegs. Also bin ich schon früh viel herumgekommen. Ich war einfach nirgends wirklich zuhause. Das ist alles.« Er zuckte mit den Schultern, als würde ihm das nichts ausmachen. Aber das nahm ich ihm nicht ab. Sein Lächeln wirkte aufgesetzt und erreichte seine Augen nicht.

Doch bevor ich etwas Mitfühlendes entgegnen konnte, spürte ich seine Hand auf meinem Rücken. Bestimmt wies er mir die Richtung, in die wir gehen mussten. Nur für einen kurzen Moment. Aber der reichte aus, um mir eine Gänsehaut über den Körper zu jagen. Und mich für den entscheidenden Moment abzulenken.

»Was ist mit dir?«

»Was?«, fragte ich hirnlos, da die Berührung noch immer in mir nachhallte und mir das Denken unmöglich machte.

»Na, wo kommst du her?«, half er mir belustigt aus und grinste breit, wie ich aus den Augenwinkeln wahrnahm. Schnell heftete ich meinen Blick wieder auf die Pflastersteine der Amsterdamer Altstadt.

»Aus einem Kaff in Süddeutschland, in dem Kreativität ein Schimpfwort ist«, spuckte ich aus. Ich spürte förmlich die erdrückende Enge des dunklen Tals, die Schwermut, die einen dort unwillkürlich überkam.

Meine Gedanken wanderten weiter. Wie sehr ich mich nach einem Ort sehnte, an dem ich sein konnte, wie ich war. Einfach hundert Prozent ich. Doch wo sollte dieser Ort sein, wenn ich sogar in einer für ihre Kreativität bekannten Metropole wie Amsterdam offensichtlich aneckte? Vielleicht sollte ich einfach aufgeben, meinen Traum begraben und irgendeinen Job in einem Büro annehmen.

Von neun bis fünf mein Hirn auszuschalten konnte doch nicht so schwer sein, oder?

»Toni?«, riss mich Vincent aus meinen Gedanken.

»Was?« Ich hatte seine Frage gar nicht gehört, so tief war ich in meiner Grübelei versunken.

»Wo genau du herkommst, wollte ich wissen.« Sein Lächeln war nachsichtig, so als kannte er den Zustand, in dem man das Außen nicht wahrnahm.

»Ach so. Aus der Nähe von Freiburg. Bei Himmelreich.«

Vincent nickte. Wir schlenderten über die große Rasenfläche, die von unzähligen Museen umrahmt wurde. Hier strotzte alles vor Entspanntheit. Paare, Gruppen, Familien saßen zusammen, spielten oder genossen die Nachmittagssonne. Ein paar Leute warfen Frisbees und lachten.

Vincent schob mich vorbei an dem großen Wasserspiel, hinter dem sich der berühmte Schriftzug »I AMsterdam« aus riesigen Buchstaben befand. Vincent überredete mich zu einem Foto vor dieser Attraktion und schob mich schließlich durch einen Torbogen.

»Nach dir«, raunte er und deutete auf die Drehtür, die ins Reichsmuseum führte.

Andächtig schaute ich mich in dem historischen Gebäude um, in das mich Vincent gelotst hatte. Es glich einem Kunstwerk. Das riesige Glasdach, das sich über eine Art Innenhof spannte, musste eine architektonische Meisterleistung sein und bildete einen tollen Gegensatz zu den historischen Mauern. Während ich noch immer die vielen Eindrücke aufsaugte und zaghaft über die alten Steine strich, kümmerte sich Vincent um die Eintrittskarten. Jetzt, da ein bisschen Raum zwischen uns war, traute ich mich ihn eindringlicher zu betrachten.

Er trug unspektakuläre Kleidung. Blue Jeans und ein weißes T-Shirt, das er unter ein kariertes Flanell-Hemd gezogen hatte. Seine dunklen Haare konnten mal wieder einen neuen Schnitt gebrauchen. Oder aber es war Absicht, dass sie etwas wirr von seinem Kopf abstanden. Ich fand es eigentlich ganz niedlich, auf diese glatt gebügelten Hipster stand ich sowieso nicht.

»Komm, ich will dir etwas zeigen.« Vincent lief mit einem breiten Lächeln auf mich zu und deutete auf den Eingang. Das Museum würde in rund zwei Stunden schließen. Dafür, dass es als Touristenmagnet galt, war ungewöhnlich wenig los. Vielleicht lag es am strahlenden Sonnenschein draußen. Oder daran, dass die meisten ihren Museumsbesuch auf den Vormittag legten? Mir sollte es recht sein. Mich vor einem Bild anzustellen und dann hin- und hergeschubst zu werden, während ich darin versank, war nicht mein Ding. Ich brauchte Zeit und Platz, um den Kunstwerken den Tribut zu zollen, den sie verdient hatten.

»Willst du deine Geige einschließen?«, fragte Vincent, als wir die Kartenkontrolle passiert hatten, und deutete auf die Garderobe.

»Niemals«, rief ich empört aus und umschlang automatisch den schwarzen Koffer. Die Geige war ein Vermögen wert und meine Eltern hatten einen Kredit aufgenommen, um die Summe eines Mittelklassewagens in meine Zukunft als Geigerin zu investieren.

»Okay.« Vincent zuckte mit den Schultern und ließ die Garderobe links liegen.

So zielstrebig, wie er sich durch die Flure bewegte, war er offensichtlich nicht zum ersten Mal hier. Ich hatte Mühe ihm zu folgen. Plötzlich blieb er stehen und ich rannte fast in ihn rein. Aufregung lag in seinem Blick, als er sich zu mir umwandte.

»Du musst die Augen schließen«, bat er mich. Verwirrt schaute ich ihn an. Wir standen mitten in einem Flur, der wohl ziemlich alt war. Er war schön, keine Frage. Aber nichts war hier besonders ausgefallen, nirgends war von Kunst auch nur ansatzweise etwas zu sehen. Deshalb zog ich unentschlossen die Schultern hoch. Doch Vincent plapperte weiter. »Wenn ich *Jetzt* sage, kannst du deine Augen wieder öffnen und zur Decke schauen.«

Automatisch wanderte mein Kopf in den Nacken, aber bevor ich einen Blick erhaschen konnte, spürte ich kühle Hände auf meinen Lidern. Ich erschauderte. Dabei war die unerwartete Erfrischung auf meiner Haut durchaus angenehm.

»Gleich ist es so weit«, flüsterte Vincent. Sein Atem streifte über mein Gesicht. Nervös spielte ich an meinem Fingerring. Ich war es nicht gewohnt angefasst zu werden. Schon gar nicht von einem völlig Fremden.

»Jetzt«, sagte er erwartungsvoll und löste blitzartig die Finger von meinem Gesicht. Ich schaute zur weißen Stuckdecke hinauf und versuchte auszumachen, was für ein Spektakel sich über mir abspielte. Ich brauchte einen Moment, bis ich mich wieder an die Helligkeit gewöhnt hatte. Doch dann sah ich, was Vincent mir zeigen wollte.

Lautlos schwebte ein weißer, von warmem Licht beleuchteter Lampenschirm über mir. Als würde er aus seiner Verankerung plumpsen, fiel er auf mich zu, bauschte sich in seinem zarten, seidenen Kleid auf und stoppte abrupt, um sogleich wieder nach oben zu gleiten. Es war, als würde ich der Geburt einer wunderschönen Blume beiwohnen. Kraftvoll entfaltete sie ihre wahre Schönheit. Wieder veränderte die Lampe ihre Form. Zog sich zusammen zu einem Tropfen und verharrte einen kleinen, lautlosen Augenblick. Wie in einem einstudierten Tanz vollführte der weiße Traum seine Darbietung erneut. Immer und immer wieder wechselte er seine Form, schwebte und tanzte, hüpfte und bremste wieder ab. Nahezu geräuschlos vollführte er eine zarte Choreografie, die so wunderschön und elegant war, dass ich die Luft anhielt. Nur ein leises Rascheln, ähnlich einem Windhauch begleitete die immerwährende Verwandlung der Stoffblume. Dabei wechselte auch die Beleuchtung ihre Intensität. Tag und Nacht. Nacht und Tag.

Ein breites Lächeln schlich sich auf mein Gesicht und ich strahlte Vincent beeindruckt an.

»Schön, nicht? Komm, oben sind noch mehr davon.« Schon griff er nach meiner Hand und zog mich die breite ausgetretene Holztreppe hoch. Überfordert stolperte ich hinterher. Die Stufen knarzten unter unseren eiligen Schritten. Ich wusste gar nicht, wo ich zuerst hinschauen sollte. Auf die Finger, die meine Hand umschlungen hielten. Oder auf die durchscheinenden, hellen Lampenschirme, die zu einer stummen Musik an der Decke über uns tanzten.

Mein Herz hüpfte im tonlosen Takt der Schönheit dieses Moments. Ich schloss für einen Augenblick die Augen, versuchte das Gefühl, das so neu und wundervoll war, in seiner Gänze aufzusaugen. Wärme. Leichtigkeit. Und dieses Flattern in meinem Bauch, das mich wahnsinnig machte, mir aber ausgesprochen gut gefiel.

»Es ist … unbeschreiblich schön«, wisperte ich benommen, als wir oben ankamen. Dabei wusste ich selbst nicht so genau, ob ich das Gefühl beschrieb, das mich durchströmte. Oder den Anblick der Lampeninstallation, die so zart und erfüllend war.

Mit einem kleinen Stich in meinem Herz stellte ich fest, dass Vincent meine Hand wieder losließ und sich voll und ganz dem Schauspiel über uns widmete. Ich hielt unwillkürlich die Luft an. Damit sich mein Herz etwas beruhigte. Damit nichts von dem nach außen drang, was mich so wohlig ausfüllte.

Ich tat es Vincent gleich, legte meinen Kopf in den Nacken und versank in der rhythmischen Formation. Je länger ich nach oben schaute, desto mehr Details konnte ich erkennen. Formen, die sich änderten, Muster in dem zarten Stoff. Es war, als könnte ich die Luft sehen, die durch den Tanz der Lampenschirme bewegt wurde.

»Was hörst du?« Ich zuckte zusammen, als ich Vincent dicht hinter mir spürte. Sein Atem streifte meinen Nacken und ich zog unwillkürlich die Schultern hoch. Was für eine seltsame Frage. Wir standen vor einem außergewöhnlichen Kunstwerk und Vincent interessierten die Geräusche, die um uns herum herrschten. Sollte er nicht eher fragen, was ich sah?

Ich brauchte einen Moment, bis ich antwortete. Schließlich räusperte ich mich, schloss die Augen und konzentrierte mich auf die Gegenwart. Gar nicht so einfach, wenn der ganze Raum von Kunst ausgefüllt war.

»Das Rauschen der Klimaanlage, das kaum wahrnehmbare Rascheln der Lampenschirme ...«, setzte ich an.

»Nein«, unterbrach mich Vincent. »Nicht, was du mit den Ohren hörst. Dein Herz ... welche Melodie spielt dein Herz, wenn du die Installation betrachtest?«

Entsetzt drehte ich mich zu ihm um und starrte Vincent an. Woher wusste er davon, dass besonders intensive Situationen, Kunstwerke, Bücher oder auch der Anblick von reizvollen Landschaften etwas in mir auslöste, das einer Melodie glich? Stimmungen klangen in meinem Inneren nach Musik. Mal waren sie düster. Mal fröhlich. Und manchmal waren sie alles durcheinander – wie jetzt gerade. Hoch und tief, dumpf und hell. Aufgeregt leicht und bedrohlich monoton. Bislang hatte ich dieses Geheimnis gehütet wie einen Schatz. Na ja, eher wie eine ansteckende Krankheit, denn ich fürchtete, andere könnten glauben, ich wäre nicht ganz normal. Nicht einmal meine Eltern wussten davon.

»Woher ...?«, setzte ich an und schüttelte den Kopf. Langsam ergriff mich die Panik. Ich suchte Antworten in seiner Mimik. »Wer bist du? Woher weißt du all das über mich? Was mir gefällt? Was mir etwas bedeutet? Und was in mir vorgeht?« Einem inneren Drang folgend lief ich rückwärts, brachte Raum zwischen den Unbekannten und mich. Ich hätte vorsichtiger sein müssen, hätte nicht mit einem Fremden mitgehen dürfen.

»Schschsch«, säuselte er beruhigend und streckte seine Hände nach mir aus. Obwohl mein Herz stolperte und meine Alarmglocken ohrenbetäubend laut schrillten, ließ ich es zu, dass er zu mir aufschloss und mich berührte. Seine Finger brannten durch den Stoff meines Pullis, als er meine Oberarme zaghaft umschlang. »Was, wenn es eine Hochschule gäbe, in der du deine Kreativität voll und ganz ausleben könntest? Eine Akademie, wo dich niemand schräg anschaut, wenn du dich ausprobierst? Wo du dich der Kunst hingeben kannst, ohne Angst zu haben, als verrückt abgestempelt zu werden? Ein Raum, wo alle außerordentlich kreativ sind. So wie du.« Vincents Begeisterung sprühte aus jeder seiner Poren. Seine Wangen glühten. Seine Worte pochten gegen meine Schläfen. Wie Kanonenkugeln hinterließen sie tiefe Spuren in meinen Gedanken. In meinem Kopf tauchten Bilder all der biederen Musikhochschulen auf, in denen Musiker dazu getrimmt wurden die Stücke längst vergangener Epochen auf den Ton genau so zu spielen, wie es seit jeher getan wurde. Wo bitte sollte da Kreativität reinpassen? Als Musiker hatte man perfekt vom Blatt zu spielen. Oder etwa nicht?

»Träum weiter. Wo sollte es so eine Hochschule schon geben?«, wehrte ich mich dagegen, dass sich etwas wie Vorfreude in meinem Innern auftat. Allein die Vorstellung von so einem Ort war so abgefahren, dass ich Vincents Worten nicht glauben konnte.

Als könnte er in meinen Gedanken lesen, wie durchgeknallt ich seine Idee fand, legte er den Kopf schief. Ein enttäuschter Ausdruck lag um seine grünen Augen und ließ sie traurig erscheinen. Ein Mundwinkel zuckte resigniert. Er ließ die Arme sinken und augenblicklich verließ mich dieses prickelnde Gefühl, das sich in den letzten Minuten in mir eingenistet hatte.

»Ich hätte mehr Begeisterung von dir erwartet.«

Nach einem tiefen Blick in meine Augen wendete er sich ab und lief auf die Treppe zu, auf der wir gerade erst nach oben gestiegen waren. Er konnte mich doch nicht einfach so stehen lassen. Nicht mit all den Fragen in meinem Kopf.

»Vincent! Du musst nicht gehen … es … erzähl mir doch mehr über diese Idee.«

Tatsächlich hielt er für einen Moment inne, dann drehte er sich mit einem schelmischen Grinsen auf den Lippen zu mir um.

»Beim nächsten Mal. Mach's gut, Toni!« Schon steuerte er weiter auf die Treppenstufen zu.

Was? Wie konnte ich ihn aufhalten? Ich wollte nicht, dass er ging. Der Abend hatte doch erst angefangen. Jetzt, wo ich seine Gesellschaft genossen hatte, wollte ich nicht schon wieder allein sein. Ohne ihn.

»Warte!« Ich lief ihm hinterher und hielt ihn zaghaft an der Schulter fest. »Was ist mit meinem Kaffee?«, hakte ich in dem verzweifelten Versuch, ihn aufzuhalten, nach.

Vincent blieb stehen und hob verständnislos die Augenbrauen.

»Na, du hast mein Fahrrad gekidnappt! Und mich auf einen Kaffee eingeladen.«

Das Rauschen meines Blutes vermischte sich mit dem Surren der Klimaanlage. Sekunden vergingen, in denen ich nur in diese grünen Augen schaute. In ihnen ertrank wie in einem Bergsee. Tief, kalt und doch so einladend.

»Das hole ich nach. Mitten im Nirgendwo.« Bevor ich auch nur ansatzweise die Bedeutung seiner Worte erfassen konnte, hauchte er mir einen zaghaften Kuss auf die Lippen, drehte sich um und lief die ausgetretenen Holzstufen nach unten.

Perplex starrte ich dem Unbekannten hinterher. Unfähig mich zu rühren. Unfähig zu erahnen, dass diese Begegnung mein ganzes Leben verändern würde. *Mitten im Nirgendwo.*

***

Unentschlossen drehe ich die schwarze Karte in meinen Händen. Silberne geschwungene Lettern zieren das edle matte Papier, das eher einer Einladung zu einem Maskenball gleicht als der Zusage einer Akademie für kreative Künste.

Sechs Monate ist es nun her, dass ich Vincent in Amsterdam kennengelernt habe. Bis diese Karte vor ein paar Wochen in meinem Briefkasten lag, habe ich gerätselt, ob es diesen Ort, von dem er schwärmte, tatsächlich gibt. Die Idee hat mich nie ganz losgelassen. Dass es sich bei der Hochschule um die *Academy of Arts* handeln soll, hat mich dennoch sprachlos gemacht. Denn auf diese Akademie schaffen es nur die Allerbesten. An dieser Hochschule kann man sich nicht bewerben – entweder man wird eingeladen oder kommt nie dorthin. Sie wird als Talentschmiede gehandelt und hat viele der heute berühmten Solokünstler hervorgebracht – dies haben meine stundenlangen Recherchen ergeben.

Es ist ein verlockendes Angebot, das mir natürlich schmeichelt. Aber auf der AcA – wie sie in Fachkreisen abgekürzt wird – zu studieren, fühlt sich so verdammt groß an. Was, wenn ich dieser Aufgabe nicht gewachsen bin? Wenn ich den Ansprüchen nicht genüge? Zweifel nagen an mir und werfen ihre Schatten auf meine Vorfreude.

Und dennoch sitze ich gerade auf gepackten Koffern in dem Wohnzimmer meines Elternhauses und warte darauf, dass es endlich losgeht. Doch jetzt, wo ich kurz vor der Abreise stehe, beginnen meine Selbstzweifel mich aufzufressen.

Was, wenn ich all den Erwartungen nicht gewachsen bin? Ich habe nicht den klassischen Lebenslauf, den man als angehende Berufsmusikerin mitbringt. Habe weder Unterricht bei hochrangigen Musikprofessoren genossen noch irgendwelche Wettbewerbe gewonnen, da ich nie an so etwas teilgenommen habe. Alles, was ich kann, ist ein bisschen Geigespielen. Gut, ich tue das aus vollem Herzen und glaube, dass ich nicht schlecht bin. Aber die AcA ...

Sie wissen kaum etwas über mich. Von mir gibt es keine aussagekräftigen Videos im Netz, wie es sonst für Bewerber auf Musikhochschulen üblich ist. Was also war es, das die AcA dazu bewogen hat, mir diese Einladung zu schicken?

»Bist du bereit?«, fragt meine Mutter mit einem schmalen Lächeln auf den Lippen. Sie streicht ihren geblümten Rock glatt und wirkt fahrig. Es ist ungewohnt sie in Ausgehklamotten zu sehen, trägt sie doch sonst bequeme Sachen, die sie in ihrer Arbeit auf dem Hof nicht einschränken. Aber sie wollte mich unbedingt gemeinsam mit meinem Vater zum Bahnhof begleiten. Das rechne ich den beiden nach all den Diskussionen über meine Schulwahl hoch an. Natürlich sind sie stolz, dass eine Talentschmiede wie die AcA auf mich aufmerksam geworden ist. Eine Hochschule in der Nähe wäre ihnen allerdings lieber gewesen.

»Das bin ich«, sage ich überzeugt, stehe auf und stecke die Karte der AcA in meinen Rucksack zu meinen Reiseunterlagen. Mein Blick huscht über mein spärliches Gepäck und ich gehe in Gedanken noch einmal durch, ob ich alles habe. Die Packliste, die ich mit der Karte und den Einschreibungsunterlagen bekommen habe, enthielt neben den üblichen Sachen, die man auf einer Musikhochschule wohl benötigte, auch zahlreiche Sportsachen. Mir graute schon jetzt vor dem Gedanken, dass wir offensichtlich Ausgleichssport machen würden.

Ansonsten habe ich nur das Nötigste eingepackt. Ein paar Klamotten, meine Lieblingsbücher. Meine Lieblingsfotos von meinem verstorbenen Opapa und meinem Kater Florence und natürlich das Notizbuch mit all den Stücken, die ich in den letzten Wochen und Monaten geschrieben habe.

»Hast du genügend zu trinken dabei?«, fragt meine Mutter. Ich nicke brav. »Und was zu essen? Schließlich ist es eine halbe Weltreise bis ...«

»Lieberose«, helfe ich ihr aus, da sie sich einfach nicht merken kann, wo für die nächsten Jahre mein Zuhause sein wird. »Jaaa!« Zugegeben, ich habe selbst noch nie von diesem kleinen Nest in Brandenburg gehört. Und wenn ich der Beschreibung der AcA Glauben schenke, liegt das Anwesen, auf dem die Akademie und die Unterkünfte untergebracht sind, auch nicht direkt in der – winzigen – Stadt, sondern ein ganzes Stück außerhalb. Weit weg von jeglicher Zivilisation, die die Kreativität ersticken könnte. Mir macht das nicht viel aus, ich bin es schließlich gewohnt in der Einöde zu leben. Und der Ortsname, der aus *Liebe* und *Rose* zusammengesetzt ist, gefällt mir deutlich besser als das verlorene Wort, das Vincent dafür genutzt hat: *Nirgendwo*.

Vincent. Unwillkürlich wandert meine Hand in die Tasche meiner Jeans und ertastet den kleinen Zettel, der auf den Studienunterlagen klebte. *Ich bin dir noch einen Kaffee schuldig*, steht in krakeliger Handschrift darauf. Keine Unterschrift – aber ich weiß auch so, dass er von ihm sein muss. Obwohl ich den Kerl nur wenige Stunden in Amsterdam kennengelernt habe, freue ich mich darauf ihn wiederzusehen. Langsam verblassen die Erinnerungen an unsere erste Begegnung. Sie werden unschärfer, verwaschener und bald kann ich nicht mehr genau sagen, was ich davon geträumt habe und was real ist. War er es, der ein gutes Wort für mich an der renommierten Kunsthochschule eingelegt hat? Bestimmt – alles andere wäre ein viel zu großer Zufall.

Ich werfe einen letzten Blick in die Wohnstube, streichle noch einmal meinen Kater Florence, der wohl spürt, dass ich ihn verlasse und mich mit Nichtachtung straft.

»Ich komme wieder, Süßer«, murmle ich sanft und richte mich wieder auf. Wehmut verspüre ich keine, denn seit siebzehn Jahren wünsche ich mir endlich diesem engen Tal zu entkommen, in dem sich selbst die Sonne nur an wenigen Tagen im Hochsommer blicken lässt. Jetzt ist es endlich so weit und ich kann es kaum erwarten die Weite des Landes zu erkunden. Atmen. Frei sein. Kreativ sein. Doch bin ich wirklich bereit dazu?

Mein Vater hat den Wagen schon vor dem Haus geparkt und ich bin dankbar, dass er mich nicht mit dem Trecker nach Himmelreich zum Bahnhof fährt.

»Taxi zum Studium für mein kleines Mädchen«, scherzt mein

Vater mit einem stolzen Ausdruck im Gesicht, als ich aus dem Haus trete. Er streicht mir liebevoll über meine roten Haare, nimmt mir die Reisetasche ab und verstaut sie im Kofferraum. Dass ich meine Geige nicht aus der Hand gebe, weiß er inzwischen und kommentiert es noch nicht einmal, als ich den schwarzen Koffer und den Rucksack mit auf die Rückbank nehme.

Als sich der Wagen in Bewegung setzt und auf der schmalen Straße ins Tal fährt, schaue ich nicht zurück. Unter das bedrohliche dumpfe Brummen, das ich all die Stunden, Tage, Wochen, Monate und Jahre hier verspürt habe, mischt sich ein leises, aufgeregtes Zwitschern. Helle Töne weisen den Bass in seine Schranken und übertönen ihn schon bald. Dass ich meine eigene Aufregung nicht nur spüren, sondern auch hören kann, habe ich all die Jahre niemandem anvertraut – nicht einmal meinem Großvater, der bis zu seinem Tod so etwas wie mein bester Freund war. Woher also wusste Vincent, wie ich ticke?

Vincent – warum schleicht er sich ausgerechnet jetzt in meine Gedanken? In den letzten Monaten habe ich kaum an ihn gedacht. Gut, ab und zu hat er sich in meine Tagträume geschlichen, denn die Stunden in Amsterdam sind verwirrend und wunderschön zugleich gewesen.

Nach einem tränenreichen Abschied am Bahnhof von Himmelreich steige ich in den Zug. Die endlosen Stunden, die mich meinem Ziel im Osten Deutschlands näher bringen, überbrücke ich mit Lesen, Musikhören oder aus dem Fenster schauen. Die Landschaft ist so anders als zuhause. Gierig sauge ich die neuen Eindrücke auf.

***

Als ich nach rund neun Stunden Fahrt aus dem Zug steige, um in den Bus zu wechseln, dämmert es bereits. Hier wirkt alles größer, weiter, aber auch trostloser als daheim, wo bereits die ersten Blumen sprießen und den Frühling willkommen heißen.

Meine Aufregung steigt, als der Busfahrer die Haltestelle in Lieberose ankündigt, die als Treffpunkt für alle Neuankömmlinge der *Academy of Arts* in den Studienunterlagen vermerkt ist. Von hier werden wir abgeholt und zu dem ehemaligen Stift chauffiert, in dem die Akademie untergebracht ist. *Wir* – ich schaue mich neugierig in dem heruntergekommenen Bus um, sehe aber außer einem älteren Ehepaar, ein paar knutschenden Teenies und einer müde dreinblickenden Mutter mit Baby keine weiteren Fahrgäste. Niemand, der für ein Studium an der AcA in Frage käme. Also streiche ich das *Wir* gedanklich durch und ersetze es durch das kleine Wörtchen, das mich schon immer als Sonderling darstellt: *Ich*.

Kalte Luft strömt mir entgegen, als ich aussteige. Meine Mutter hat recht behalten – bis hierher war es eine halbe Weltreise. Ich bin hundemüde und da hilft auch die Vorfreude wenig, die mich bis in den kleinen Finger durchströmt.

Mit einem seufzenden Geräusch tuckert der altersschwache Bus in die nahende Dämmerung davon. Da stehe ich nun mitten im Nirgendwo, umklammere meine Geige und blicke mich ratlos um. Die kleine Bushaltestelle, an der ich ausgestiegen bin, sieht etwas heruntergekommen aus. Das Plakat ist vergilbt, die Scheiben sind verschmiert. Die Sträucher und Bäume daneben wirken trostlos. Unwillkürlich ziehe ich die Schultern hoch. Hoffentlich ist es nur meiner Müdigkeit geschuldet, dass alles wenig einladend aussieht.

Weit und breit ist niemand zu sehen. Kein Auto, kein Bus, nicht einmal eine Pferdekutsche oder ein Hubschrauber. Ich schüttle den Kopf, da meine Gedanken schon wieder beginnen sich selbstständig zu machen.

Ratlos setze ich mich auf die Holzbank an der Haltestelle und krame das sechsseitige Dokument aus meinem Rucksack hervor, in dem alles Organisatorische aufgeführt ist. Vielleicht hätte ich noch einmal anrufen und nicht nur vor Wochen die Ankunftszeit per Mail durchgeben sollen?

Doch noch während ich mich durch die Unterlagen wühle, hält ein schwarzer Kleinbus mit verdunkelten Scheiben und bringt mein Herz zum Stolpern.

Eilig stecke ich die Unterlagen zurück und raffe mein Gepäck zusammen. Ein älterer Mann um die fünfzig mit dunklem Haar steigt aus dem Auto. Er trägt Blue Jeans, dunkle Schuhe und eine schwarze Lederjacke, die ihn wohl smart und jünger aussehen lassen soll.

»Hey, ich bin Elio. Du musst Antonia sein. Willkommen am Ende der Welt.« Sein Lachen ist tief und warm und nimmt mir sofort meine Befangenheit. Ich ergreife seine ausgestreckte Hand und schrecke angesichts der Stärke seines Händedrucks kurz zurück. Wie immer durchzuckt mich die Angst mit meiner Hand könnte etwas passieren – die persönliche Horrorvorstellung einer Geigerin.

»Toni«, berichtige ich ihn automatisch. »Hallo, schön dich kennenzulernen.« Ein bisschen enttäuscht bin ich schon, dass es nicht Vincent ist, der mich abholt, denn wenn ich ehrlich bin, hatte ich genau darauf gehofft. Den Kerl, der mich so schnell durchschaut hat, möglichst bald wiederzusehen.

»Ist das alles an Gepäck?«, fragt Elio erstaunt und deutet auf die wenigen Habseligkeiten, die ich mitgenommen habe. Schüchtern nicke ich. *Hätte ich doch mehr einpacken sollen? Schickere Klamotten vielleicht? Meine Notenbücher? Eine zweite Geige? Was, wenn es hier so etwas wie eine Kleiderordnung gibt? Falle ich etwa schon wieder aus dem Rahmen? Nein, nein, nein! Vincent hat gesagt, dass man hier sein darf, wie man ist!*

Ich atme tief ein, versuche mich zu beruhigen und nicht aus der Ruhe bringen zu lassen. Ich bin ich und das werde ich auch hier auf der Akademie sein. Schließlich bin ich seltsame Blicke gewohnt. Und notfalls tauche ich in der Masse unter – wie ich es all die Jahre getan habe.

Elio hat meine Reisetasche bereits eingeladen und wartet nur darauf, dass ich auf dem Beifahrersitz Platz nehme.

»Wie war deine Reise?«, übt sich Elio in Smalltalk, als ich mich angeschnallt habe, und steuert den Wagen auf die Straße. Seit ich hier angekommen bin, habe ich außer Elio weder eine Menschenseele noch ein anderes Fahrzeug gesehen. Sollte Vincent recht behalten und wir befinden uns hier tatsächlich mitten im Nirgendwo?

»Gut«, murmle ich aufgeregt und versuche einen Blick auf den Weg zu erhaschen, der zur Akademie führt, zu jenem Ort, der für die nächsten Jahre mein Zuhause sein wird. »Ist ganz schön weit weg von daheim.«

»Du kommst aus Süddeutschland, oder?«

»Aus den tiefsten Untiefen des Schwarzwaldes«, scherze ich und lächle schief.

»Na dann wirst du dich hier in der Einsamkeit sicher schnell zurechtfinden. Großstadtpflänzchen haben anfangs eher ihre Probleme damit, dass hier weit und breit nichts ist außer bezaubernder, inspirierender Natur.«

Wie aufs Stichwort fahren wir durch Wälder, über Wiesen und von Kilometer zu Kilometer wird es dunkler. Hier im Osten dämmert es früher als zuhause. Selbst in dem engen Tal wird es später dunkel als hier. Ich spüre es deutlich und brauche dafür keine Uhr. Es ist, als hätte mir jemand Zeit geklaut – oder mich zurück in den Winter katapultiert, was auch die eisigen Temperaturen erklären würde. Ich fröstle.

»Ist dir kalt?«, fragt Elio, dem offensichtlich nicht entgangen ist, wie ich den Kragen meiner Jacke hochgeschlagen habe und mich tiefer in den Sitz kuschle.

Ich zucke mit den Schultern.

»Da wo ich herkomme, ist bereits Frühling.« Ein bisschen wehmütig denke ich an all die Blumen zurück, die im Beet meiner Mutter bereits sprießen. Ich mag das Erwachen der Natur. Das Herumstreunern von Florence durch die wachsenden Gräser. Das Zwitschern der Vögel, das den Frühling willkommen heißt. In meinen Ohren klingt das Summen der Bienen wie Musik.

Elio lacht und nickt wissend.

»Keine Sorge. Entgegen der landläufigen Meinung bist du hier nicht in Sibirien gelandet. In ein paar Tagen wird es wärmer und dann ist der Frühling auch bald nicht mehr aufzuhalten. Versprochen.«

Ich hoffe sehr, er behält recht.

Das Rauschen der Klimaanlage, die mir warme Luft ins Gesicht bläst, schmerzt in meinen Ohren. Ich sehne mich nach Ruhe, nach Geborgenheit. Nach einem Ort, an den ich mich zurückziehen kann. Ich bin reisen nicht gewohnt und entsprechend ausgelaugt.

»Wir sind gleich da«, sagt Elio leise, als würde er meine Müdigkeit spüren. Unwillkürlich gähne ich und lache auf. Nach wenigen Kilometern verlangsamt Elio tatsächlich das Tempo und biegt auf eine schmale Seitenstraße ein. Kies knirscht unter den Reifen. Ich umklammere meine Geige etwas fester, als das Auto zu ruckeln beginnt. *Wo bin ich hier nur gelandet?*, denke ich mit einem amüsierten Kopfschütteln.

Als der Wagen endlich steht und ich aussteige, klappt mir der Mund auf. Nebelschwaden wabern vor mir über das Gelände und tauchen ein majestätisches Gebäude in ein unwirkliches Licht. Ist es ein Schloss? Eine Kirche? Ein Hofstaat? Jedenfalls erinnert die malerische Kulisse an ein Gemälde längst vergangener Zeit.

»Willkommen in der ehemaligen Benediktinerabtei Lieberose.«

»Wow«, entschlüpft es mir beim Anblick der barocken Schönheit. Der Bau wirkt riesig. Die Fassade ist in einem hellen Gelb und Weiß gehalten, die durch den Nebel sehr zart anmutet. Ein von weißen Säulen gesäumter Torbogen gibt den Weg zu einem Innenhof frei.

»Sieht hübsch aus, nicht?«

Ich nicke wie hypnotisiert und starre weiter auf die filmreife Kulisse. Weiße Statuen thronen auf den Dächern, darunter entdecke ich goldene Inschriften, die schon so verblichen sind, dass ich sie in dem schummrigen Licht nicht entziffern kann.

»Es war ziemlich heruntergekommen, bis Phil de Breune es von der Kirche gepachtet und daraus die AcA gemacht hat«, erklärt Elio mit meinem Gepäck in den Händen und bedeutet mir mit einem Kopfnicken, dass ich ihm zum Eingang folgen soll. Ich laufe Elio hinterher, durch den Torbogen hindurch, und finde mich in einem riesigen Innenhof wieder. Wie groß diese Anlage wohl sein muss? Wie viele Schüler hier Platz finden?

»Phil de Breune?«, frage ich lahm nach und trete mir keinen Augenblick später selbst imaginär in den Hintern.

»Er ist der Gründer der Akademie.« Elio klingt freundlich, aber sicher denkt er, ich könnte nicht bis drei zählen. Wer bitte vergisst den Namen des Direktors?

»Stimmt«, murmle ich kleinlaut und atme tief ein. »Entschuldige, ich bin etwas nervös.«

»Musst du nicht sein.« Elio legt eine Hand auf meinen Rücken und schiebt mich weiter über den mit Kopfsteinpflaster gesäumten Platz. Wieder treten wir durch einen Torbogen und stehen dann in einer kleinen Kuppelhalle. Unwillkürlich wandert mein Blick nach oben. Wunderschöne Fresken breiten sich über mir aus. Blass und in schlechtem Zustand, aber mit einer so magischen Intensität, dass ich ihre Bedeutung förmlich spüren kann.

Elio gibt mir einen Moment, um die Schönheit des Raumes in mir aufzunehmen. Gebannt betrachte ich die hohen goldverzierten Säulen, die bis zur geschwungenen Decke hinaufragen.

»Wunderschön«, kommt es mir ehrfürchtig über die Lippen und ich drehe mich wie ein kleines Kind im Kreis, um alles zu entdecken. Elio scheint diese Reaktion gewohnt zu sein und wartet mit einem wissenden Lächeln, bis ich mich wieder eingekriegt habe.

»Komm«, fordert mich Elio schließlich auf und läuft schon eine dunkle ausgetretene Treppe nach oben. Die Stufen knarzen unter seinem Gewicht. Mit wild klopfendem Herz folge ich ihm. Jeder Schritt wiegt schwer, jede Stufe ist eine Hürde. »Alle freuen sich auf dich. Dir wird es hier sicher gefallen.«

Ende der Leseprobe

Katharina Wolfs Roman »Die Sache mit der Motte und dem Licht« belegte beim Schreibwettbewerb von tolino media und Carlsen Impress den zweiten Platz.

Impress
Die Macht der Gefühle

Impress
Ein Imprint der CARLSEN Verlag GmbH
Mai 2020

Lektorat: Rebecca Steltner
Umschlagbild: shutterstock.com / © Alones / © frozenbunn / © nrey / © Paket
Umschlaggestaltung: formlabor
Satz und Umsetzung: readbox publishing, Dortmund
Druck und Bindung: CPI Books GmbH, Birkach
ISBN 978-3-551-30260-1
Printed in Germany
www.carlsen.de/impress

Alle Bücher im Internet: www.carlsen.de